长篇历史小说

何辉·著

大宋王朝

IV

鏖战潞泽

作家出版社

图书在版编目（CIP）数据

大宋王朝.鏖战潞泽 / 何辉著.—北京：作家出版社，2021.11
ISBN 978-7-5212-1337-9

Ⅰ.①大… Ⅱ.①何… Ⅲ.①长篇历史小说—中国—
当代 Ⅳ.① I247.5

中国版本图书馆 CIP 数据核字（2021）第 019644 号

大宋王朝：鏖战潞泽

作　　者：何　辉

策划统筹：向　萍

责任编辑：翟婧婧

装帧设计：曹永宇

出版发行：作家出版社有限公司

社　　址：北京农展馆南里 10 号　　　邮　　编：100125

电话传真：86-10-65067186（发行中心及邮购部）

　　　　　　86-10-65004079（总编室）

E-mail:zuojia @ zuojia.net.cn

http://www.zuojiachubanshe.com

印　　刷：唐山嘉德印刷有限公司

成品尺寸：152×230

字　　数：218 千字

印　　张：19

版　　次：2021 年 11 月第 1 版

印　　次：2021 年 11 月第 1 次印刷

ISBN 978-7-5212-1337-9

定　　价：52.00 元

目　录

卷

一

一

　　源于熊耳山南麓的一条小溪流，在熊耳山南麓与伏牛山北麓之间蜿蜒流动，它穿过伊阙，流入洛阳，又往洛阳东北方向继续流去，在偃师地域注入洛河。这条注入洛河的源于熊耳山的河流，叫作伊水。与伊水合流后的洛河，继续蜿蜒流动，流入中国北方最重要的一条大河——黄河。春天的伊水，绿波荡漾，洋溢着生的气息。太阳的光芒，从高远的天空垂射而下，落在伊水的轻柔的波涛上，闪烁着金色的、白色的、耀眼的光。这些光使伊水的波浪显现出梦幻色彩，增添了伊水与它两岸波浪般起伏着的山脉的神韵。

　　在伊水两岸的龙门山上，自北魏孝文帝迁都以来，开凿了许多石窟，因它们就山凿刻，被称为龙门石窟。在龙门西山、东山上，遍布着石窟。石窟中，立着神态各异的雕像。自北魏孝文帝以来，到了宋初，四百多年过去了，龙门石窟经历了无数次风雨的洗礼，已经褪去了原有的铅华。在许多石雕的身上，在它们后面的与它们连成一体的洞窟壁上，依稀可以看到昔日一度拥有的绚丽色彩。

　　这些石刻雕像，在岁月中静立，穿越了北魏、东魏西魏、北齐北周、隋朝、唐朝，如今又站立于一个新的朝代——宋朝。当年，人们雕刻它们，曾经礼拜它们；如今，新朝代的人们继续前往瞻仰它们，站在它们的面前，俯身在它们的脚下，或静默祈祷，或议论纷纷。当年开凿、雕刻它们的人早已经作古，可是这些人的劳作却在时光中不屈不挠地伫立在那里，仿佛守候着那些逝去的人的梦想，无声诉说着他们的幸福与苦难。它们伫立在那里，以一种静默的方式存在着。它们像是静止的时光隧道：它们既是北魏，也是东魏西魏；既是北齐，也是北周；既是隋朝，也是唐朝；既是宋朝，也是未来的任何一个朝代。只要它们伫立着，它们便是时光，它们便是历史，它们便是文化，它们便是逝去的先人的灵魂在今日的存在。

令伊阙多了"龙门"这个名字的隋炀帝早已经作古。

单骑喝退突厥十万兵的李世民也作古了。

以女子之身君临天下的武则天也早已消失在时光中了。

但是，龙门石窟的雕像在经历了无数风雨后依然静静地伫立。

卢舍那大佛遍身虽然留下了时光蚀刻的痕迹，但是它依然慈悲、安详地静静望着时光的流逝和世事的变迁。

假如，它能看见，它一定看到过芸芸众生以各自的方式来到这个世界上，在这个世界上活着——或顺利或艰难或幸福或悲苦或健康或被病痛折磨，然后又在这个世界里死去。它一定看到过，许多人在权力、财富面前奴颜婢膝，溜须拍马，钩心斗角，尔虞我诈。它也一定看到过，许多人舍弃荣华摒弃富贵，在恬淡与朴实的生活中追求精神的完满。它一定看到过，许多男子女子被爱情与欲望折磨，在炽热疯狂的爱情中度过梦一般的时光。它也一定看到过，无数颗破碎的心在爱恨之间那一线上忧伤地徘徊。它一定看到过，邪恶对正义的胜利，丑陋对美好的压制，嫉妒对才华的摧残。它也一定看到过，勇敢正直的灵魂在艰难与邪恶面前不屈不挠地前进。它一定看到过，在暴力面前无数头颅低垂膝盖跪地。它也一定看到过，许多桀骜的志士在淫威面前宁为玉碎不为瓦全。它一定看到过，许多懦弱的凡人为了生存在苦难面前苟延残喘，在危险面前远远绕行。它也一定看到过，在苦难与危险面前，许许多多勇士为了梦想，披荆斩棘，舍生忘死。

假如，它有生命，它有高尚的情感，它一定也会面对侵略者怒发冲冠，一定也会对邪恶奋起抗争，一定也会因那些勇士、志士、高尚的灵魂而热泪横流。因为，如果它有一颗跳动的火热的心，它一定会说，一个国家，一个民族，之所以能够在历史长河中存留下来，正是因为有那些勇敢的、正直的人们。正是这类人，在苦难甚至屈辱的生活中忍辱负重；正是这类人，在最危难的时候站出来，忘却他们自己，坚决捍卫他们所珍视的理念与他们所爱的人、所爱的家园。这类人，正是一个国家、一个民族灵魂的捍卫者和传承者。这类人，在每个时代都能找到他们的同类。他们平时可能在茫茫人海中隐没不见，但是，他们的心、他们的热情不仅在同一时代中可以彼此呼应，也可以穿越时代互相共鸣。正是因为这个原因，他们可以激发起与他们不同时代同类人的热情，他们会跨越时代彼此激励、超越时空捍卫共有的价值——死去的人用他们高尚的事迹激励后世的同类人，活着的人用他们的高尚行动为死去的同类人喝彩。所以，在冷眼与嘲笑中，高尚的人可以在他们同时代的同类人和逝去时代的同类人那里寻求支持；所以，高尚的人们，会为与他们同样高尚的人流淌热泪，两肋插刀，上刀山下火海，甚至捧出火热的心，献出自己的生命。杜鹃啼血，碧血丹心，怒发冲冠，精忠报国，都是他们的行动与故事。

他们被同类人理解，却被邪恶、丑陋、嫉妒与卑鄙的人所排斥、压制甚至陷害。他们的生命，在无头无尾无边无际的时空中，结成一个无形的高尚的共同体。这个高尚的共同体，是伟大文明的捍卫者，是伟大民族的保护者，是历史悠久的国家在时光中不断前进的真正的领导者。

假如，卢舍那大佛在那一天能够看见，那么它也许会看到洛阳城中升起一团烈焰，缠绕着浓浓的黑烟。那是齐云塔爆炸时升起的黑烟，那是齐云塔的废墟在爆炸后熊熊燃烧的烈焰。在它看来，那团烈焰，那股黑烟，也许与尘世间的一缕炊烟无异。但是，那团烈焰，那股黑烟，以及制造了它们的爆炸，确确实实对活着的人，产生了巨大的冲击，影响着他们的行动，改变着他们的人生。卢舍那大佛啊，在漫长的历史长河中那看起来无比寻常的一天，它是否意识到，它已经来到了一个新的王朝，即将看到又一批或高尚或卑鄙或正义或邪恶的人在这一个既充满苦难又创造富足的伟大时代中演绎出激动人心的故事呢？

当赵匡胤听到大帐之外剧烈的爆炸声传来的时候，他就知道，一定是出事了。

事情的发展完全出乎赵匡胤的意料。

当时，在白马寺后院这个大帐内，赵匡胤正在向来自各地的节度使剖析天下局势，以此希望从柴氏集团中争取一部分力量来帮助他对付昭义节度使李筠。

在进入这个大帐之前，他已经基本弄清楚了柴守礼的意图，那就是在新王朝中为柴氏家族寻求永久性的保护和安全。如果是这样，就意味着，只要答应了柴守礼的条件，他就可以换来柴氏集团的中立。

但是，他也考虑到另一种可能性，那就是如果柴守礼认为朝廷在对抗昭义节度使李筠的斗争中获胜对柴氏家族势力的长久是不利的，那么柴守礼就可能给予李筠暗中的支持。所以，情况远非想象中那么乐观。在这次会议上，向柴氏集团的各节度使晓以利害，说明昭义节度使的胜利最终对他们来说有害无益就显得非常必要了。

第一声剧烈的爆炸声响起，以一种令人震惊的方式打断了赵匡胤的劝服陈词。与此同时，大帐之内的官员和将军们被爆炸声惊吓，立刻慌乱起来。爆炸声与随后传来的白马寺大殿的崩塌声所造成的恐慌感是显而易见的。赵匡胤感到心"怦怦"直跳，每一跳都伴随着一阵剧烈的收缩。他知道，这是恐惧感在快速侵入。他尽量让自己保持冷静，但是仍然发现两只手的手心中已经都攥了一把汗。他往旁边瞥了一眼，发现司空柴守礼满脸震惊地愣在原地，脸色煞白。他紧接着拿眼扫了一下大帐之内参与这次"天下牡丹会"的节度使们，发现几乎所有人都处于震惊之中。这些人的恐惧之色是自然生发的，毫无掩饰的痕迹。这使他在由爆炸所激发的恐惧中产生了深深的疑惑。这次爆炸究竟是意外，还是有所预谋的行动呢？如果是针对这个大帐之内的人，为什么没有将这个大帐作为攻击的目标？莫非是柴守礼搞的鬼，是为了制造这样一起爆炸来给朝廷施压？可是方才为什么柴守礼也是一脸莫名的惊恐呢？看样子也不像装出来的。如果柴守礼真的被爆炸吓到了，说明这事情不是他事先策划的。可是，策划者又会是什么人呢？所有这些疑问，在极短的时间内如闪电般在赵匡胤心中闪过。不过，他马上意识到，当下必须克制住自己去追寻答案的欲望。现在最要紧的事情，是让所有参会者转移到安全的地方！

赵匡胤果断地决定暂时中止会议。他下令各侍卫和负责大帐警戒工作的禁军赶紧护送参会的文武官员前往西京留守官署。

白马寺已经乱成一团，原先摆放好的牡丹花盆，被碰撞、被践踏，有的歪倒、有的破碎。地上到处都是牡丹花的"残骸"，那些娇艳的花朵、雍容的花朵、妩媚的花朵、华丽的花朵，如今都花瓣四散，与爆炸制造的木头碎片、碎石泥尘混合在一起，与火药产生的黑烟和火焰混合在一起。官员和将军们慌慌张张地踩踏着牡丹的花瓣、木头碎片、碎石泥尘，纷纷乱乱地奔往白马寺大门。

这时，第二次爆炸声在白马寺门口响起了。一部分率先奔出白马寺的人目睹了齐云塔被炸毁的场面。亲眼看到这样的爆炸以及由此造成的惨相，许多身经百战的节度使也感到胆寒。恐惧感在人群中迅速扩散。

赵匡胤当时尚在白马寺内，并没有亲眼看到齐云塔的爆炸。第一次爆炸后，赵匡胤曾猜测，也许袭击者错误地选择了袭击的地点。但是，这第二次爆炸使他相信，对白马寺的袭击一定经过了精心策划；而且，这次袭击者的目标似乎并不是他本人，可能也不是与会的节度使们。那么，袭击者的动机究竟是什么呢？或者，还有一种可能性就是，袭击者显然知道无法直接袭击他本人，所以采取了一种间接的方式。可袭击者究竟是想干什么呢？

赵匡胤知道不能再犹豫了，他亲自在白马寺内组织与会的大臣、节度使们离开寺院，前往西京留守的官署。

在西京留守的官署内，赵匡胤令人清点了人数与伤亡情况。禁军龙捷右厢指挥使刘廷让和禁军龙捷左厢都校韩重赟很快便将伤亡情况弄清楚了。一共有五名禁军在大佛殿和齐云塔炸毁时身亡，其中两名是在大佛殿被炸坍塌时被压身亡，三名是在齐云塔爆炸时被碎石击中而死，此外，还有三十多名禁军在两次爆炸中受伤。令人感到庆幸的是，当时与会官员都在白马寺后院的大帐中开会，因此没有伤亡。但是，清点人数之后，却发现少了三个人。长公主阿燕和李处耘的女儿雪霏不见了，节度使王审琦的长子王承衍也不见了。

到这个时候，赵匡胤进一步意识到，两次爆炸的袭击目标恐怕的确不是他，也不是从各地赶来赴会的节度使们，而是他的妹妹阿燕。至于雪霏姑娘，很可能是因为她当时陪着阿燕，被袭击者顺便劫持了。"我怎么在这个时候才想到阿燕呢?! 难道柴守礼知道对我无法下手，所以才拿阿燕作为目标? 他莫非想用阿燕威胁我? "一幅熟悉的画面从他记忆深处突然浮现: 阳光从厨房的窗棂间射入，一道道金色的光线穿过朦胧的水蒸气，温柔地勾勒出阿燕玲珑的身段。在阿燕身旁的灶台上，放着一只青瓷碗，在阳光的照射下，反射出一种近似神秘的光。如今，记忆中那点神秘的微光似乎扩大了很多。这幅画面，是赵匡胤在陈桥兵变之前回到家中厨房看到的。数月之间，时过境迁，但是，这幅画面仿佛被刻在他的记忆中，总是在一些时刻会突然浮现。此时，这幅画面再次浮现在他心中。他感到心里一阵绞痛，为自己忽视了妹妹而感到愧疚。他控制了一下自己的情绪，令节度使们各自回客栈或驿馆休息，而将柴守礼留了下来。

"柴卿，究竟是怎么回事? "赵匡胤努力克制着心中的怒气，用冰冷的口气问柴守礼。

柴守礼冷静地看着赵匡胤，他从赵匡胤的问话中，感到一种令人胆寒的威慑力。柴守礼本人也对这次发生在白马寺的袭击感到困惑不解，因此，尽管他感到了来自皇帝赵匡胤的压力，但是，却并没有在这种压力下崩溃。

"陛下，您莫非以为是老臣所为? "柴守礼心平气和地反问。

"这么说，你也不知道袭击者是何人? "赵匡胤依然用冰冷的语气问道。

"臣不知！"

赵匡胤将目光从柴守礼脸上移开，微微仰着头，仿佛盯着虚空中的某物。他说道："根据目前的情况来看，朕怀疑，袭击者制造两次爆炸，就是为了分散禁军的注意力，然后趁乱绑架长公主和雪霏姑娘。"

柴守礼稍稍低了一下头，平静地答道："老臣也是这样想。"

"朕奇怪的是，究竟是何人会冒险绑架长公主和雪霏姑娘？"

"陛下是怀疑老臣想用她俩作为人质不成？恕老臣直言，以我柴氏家族的实力，根本无须什么人质。况且，在进入白马寺大帐之前，老臣与陛下已经达成了协议，又何须多此一举呢?！至于究竟是何人袭击白马寺又绑架长公主，老臣如今也是一头雾水。另外，王承衍的失踪也很奇怪。"柴守礼扬着眉毛，昂着头，不紧不慢、冷静地回应了赵匡胤的问题。

"王承衍莫名其妙地失踪，一定与长公主、雪霏姑娘的失踪有关。"赵匡胤的双眉渐渐地攒紧了。

"陛下，会不会是王审琦——"

"不可能。"赵匡胤打断了柴守礼的话，斩钉截铁地说道。他对王审琦深信不疑。

"柴卿，对于洛阳，你比向拱要熟，这次天下牡丹会也是你发起的。所以，朕令你配合向拱，调查此次白马寺遇袭事件，务必尽快找到长公主、雪霏姑娘和王承衍，同时尽快追查袭击者。调查可以从白马寺僧人开始。"赵匡胤冷冷地盯着柴守礼的双眼，心平气和地布置了调查事件的任务。

二

白马寺的大佛殿发生爆炸之后没有多久，守卫在后院大帐之外的王承衍看到两个侍卫匆匆往大帐这边跑来。他马上认出那两个侍卫正是皇帝安排陪同长公主阿燕和雪霏姑娘的人。

"你们怎么来这里了？长公主和雪霏姑娘呢？"王承衍问道。

"刘指挥使的人将她俩接走了，指挥使让我们赶过来保护陛下。"其中一名侍卫答道。

王承衍听了，心中升起一团疑云。"要保护陛下，也不差这两个人，刘将军为何会单单让他们赶来这里呢？"他这样想着，突然心头一动，暗叫不好，便冲那两个侍卫问道："接长公主的人在哪里？"

两个侍卫见王承衍神色紧张，一时间似乎也意识到出了问题，慌忙往来路指了指。

"快，带我去！"

两个侍卫愣了愣，慌忙转身往来路飞奔而去。王承衍二话不说，紧随其后。这时，白马寺外传来惊天动地的爆炸声。

情况不妙！王承衍心中暗暗叫苦。

"不用往那边去了，赶紧去白马寺门口！"王承衍心思敏捷，听到白马寺外的爆炸声，立刻意识到也许在寺庙外才能找到长公主和雪霏，便冲两名侍卫大声呼喝，自己脚不停步，往前飞奔。

王承衍带着两名侍卫在恐慌杂乱的人群中奔出白马寺，一出门便看到东南处不远的齐云塔已经在爆炸中坍塌殆尽，火焰和浓烟在那里滚滚升腾，四周都是受伤的人、逃命的人，惨叫声响成一片。

在哪里？你们在哪里？她们是两个人，应该还有人在她俩旁边？在哪里？王承衍紧张地环顾周围的一切。可是，他心中搜寻的目标并没有出现在他的视野中。

"难道他们这么快就能离开？不可能，不可能！不，如果他们能够迅速离开，那一定有马匹，或者，是马车！是的，马，或者，马车！"一刹那间，王承衍心思百转。他的目光在周围的一片混乱中开始搜寻新的目标。

可是，令王承衍感到失望的是，他虽然看到了几匹奔跑的马，但马上骑着的却都是禁军士兵。

"齐云塔的爆炸，一定是为了转移人们的注意力。女子骑马离开太醒目。难道是马车？对，最有可能的是马车！也许已经离开了。"

王承衍心里闪过一系列判断，进一步缩小了范围。他眼光飞快搜索着周围的一切，脑中思索着劫持者最有可能尽快离开现场的地点。这时，他注意到了那个离白马寺大门最近的路口。那个路口如今也是一片混乱，并没有马车停在那里。但是，王承衍决定必须去那里问一问。他从门口的一个禁军士兵那里要了马，腾身上马，顾不上与两个侍卫打招呼，便纵马往那个路口奔去。

王承衍飞快赶到那个路口，只见不少人顺着那条道往南面奔逃。这些人不知道白马寺究竟发生了什么，因此只顾往远离白马寺的方向逃去。

街边的一家店门口有个汉子正躲在半掩着的门板后面满脸恐惧地朝齐云塔方向张望，王承衍下了马奔过去，劈头就问："方才可有一辆马车从这里经过？"

那个汉子吓了一跳，愣了愣神，方答道："好像是有一辆马车，就在刚才宝塔爆炸时离开的。往那边去了。"汉子往南边指了指。

王承衍听了，心中一震，慌忙翻身上马，顺着马路往南边飞奔而去。

三

　　西京白马寺的爆炸以及长公主阿燕和雪霏姑娘的失踪，令赵匡胤意识到目前他所面临的局面要比想象中复杂。如果阿燕确实是被绑架的，那么暂时应该没有性命之忧。绑架者肯定会提出条件的！赵匡胤在心底安慰自己。他不能不在这种状态下，继续为安抚和联合柴氏集团而努力。

　　在西京留守官署内，赵匡胤再次向柴守礼许下承诺，保证柴氏家族和相关者的利益。柴氏集团内的节度使们从朝廷得到了这个保证，也纷纷表示，将唯朝廷马首是瞻。这种保证，虽然包含了很多虚伪的成分，但是，赵匡胤通过安抚柴氏集团，至少暂时稳定住了很大一部分军事力量。这部分军事力量，原本可能随时成为火药桶，给新创立的王朝造成巨大的伤害。西京留守官署内的会议并没有持续很久，赵匡胤既然获得了自己想要的柴守礼的承诺，便令各方节度使尽快返回自己的辖地，以应对可能出现的危机。在会议上，赵匡胤虽然没有点明即将到来的危机是什么，但是大多数节度使已经清楚地意识到了。因为，关于昭义节度使李筠起兵的传言此时已经不是秘密了。

　　会议结束后，赵匡胤带着近臣与侍卫们，在禁军的护卫下，赍夜赶回京城。离开西京之前，赵匡胤再次责令西京留守向拱，务必抓紧时间调查长公主与雪霏姑娘失踪一事。根据原先负责看护长公主和雪霏姑娘的两个侍卫的报告，赵匡胤知道，王承衍是去追踪绑架者了。这多少对他是一个安慰。但是，他也知道，在这种局面下，他不能待在西京。山雨欲来风满楼，昭义节度使李筠应该很快就会起兵，谁知道京城会不会再次发生陈桥兵变那样的事情呢?! 当赵匡胤想到这一点时，他只能带着一种沉重的罪恶感——弃亲人于不顾——马不停蹄地赶回京城。

次日亥时，夜色如墨，赵普急急赶往福宁宫。

李筠终于开始行动了! 赵普带着刚刚得到的重大消息，万分焦急地欲向皇帝汇报。他跟在一个内侍的后面，在昏黄的灯笼光的导引下，匆匆往福宁宫赶去，在跨过福宁宫的门槛时，脚下重重一绊，差点摔个跟头。夜色中，宫内路边的大树，像一个个巨人般持着刀枪剑戟冷然而立，又像一个个鬼影，张牙舞爪，随时准备扑向它们的猎物。赵普内心感到沉重的压抑，但是这种压抑中又包含着一种让他有些热血沸腾的刺激。他感到自己全身都仿佛在微微颤抖，快步行走并没有消除这种颤抖的感觉。他知道，这不是害怕，而是激动。他嗅到了一股来自战场的血腥味。虽然他不是武人，对五代时期四处杀伐的武力感到深恶痛绝，但是，这种来自战场的血腥味，仿佛挑起了他内心深处好斗的本能。只有强大的对手，才能显示我赵普的价值! 这种想法，如同之前多次一样，再次出现在赵普的心中。

"出事了?"赵匡胤见赵普急匆匆进屋，慌忙从床榻上立了起来。

"是。陛下，李筠开始行动了。"

"当真?"

"千真万确。李筠已经抓了监军亳州防御使周光逊、闲厩使李廷玉。又派其教练使刘继忠及判官孙孚，直接将周、李二人送给了北汉。"

"这必是向北汉求兵共同起事。"

"不错。不过北汉的反应非常暧昧。"

"是吗？"

"那周光逊乃周德威之子，李廷玉乃李嗣昭之孙，皆为前朝名门之后，在晋阳都有旧日府邸。北汉主将两人都放了，而且厚加馈赠，令回旧日府邸。"

"以先生之见，那北汉会助李筠吗？"

"现在看来很难说。不过，依臣之见，北汉主未见李筠起兵，恐怕就不会给他任何允诺。"

"北汉乃是一个困扰我北境的毒瘤。其所占之地，山高路险，要攻取还着实不易。如果这次他能因潞州大举出兵，我大宋可趁机与他寻求决战，这未尝不是一件好事。"

"陛下的意思是……"

"既然潞州反意不变，那就让他来吧。"

"可是，一旦潞州、北汉同时出兵，确实也很麻烦。"

"我倒不担心潞州与北汉的联合，如今镇州、同州、陕州局势都已稳定，潞州折腾不到哪里去。朕担心的乃是淮南李重进，如若他乘机与南唐、吴越国联合，则我大宋危矣！那时，契丹也必自北而下，来分它那一杯羹。所以，既然潞州要反，就让他先反，总要比他同李重进一起反要好。"

"陛下是想先按兵不动，等潞州出击，然后再后发制人？"

"正是。好戏马上就要开场了，"赵匡胤垂下眼皮，似乎变成了自言自语，"战事终归是免不了了啊。"

未过几日，昭义节度使李筠派兵进攻泽州。泽州，就地理位置而言，东南距离京城四百六十多里。泽州在春秋时期属于晋国，战国时期属于韩国、魏国，后来又属于赵国。它的历史，说明它历来都是兵家必争之地。秦国白起破赵于长平，那个长平，就位于泽州北部高平县西北二十一里的长平古城。

不知出于什么原因，当李筠发兵进攻泽州后，赵匡胤却突然称病，暂时罢了朝议。

这日晚上，范质、王溥、魏仁浦三位元老会同枢密使吴廷祚、右谏议大夫枢密直学士赵普、都押衙李处耘一起前往福宁宫找皇帝议事。

"陛下，潞州已经出兵泽州了！请陛下立刻下令讨贼吧！"吴廷祚首先发话。

"哦，是嘛。待朕病好了，叫它有来无回。"赵匡胤听了吴廷祚的话，眉毛动了动，斜靠在床榻上回答，话语不急不缓，似乎对泽州并不在意。

"泽州快马飞报，请求朝廷支援了。这是臣刚刚收到的乞援信。"吴廷祚说话间掏出一封信，递给皇帝。

赵匡胤接过信，打开一看，只见信纸潦潦草草写了几句话：

泽州危，臣请速援。

信连名字也未写，显然此信乃匆忙中所写。赵匡胤心中一紧，但脸上却毫不变色。这次称病罢朝，乃是他有意为之。如何对付李筠，他思虑良久。李筠发出的檄文，他之前已经拿到了。他并不在乎檄文中对他的怒斥。他狠下心来，拿定主意，要引潞州之兵出来，再给予打击。这样做，有两方面的好处：一方面是为了朝廷有一个讨伐逆贼的正当理由；另一方面，可以使潞州失去太行之险。为了避免在朝廷上引起没有必要的争议，所以赵匡胤托病罢朝。

赵匡胤甚至还等待着潞州的一场胜利。小小的胜利，可以滋长潞州的轻敌之心，而且可能诱使潞州进一步贸然出击。这样朝廷的机会便来了！

"只是——张福不知能不能突围出来！"赵匡胤心里暗暗焦虑。然而，他知道，这是战争。与战争相比，人每天都在上演的争吵、谋杀、偷盗、诈骗、通奸，都不过是小巫见大巫。既然战争即将来临，他知道，他必须作出一些艰难的抉择。之前，他曾经为了赢得战争，将父亲的安危暂时搁置，对战友的危局也未及挽救。如今，他再次启动了自己的战争思维。他非常厌恶这样的一个自己，但是，为了以最小的代价赢得战争的胜利，他不得不将那个令他自己讨厌的人的思想召唤回这个躯体。

"泽州刺史是张福吧？"

"正是张福。"范质答道。

"朕知道，张福是个忠臣。"

"……"

"陛下，如果再不发兵救助，泽州就危险了。"赵普插话道。他隐隐觉得，皇帝已经变得更加深不可测了。

赵匡胤盯着赵普的眼睛。在战术上，他觉得赵普有时跟不上他的思想。毕竟，他是在战场上闯荡过来的，而赵普却是幕僚出身，未上过一线冲锋陷阵。

"是啊，泽州一失，潞州兵就可西下太行了。如若潞州兵出泽州，就离京城不远了。陛下！还请立即发兵泽州救援呀！"王溥道。

"各位爱卿不必多虑，张福是个忠义之臣，他定不会有负于朕。吴爱卿，你速传人送信至泽州，就说朝廷正在调集兵马，过几日就出兵。令张福不必据城死守，能突围就突围。"

泽州危在旦夕，皇帝却说过几日出兵。众人终于明白，皇帝这次是不会出兵救助泽州了，尽皆默然，气氛顿时变得死一般沉闷。

"你们可能会怪罪朕。可是，这毕竟是战争。救了泽州，潞州兵回守潞州，那里易守难攻，今后必然会有更多的将士伤亡。如果李筠改变进攻路线，朝廷的大军要想寻找决战机会，就会更加困难。那时，局势将会更加复杂。与其如此，不如后发制人。先将李筠先头部队牵制在泽州。朕也想救泽州，朕也想救张福，朕也想救镇守泽州的数千将士。可是，为了尽快剿灭反贼，为了尽可能减少伤亡，朕不能现在就派大军去泽州啊。况且，目前大军的军粮尚未备齐，一旦轻出大军，粮草不济，败亡无日呀！"赵匡胤终于说出了真心话。在说完这段话之后，他在心里继续想着："如果我能用我的口舌，我就不用我的刀剑；如果现在还有一线希望可以阻止战事，我也要紧紧抓住这根线，哪怕它比发丝、比蚕丝还细！"

众人听了皇帝的话，面面相觑。他们心里清楚，皇帝说得没错。目前的局面，派大军出击，不一定能够赶在李筠之前到达泽州，而且，一旦李筠改变战略，退守潞州，或者改变路线，朝廷的大军在军粮不济的情况下，确实可能发生变故。历史上，兵力有优势但是由于粮草出了问题而战败的案例不少。官渡之战的转折点，便是一例子。当时，袁绍被曹操在乌巢火烧粮草后，兵力上的优势很快丧失，随后便是兵败如山倒。

"但愿张福能够突围出来。朕会亲自出宫去接他。朕倒真是累了。你们都回吧。"赵匡胤说完这话，不再看范质等人，仰头靠在床上，睁大眼睛茫然地望着虚空。因妹妹阿燕失踪而产生的担忧，再次袭上他的心头。

四

"你们究竟是什么人？"长公主阿燕终于忍不住，声音颤抖着喝问坐在她对面的那个汉子。但是，她没有得到任何回答。对面那个汉子只是用冷冷的眼光盯着她。

当马车往南驶了半个时辰的时候，长公主阿燕意识到带走她与雪霏姑娘的人肯定不是刘廷让将军派来的。"我们被劫持了！"这种想法令她一下陷入恐惧之中。这些人究竟是谁？难道是我那个已经逝去的夫君以前结了什么仇家？她突然想起了自己的丈夫米福德。不知从哪天开始，他的面容已经在她的记忆中慢慢模糊了。可是，那一刻，那张脸在她的记忆中一下子又变得清晰起来。她感到一阵心痛，泪水顿时从眼眶中涌出，如同两条小溪，顺着两颊流淌。当锥心的伤痛渐渐舒缓时，她否定了原来的猜想。不可能是夫君的仇家！他根本不曾得罪什么人啊！莫非是韩通的儿子韩敏信，为了报复我皇兄，派人绑架了我们？她想到这点时，感到心腾腾地加速跳动起来——她知道，在陈桥兵变中，王彦升屠杀了韩通家族数百口人，如果自己和雪霏是落在韩通儿子的手中，真不知会发生什么事情；可是，这也让她再次想起在大相国寺中遇到的那个年轻人，按照皇兄赵匡胤的猜测，那个年轻人正是韩通的儿子韩敏信。伴随着恐惧，她想起了当时那个年轻人的眼神。"当时，他的眼神难道不是充满了感激，散发出一种奇妙的热烈的光吗？那一定是因为他还不知道我就是他仇人的妹妹吧！如果，这次绑架真的是他策划的，如果，这次我落在他的手中，他会怎样对我呢？"想到这里，她仿佛觉得自己的心被重锤猛然一击。随即，酸楚的感觉如潮水一般涌上了她的心头。

她的眼泪，她酸楚的神情，都被坐在她对面的那个汉子瞧在眼里。但是，他除了微微侧了一下脸之外，没有其他任何反应。他的眼睛，冷冷地注视着阿燕，可是目光的焦点，却似乎在遥远之地。

自从阿燕提出第一个问题已经过了好几天了。在头三天内，与阿燕和雪霏同车的两个男人没有说一句话，也没有回答任何一个问题。他们用可怕的沉默来回应阿燕和雪霏的提问。到后来，阿燕和雪霏都不再问了。头三天内，他们经过了两条大河，换了两次马车。在过第一条大河之前，马车便被卖掉了。他们乘坐专门雇来的一条小船渡过河去。过了河，两个汉子负责继续看护阿燕和雪霏，另一个男人则到附近买来一套马车，然后载着阿燕和雪霏继续往南赶路。第一个晚上，他们在一个镇子的客栈里住下。"若是想逃，我会杀了你们！"马车上坐在阿燕对面的那个汉子在住店之前，盯着阿燕和雪霏的眼睛，冷冷地说了这样一句话。他的音调出奇地平淡，但是他的眼神透出的寒意，令阿燕和雪霏清楚地意识到，眼前这个人不是在开玩笑，他会说到做到。阿燕和雪霏在提心吊胆之中半梦半醒地度过了一个晚上，所幸三个汉子都没有到她们的房间里来侵犯她们。第二天的午后，他们又渡过了一条大河。过河后，他们照例又换了一套马车。第二个晚上，

卷
一

21

他们在一个镇子里过夜。阿燕临睡前偷偷拉开房门看了一眼，不禁心下大骇。原来，那个绰号叫"骆驼"的汉子正倚靠着房门口的栏杆监视着她俩的房间。"他们定然整夜轮流监视我俩。估计昨夜也是如此。"阿燕顿时打消了逃跑的念头。夜晚，她和雪霏担心三个汉子前来侵犯，依然不敢放松警惕，一个人先睡前半夜，另一个则睡后半夜。

第三天一大早他们便出发了。不知出于什么原因，阿燕感觉到马车前进的路线似乎一会儿向正南，一会儿朝向西方，一会儿又折向东方。"莫非他们在故意兜圈子？可是，他们为什么要故意兜圈子呢？是了，一定是害怕被人追踪！"阿燕的心里越来越担心，可是想到自己还要照顾雪霏，所以尽量装出镇静的样子。雪霏年纪虽小，但是她天性活泼大胆，到了第三日，反而不如前两日那样害怕，竟然不时还掀开马车帘子往车外看看风景。坐在对面的两个汉子似乎也不介意。

马车一会儿南、一会儿东、一会儿西地奔走了一天，阿燕和雪霏彻底糊涂了，不知马车究竟行驶到了哪里。第三天傍晚时分，他们渡过了第三条河，晚上便宿在一个小客栈。从第四天一早出发，他们便开始骑马。原来，前面已经是一片郁郁葱葱的山林。马车不便在山中行走，自然是被放弃了。

那个领头汉子从车厢的座位下面取出两件带风帽大氅，不容商量地让阿燕和雪霏披在身上，又取出两副面纱，令两人遮住了脸庞。原来，不论是大氅，还是面纱，都是他们早就准备好的。现在，阿燕的心越来越沉重了。这显然是一次经过精心策划的绑架！该怎么办？阿燕的心里暗暗叫苦。

在山林中赶路时，阿燕再次向那领头的汉子质问："究竟要带我们去哪里？你若不说，我就不走了！本姑娘宁愿死在这林子里，也不走了！”她仔细揣摩着绑架者的心理，估计他们为了某个特别的目的，暂时不会杀了她俩，所以想到了这个耍赖的办法。她勒住了马缰绳，跳下了马背。

那个领头的汉子稍稍愣了愣，勒住马缰绳，骑在马背上，冷冷地盯着阿燕。

“快上马！不然我杀了你！”领头汉子说。

“不，就不！你有种，就杀了我啊！”阿燕脖子一昂，扬起微圆的瓜子脸，噘起嘴巴，黑色眼眸忽闪着光，恨恨地看着那个威胁者。

两个人一个马上，一个马下，彼此瞪着眼，僵持在那儿。这次，那个领头汉子似乎明白自己的威胁已经失效。于是，他冷冷地回答道：“要不了多久，你们就知道了！”

“为什么要绑架我们？”阿燕抓住时机继续追问。

“是啊，为什么绑架我们？”雪霏也在旁边帮腔学舌。

“替人办事而已！”那个领头汉子微微勒了勒马缰绳，回答的声音还是冷冷的。

“你不说，我就是不走！”阿燕准备豁出去了。

那个领头汉子前后张望了一下，见没有其他行路人，便冷然说道：“骆驼，将她嘴堵上，绑到马背上！”

“是！大哥！”“骆驼”听了大哥的命令，飞身下马，一把抓住阿燕的肩膀。

阿燕大惊，大呼小叫起来。雪霏见“骆驼”要绑阿燕，顿时在马背上哇哇大哭。

“你们这帮坏蛋！我爹爹是大将军，他一定会来救我们的。你们都走着瞧吧！”雪霏哭泣着说道。

可是，没有人理会她。

"骆驼"已经从背囊中抽出一根绳索——想来早就有准备，三缠两绕，顿时将阿燕像粽子一样捆得结结实实。"骆驼"又从背囊中掏出一块布，将阿燕的嘴塞得严严实实。

于是，三个汉子带着阿燕和雪霏，继续骑着马，在山林中往南赶去。这片山林又深又密，似乎为了怕人发现，三个汉子专挑冷僻小路行进，因此前进的速度大大慢了下来。

行了一个时辰后，那个领头的汉子在马背上扭头冲阿燕说道："你乖乖听话，便给你松绑。听明白了吗？"

阿燕被绑着横卧在马背上，几乎被颠得快晕死过去了，这时听到那汉子的话，仿佛得了救命符，赶紧使劲点了点头。那汉子冲"骆驼"使了个眼色，"骆驼"便下马将阿燕松了绑，又将那块布从阿燕的口中取了出来。阿燕害怕再被捆绑，顺从地骑在马背上，跟在那个领头汉子的后面。

他们一行五人往南又行了许久，便出了大山，再次走上了宽大的官道。

不知从什么时候起，他们后面的半里之外，有个骑马的年轻人，不紧不慢地跟随着一路行来。这个年轻人二十五六岁的样子，眉清目秀，脸庞轮廓优美，鼻子高挺，下巴不长不短，下巴中间微微凹陷，凸显出性格刚毅的一面。此时，他头上扎着一块寻常的巾帻，身上穿着一件同样寻常不过的灰白色袍衫，腰上挂了把佩刀，背上背着一个包袱。他骑在马上，神情似乎很悠闲，但是眼睛却不时闪烁着警惕的光芒。他骑行或快或慢，始终使自己与前面载着阿燕的马车保持着一定的距离，从而可以隐约看到马车的后部或一角。

傍晚时分，三个绑架者带着阿燕和雪霏渡过了一条河，又卖了马，买了一辆马车往前赶路。这回，那个领头汉子坐在了阿燕的身边，而"骆驼"和雪霏挨着坐在他俩的对面。

"山鹰，快到邓州了。小心一点。"那个领头汉子对驾车的同伙说道。

过了不久，马车停住了。

"老爷，邓州城到了！"这是扮作车夫的"山鹰"在说话。

只听得有个凶巴巴的声音质问："车里什么啊？"

阿燕听得"山鹰"说道："兄弟，车里是我家老爷和家眷。"

"那也得看一看。"

这时，阿燕发觉腰间被尖尖的硬物一顶，低头一看，原来那个领头汉子手中多了一把匕首，正顶在自己的腰部。再看对面，"骆驼"也用匕首抵在了雪霏的腰间。

阿燕深深地吸口气，使自己镇静下来。

车厢的窗棂被微微打开，有个军士往里探了探头，便缩了回去。窗棂也重新关闭了。

阿燕听到外面军士说道："走吧，走吧！"

马车一动，往前行去。

"原来到了邓州。奇怪，为什么军士看到我和雪霏坐在车内没有任何反应呢？按理说，皇兄定然会发布命令，让各地城门、关隘严查我俩的踪迹。难道皇兄没有下令？"阿燕心中一动，突然想，"是了，前几日听皇兄说起潞州李筠随时可能起兵反叛朝廷，莫不是西北叛乱已经开始，皇兄担心我俩被绑架的事情被敌人利用，所以封锁了消息！八成是这样，估计皇兄也在等绑架者提出条件，所以只派人暗中调查。皇兄现在一定是着急坏了。进了城，一定得想想办法。"阿燕暗暗心焦。

马车载着三个绑架者和他们的猎物，进了邓州城门，穿过城内的一条条街道，也不停歇，直接便从南城门穿城而出。继续往西南方向行了一程，马车到了一个小城门前。

此时，夜幕已经降临，城楼上已经挂起了灯笼。灯笼的光，为城楼蒙上一层朦朦胧胧的面纱。城门的石匾上刻着"穰县"两个字。两个字油漆成红色，在暗夜的灯笼光下显得有些诡异。

一行人进了城，穿过一条大街，又拐了两个弯，在一家名叫"顺阳"的客栈门口停了下来。

"张文表的人应该早就在这里了。咱那四个兄弟，按计划，也应该比咱先到。跟他们四个先接上头。小心一点！等联系上张文表的人，交了人，拿了剩余报酬，咱就赶紧撤！最好今晚就完事。我和骆驼在一楼大堂里等张文表的人，你到客房先去找到四个兄弟，暂时别现身，作为接应。"在进入客栈前，那个领头的汉子神色凝重地叮嘱两个同伴。

"明白！""骆驼"哈哈一笑，大咧咧地答了一声。

那个绰号叫"山鹰"的汉子也是无声地笑了笑。

阿燕心里暗想，看来马上就可知道绑架行动的幕后指使者，等会儿，一定得想法子将消息传出去，皇兄一定在派人四处找我们，只要消息传出去，就有望得救！她搂着雪霏，在三个汉子的挟持下，走进了顺阳客栈。

客栈一层的大堂里，几盏红灯笼的光芒，笼罩着十来张八仙桌。因为时辰已晚，大多数八仙桌都空着，只有三张桌子边，还坐着客人，正享用着热气腾腾的佳肴。阿燕、雪霏和三个汉子走进客栈大堂的时候，那桌正在吃夜宵的人只顾吃喝，大声喧哗，似乎谁都没有特别在意他们的到来。

阿燕一度想大声呼救，可终于还是忍住了。她还不敢冒这个险，心中担心万一绑架者狗急跳墙会做出可怕的事情。"更何况，说不定这会儿在大堂里正吃夜宵之人，就是绑架的幕后指使人啊。"阿燕心中想着，身子不禁打了个激灵，扭头看了看那三桌正在吃夜宵的人。在她身边，雪霏忽闪着一双惊恐而好奇的眼睛，更是对如何应对险恶的局面没有主意。

"掌柜，四间上房！"领头的汉子冲着柜台后那个穿得像掌柜模样的人喊道。

阿燕看了看那个掌柜，见他长着一张瘦削的脸，留着山羊胡须，一副贼眉鼠眼的样子，心里便起了厌恶感。"若是托这人给官府报信，不知他愿不愿意帮忙？"阿燕心里暗暗琢磨着。

那掌柜听到招呼，抬起头来，带着谄媚的笑容答道："好！好！四间上房，有的，有的。敢问客官高姓大名，小店做个登记。"

阿燕听了，扭头看向那个领头汉子，看他如何回答。她直到现在还不知他的名字呢。

那个领头汉子答道："周远，路途遥远的远。"他说出了自己的真实姓名，因为他知道，既然到了顺阳客栈，就没有必要再隐瞒了。任务马上就要完成了。张文表的人按照约定，应该已经在这个店内等候他的到来，只要接上头，交了人，一切就都结束了。一拿到报酬，他和他的弟兄们马上就可以远走高飞。他将用酬金购买足够的治病用的药材，然后带着他的妻子，远走西方，在他的家乡，在那遥远的草原上度过余生。他的几个弟兄们，也会拿了酬金，各奔前程，隐匿于江湖。

"原来他叫周远！也不知是不是真名。"阿燕紧紧地攥着雪霏的手，用余光瞟着周远。

"好嘞，周官人！四间上房，记上了。"那个山羊胡须一边说，一边低头用毛笔往账本上写字。

"多少房钱？"周远问。

"不必了，不必了，早有人为周官人垫上账了！那位客官说，等周官人到了，他就会来拜会您哦。"山羊胡须笑眯眯地答道。

"甚好！"周远点点头，并不对那掌柜的回答感到意外。

山羊胡须接着扭头冲旁边一个伙计喊道："阿四，你带着三位官爷和两位姑娘去后面客房。二楼，去二楼，给几位客官开四间上房，北二至北五。"

"掌柜，借你的簿记看看！"周远用冷冰冰的眼光盯着山羊胡须。

"这个，这个——"那个掌柜微微一愣，但是，他马上从周远冰冷的眼光中看到一股可怕的杀气。他身子哆嗦起来，双手捧着簿记递到周远面前。

周远一把将那本簿记夺过来，从当前页往前一页一页地翻起来。

王琦四间上房一楼东一东二东三东四

周远的眼光在这行字上扫过。王琦，正是他的兄弟之一。

"很好！"周远合上簿记，将它丢还给山羊胡须。

"咱暂时不去客房，请先备酒菜，就来两壶酒，几碟下酒凉菜，再来一份熟牛肉，一份羊肉，一份猪肚，每人上碗热馄饨，咱先填饱了肚子再说。对了，酒先温一下。"周远冲掌柜大声说道，接着，又冲"山鹰"说道："兄弟，你跟伙计去后面先看看客房，一会儿过来吃夜宵。"周远说完这句话，拉着"山鹰"的手臂，压低了声音道："看完客房后，顺便到一楼东面头几间去找王琦他们，他们已经到了。你们过一会儿出来，坐门边那桌，随时接应。"

"山鹰"会意，说道："好！大哥，小弟先去看看！"说完，他便随着伙计往后边走去。

周远待"山鹰"离去，对那山羊胡须说道："掌柜，你让人将那位替我垫账的朋友请来。就说我已经到了，请他来吃夜宵。"

"这么晚了，小老儿怕那位官人已经歇息了！"山羊胡须面露为难之色。

"你去请便是了！"周远说着，从怀中掏出几枚铜钱，塞在山羊胡须掌心里。

山羊胡须捏着铜钱，点点头，也不喊伙计，自己慌慌张张出了柜台，往后面跑去了。

周远带着阿燕和雪霏，在大堂中间的一张八仙桌旁坐了下来。周远坐在上首，阿燕、雪霏打横。这次，"骆驼"却不坐下，站在阿燕的身后。周远也不招呼"骆驼"落座，他与"骆驼"之间，似乎有一种神奇的默契。

不一会儿，一个伙计便端着托盘，将几个冷盘、几个热菜和酒注子、酒杯端了上来。

"吃！"周远拿起筷子，嘴里蹦出一个字来，示意阿燕和雪霏吃菜。

雪霏战战兢兢地看了看阿燕，征求她的意见。

"咱不怕，霏儿，吃饱肚子要紧！"阿燕强作镇静，使劲控制着发颤的手，拿起筷子去夹盘子中的牛肉。

雪霏见状，也拿起筷子吃菜。

周远也不说话，拿起桌子上的镴制酒注子，将自己面前的杯子斟满了，仰头喝得一干二净。

在周远喝下第三杯酒的时候，"山鹰"带着四个人走了过来。阿燕拿眼偷瞄那四个人，见那四个人腰间都悬了把佩刀，身上穿的是窄袖灰色粗布袍衫，腰上系的是银饰革带，脚上蹬着的是乌皮靴。阿燕只觉眼前四人似曾相识，呆了一呆后，突然想起那四个人正是之前将自己和雪霏带出白马寺的四个禁军士兵。

那四个人见到周远，都抱拳以大哥相称。

"大哥，我们到了之后，没发现这店内有何异样。他们应该做不了啥手脚。"四个人中有一个冲周远说道。

"但愿如此。王琦，你们去门口那桌坐下吃点东西吧。小心一点。张文表可能马上会带人来。"

"是！"王琦应了一声，便与三个同伴往靠门的一张八仙桌边坐下。周远又让"骆驼"和"山鹰"在旁边紧挨着的一桌落座。两桌人各自点了些酒菜。

过了片刻，山羊胡须带着一人不紧不慢地往周远这桌走来。

"周官人，您的朋友来了！"山羊胡须脸上堆着谄媚的笑容说完，便知趣地退下去了。

周远抬眼看，只见那人四十五六岁，脸型瘦削，头戴五代式样的高筒帽，身穿浅紫色的大袖襕衫，一派文人打扮。

那人见了周远，哈哈一笑道："人果然是带来了。"说话时，他拿眼仔细打量着阿燕，眼光放肆，神色猥琐。

"张文表派你来的？"周远道。

"正是。"

"钱呢？"

那人往前走了两步，靠近了周远，眯起眼睛，压低声音说道："别急，谨慎起见，张大人只安排在下在此接应各位，但并不在此交接。此处人多眼杂，恐会引人耳目。在下方才派人通知了张大人，并已备好马车，咱们现在就出城，张大人在城西朱砂山敬候。到了那里，你交了人，钱自然少不了你。"

周远盯着那人的眼睛看了片刻，冷冷说道："好！不过，不用劳烦你的马车，我们乘自己的马车便可。休要耍花样！"

那人微微一笑，说道："好，那周兄跟着在下的车便是了。"

说完，那人冲山羊胡须喝道："掌柜，让人将周官人的马车备好，在下的马车，也让在门口守候吧！"

"好嘞！"山羊胡须远远答道。

"山鹰"驾车，载着周远、"骆驼"、阿燕和雪霏四人，跟着前头一辆马车，往城西驶去。两辆马车的车厢前竖着的铁杆上，都挂上了照明用的灯笼。在它的后面，王琦等四人各骑着一匹马，远远跟着。

去往城西的道路比较冷僻，沿街只有几家夜宵铺子尚未打烊，还点着灯笼。但是，那几只稀疏的灯笼发出的光，就像萤火散落在黑色的原野。在这片黑色大地的上空，浮动着厚厚的云，月亮在一团厚云背后，无力地发散着一团混沌的青光。两辆马车和四匹马，借着车头的灯笼光和街边稀疏的灯笼发出的暗弱光芒，穿行在沉沉的暗夜中。"嘚嘚"的马蹄声，增加了暗夜的寂寥、阴森和诡异。

马车很快出了西城门，继续往西边行去，又行了七八里路后，便进入了一个山谷。山谷中浓重的黑暗，包裹着几点暗弱的灯笼的光芒。前头那辆马车带着后面的马车和四骑，又往山里行了一程，随后便转入一个山坳。

阿燕在车中只听前面有人喊："周兄，到了，都下来吧。"

"山鹰"勒住了缰绳，马车停住了。

周远和"骆驼"分别抓着阿燕和雪霏的手，出了马车。王琦等四人也下了马，远远在十余丈外候着。

阿燕往前方望去，只见十来个汉子举着火把，拥着中间一个人。那人与方才到客栈接头的人打扮有些类似，穿着窄袖盘领袍衫，只是头上多戴了顶平巾帻。那张脸在火把的照耀下，似笑非笑。方才客栈里负责接头和带路的人，此时站在戴着平巾帻之人的身旁。

周远识得前面那个被众汉子拥着的人正是衡州刺史张文表。

张文表似乎对周远的到来早有准备，发出一阵碟碟怪笑。他笑着笑着，又突然停住，说道："周兄，看来'黑狼'这绰号，你也不是白叫的，真不简单！果然说到做到。"

"我不是黑头虫儿。你对我的恩，我一定会报。人带来了。钱呢？"周远冷然道。

"周兄，你不要怪我！"

"你什么意思？"

"钱我不会给你，人也不能走。至于你和你的几个弟兄，同样也得留下。我非常遗憾地告诉你们，今晚，你们都得死！"张文表忽然拉下了脸，鹰隼般的眼睛忽闪着冷酷的光芒。

张文表的这句话，如一股寒流冲向周远的心头，顿时令周远仿佛落入了冰窟窿。

周远知道，眼前这个曾经救过自己性命的人，这次是从一开始就将自己算计了。被欺骗被利用的感觉，让他一时之间有些蒙了。他呆呆地盯着张文表看了好一会儿，仿佛想要重新认识眼前这个人，然后，他冷冷说道："这位便是宋朝皇帝赵匡胤的亲妹妹，你不是说要献给南平王高保融的弟弟高保勖吗？"

"哈哈，周兄，关于高保勖派人绑架大宋皇妹的消息，我已经派人传出去了。高保勖能不能收到人，就不重要了。况且，大宋皇妹一死，那高保勖跳进黄河也洗不清了。抱歉，为了让高保勖有口难辩，只能委屈你和你的弟兄们了。"

阿燕和雪霏听了张文表的这一番话，顿时都吓得面如土色。"骆驼""山鹰"等人，也都是变了脸色，又惊又怒，纷纷抽出了佩刀。

"好一个嫁祸于人的阴谋。张文表，我黑狼的性命是你救的，其实你如果要我性命，随时可取。只是，又何必用如此阴毒的计谋。"周远冷冷地盯着张文表。他的心虽然凉透了，但是却并无惧色。

"你不死，我不能安心。周兄，抱歉了。"张文表冷酷地笑了笑。

"等等，我死不足惜，只想求你两件事。"周远道。

"何事？"

周远略一迟疑，说道："第一件事，望你放了我的几位弟兄，我向你保证，他们一定会保密。第二件事，拙荆尚在山里，你我上次见面的那座山的后头，你应该能够找到。还望你代为转告一句，让她休要等我，回家乡去吧。她有病在身，让她自己珍重。"

张文表狞笑一声，说道："周兄，这第一件事，我无法答应。今晚，你们一个都不能走，你，还有你的弟兄，都得死。第二件事，我也无法答应。本来我不想说，既然你说了这话，我就让你放个心，嫂子你就不用担心了。我已经安排人送她上路了。你一会儿就可见到她了。"

"你说什么？你杀了她？她可是无辜的啊！你这个恶魔！"周远听到妻子被杀的消息，感到心中一阵剧痛，脑袋轰然一响，在一阵眩晕中几乎跌倒。

"哼，难道你不是一样吗？你想想，你劫持的两个人，难道她们有罪吗？你不过是和我一样的人！"张文表冷笑了一声。

周远一愣，心头仿佛被千钧之锤重重一击，狂呼道："你说得没错！是，是！我之前都错了！都错了！"

张文表盯着周远，缓缓举起了右手，往空中一挥，大喝道："杀了他们！一个也不要放走！"

张文表话音未落，身后便奔出十来个弓箭手，纷纷弯弓搭箭。此时，两边山头上也亮起十数支火把。

周远怒气攻心，又被丧妻的悲伤打击，口中不禁吐出一股鲜血，大喝一声："诸位兄弟，带着人质，突围出去！往来路冲。"说话间，一把将阿燕拽住，另一只手抽出腰刀拨挡住射来的飞箭，往来路退去。

"骆驼"也将雪霏拽在身边，挥着腰刀拨挡住羽箭，口中狂呼不已。"山鹰"担心周远，奔到了他的右侧，挥刀拨挡住后方和右侧射来的羽箭。

王琦等四人见形势突变，也都挥刀护住要害。他们想要翻身上马去接应周远等人，却无奈两边射来的飞箭密集，四匹马转眼之间便被射成了箭垛子，发出痛苦的嘶鸣，纷纷倒在地上。

周远、王琦、"骆驼""山鹰"等人尽管个个武艺高强，无奈情势突变，他们又处于不利的地形，所以一时之间无法冲出箭阵。没过一会儿，王琦身边的三人中有一人被箭射中小腿，一个趔趄跌倒在地，还未等站起来，数支箭便在一瞬间射中了他的几处要害，他惨叫着躺在了地上。王琦几次想救，都被飞箭阻挡住，只能眼睁睁地看着自己的兄弟被慢慢攒射，身上插满了羽箭，像只可怜的刺猬，在惨叫中死去。

周远知道如此下去不是办法，他望了望一侧的山坡，只见坡上到处是密集的灌木和长草，在山坡顶上，十来个弓箭手正借着火把的光往下射箭。冒险往山坡上冲或许还有生机！他知道，现在没有其他选择了。

"往山坡上冲，护住两个姑娘，这是我们赎罪的机会。"妻子无辜的死亡让周远的内心感到深深的愧疚，现在，他的内心突然有了另外一种寄托，那就是舍命保护住眼前这两位被自己劫持的无辜的姑娘。

"骆驼""山鹰"、王琦等听了周远的呼喝，纷纷发喊，一边挥刀拨挡来箭，一边往一侧山坡上奔去。

周远的决定没有错。由于他们冲上了一侧的山坡，慢慢远离了对面山头上的弓箭手，所以射来的飞箭势头都变弱了，再加上灌木和长草的遮挡，对面山头射过来的飞箭几乎失去了威力。现在，他们只要挡住正面从山坡顶上射来的飞箭就行了。不过，张文表马上也改变了战术，他令自己身边的弓箭手停止射箭，直接从山坡下往上追杀。

王琦见张文表的人从山坡下杀来，便自告奋勇与幸存的两位同伴断后。周远知道他们断后凶多吉少，但为形势所迫，也只得同意。

"骆驼""山鹰"依旧护着周远、阿燕和雪霏，往山坡上杀去。

将近山顶时，"山鹰"突然被一箭射中了咽喉。他狂呼一声，翻身往山坡下滚去，转眼不见了踪影。

周远见又死了一名弟兄，暗想今日恐怕突围无望了。但是，他绝不想坐以待毙，于是奋起最后一股勇气，拽着阿燕，往山顶奔去。他的身后，"骆驼"将雪霏横抱在腋下，紧紧地跟着。当他们接近山顶时，山头不再射箭了。此时，弓箭已经失去了威力，到了短兵相接、白刃相见的时候了。

眼看便要到山顶了，周远忽觉前面火光大盛，原来，五个武士各举着一支火把，持刀挡在了前面。

现在只有舍命一搏了！周远握着手中的钢刀，冲向五个武士。

那五个武士被周远的气势所震慑，一时之间愣在原地，不敢往上冲。

忽然，五个武士的身后出现一个身影。那身影来得飞快，如同鬼魅一般，一晃一蹿，寒光一闪，有两个武士惨叫一声，便往前扑倒。剩下三个武士感觉到背后有人偷袭，纷纷转过身，转眼之间又被偷袭者砍倒两人。在偷袭者砍倒第四个武士的同时，剩下那名武士挥刀斩向偷袭者的后背，眼看就要得手，突然惨叫一声，被一把飞来的钢刀穿透了前胸后背。原来，周远眼明手快，在一瞬间掷出了手中的钢刀。

那个偷袭者愣了一愣，向周远点了点头，算是感谢方才的救助。

"快！长公主，跟我往这边来！"那个偷袭者冲阿燕喊道。

阿燕一惊，定睛看去，在微弱的光线中认出了那个偷袭者。原来，那人正是在白马寺见过的少年将军王承衍。

"是你！"阿燕情不自禁大喊一声，这一声呼喊，充满了惊喜，充满了感激。伴随着这声呼喊，她已经泪流满面。

"是王将军！是王将军！"雪霏也认出了他。在这一刻，她那颗少女的心怦怦直跳，那张救命恩人的脸在她心中激起了无限的遐想，她感到一种无言的甜蜜。这种甜蜜，仿佛漂浮在水面上的青色莼菜一样滑腻、温柔，犹如在黑夜中忽然闻到一股清幽的蔷薇花香。

"快！还迟疑什么，你们一起来吧！"王承衍冲周远和"骆驼"喊道。

周远不及多想，冲"骆驼"道："走！"

于是，王承衍带着阿燕、雪霏、周远和"骆驼"四人，往一条杂草丛生的野路奔去。他们奔了许久，直到背后的呼喊声渐渐远去，才放慢了脚步。

"你怎么会在这里？"阿燕大口喘着气，好奇地冲王承衍问道。

当长公主阿燕这样问时，雪霏瞪大了眼睛，心怦怦跳着，期待着听到王承衍的回答。现在，他的任何一句话对她来说都仿佛是天籁之音。这个豆蔻少女，情窦初开，变得腼腆了，害羞了。可惜，黑暗掩盖着这个少女脸上微妙的神色变化，淹没了她投向心上人的秋波。

王承衍简单将路上跟踪的过程说了说。原来，他在离开白马寺往南骑马狂奔一阵之后，便发现了绑架者的踪迹。于是，他一路跟来，途中有两三次机会，本可抽空去报官，但是他权衡再三也没敢远离跟踪的目标。他一来担心自己离开后，长公主和雪霏会发生意外，二来也想到，皇帝迟迟没有发出搜捕令一定有原因。多年的军队生涯使他已经慢慢形成了谨慎周密的思维。平日里爱读书的习惯，也使他熟知历史上诸多典故。在皇帝不发搜捕令这一问题上，他受到的军事训练和他的知识储备，使他作出了这样的判断：一方面，皇帝不发搜捕令，是担心打草惊蛇，估计皇帝是在等着绑架者提出条件后再作反应；另一方面，恐怕是不想让皇妹被绑架的消息流传开来。如今，西北潞州的昭义节度使李筠正欲起兵反叛，淮南、南唐等处也是蠢蠢欲动，皇妹被绑架的消息一旦传开，说不定会被许多敌人所利用，他们会借机打击朝廷军队的士气，扰乱全国的人心。想那三国时候的诸葛武侯死后没有立即发丧，不就是为了稳定人心，避免自己身故的消息被敌人利用吗！可恶的政治斗争啊！人的天性与最本真的情感，在政治面前，就是这样被扭曲的吧？王承衍想到这些，有些沮丧，有些愤懑，但是终于还是面对了现实，决定冒冒风险，独自跟踪绑架者。当然，那时王承衍根本没有想到，绑架的谋划者竟然是衡州刺史张文表。

王承衍方才隐身暗处，将张文表与周远的对话听得明明白白。他天性忠厚善良，既知周远等人被张文表利用，便动了怜悯之心，已经在内心暗暗原谅了周远。这时，看着周远、"骆驼"二人表情复杂的脸，他说："你二位如想悔改，便随我回京城自首，一路护送长公主和雪霏姑娘回京城，或许还能抵去你们的一部分罪过！"

周远和"骆驼"二人听王承衍这样说，不禁又是羞愧，又是感激，当下表示希望能够将功赎罪，即便回京城，被朝廷处死，也无怨无悔。

王承衍得了周远、"骆驼"的承诺，心中大喜。

"长公主，我估计张文表定然会派人继续追杀我们，咱们往那边山里躲一阵后，再赶往京城。你看如何？"王承衍因阿燕是长公主，故与她说话不敢造次，以请示的口吻问。

阿燕见王承衍危难之中依然沉稳冷静，不禁心中暗暗钦佩，当下微笑道："现在是非常时期，少将军不必拘礼，如不是少将军相救，我和雪霏估计已经没命了。我们就唯少将军马首是瞻了！"

"好！那咱们就去那边躲一躲！"

"好的，好的！"雪霏在黑暗中用热烈的目光看着王承衍，拍着手，插口答道。

他们借着淡淡的月光，在长草密树中摸索着，往朱砂山旁边的一个山头奔去。

约莫奔了半个时辰，他们来到一面石壁之下。

奔走了许久，诸人都累得气喘吁吁，便停下来歇息。

忽然，周远眉头一皱，将手指放在唇前，轻轻"嘘"了一声。

"怎么？"王承衍惊问道。

"小声说话。咱们头上的崖顶有脚步声，来的人还不少，估计是张文表的人追杀过来了！"周远压低声音说道。

"如被他们发现，经过一场恶战，咱们体力不济，断然是冲不出去了，得找个地方躲一躲。"王承衍道。

他刚说完，只觉衣角被人拽了拽，扭头一看，只见雪霏正拉着他的衣角。

"这里有个石洞。不如咱们躲进去吧。"雪霏怯生生地往身后指了指。

王承衍往雪霏手指方向看了看，只见那边灌木丛的枝条密集地纠结着，灌木丛旁边，长草丛生，哪有什么石洞。

"哪有石洞啊？"王承衍低声道。

"刚才我往那草丛上一靠，差点跌下去。草后面就是石洞啊！我好怕！"雪霏低声回答。

"别怕，跟我来！咱去看看。"

王承衍半信半疑，不及多想，拉着雪霏的手，往那边走去。

雪霏没有想到，自己的手突然被自己钦慕喜爱的男人拉着，顿时感到脸上一阵发热，身子也不禁微微颤抖起来。幸好，在黑夜里，谁也没有留意到雪霏脸色的变化。王承衍的注意力集中在那片可能掩盖着石洞入口的杂草上，自然没有留意雪霏的身子的微颤。

王承衍拨开一堆长草，只见后面果然是黑漆漆的洞口。他又往旁边拨了拨长草，发现后面还是空的。那长草边的石洞洞口竟然有三尺来宽。王承衍再往石洞上方一看，只见黑乎乎一片乱麻般的灌木，不知洞口究竟有多高。

"只好进去躲躲了！"王承衍轻声招呼着大家，自己带头往黑乎乎的石洞里摸去。

"好黑啊！真要进去吗？"雪霏看着黑黢黢的石洞，真的感到害怕，但是想到可以借着黑暗与心上人如此近距离地接触，心底又泛起了甜蜜的浪花。

"别怕，有我呢！"王承衍说道。他没想到，他的这句话，在雪霏心中激起了更大的波澜。这汹涌的情感的波澜，足以让一个少女为了自己心爱的人去赴汤蹈火。

"好，只要有你，我就不怕！"雪霏答道，说着，跟在王承衍的身后进了石洞。王承衍一门心思想着如何带着众人脱险，对于少女话中所饱含的深情，完全没有体会。

进入洞内，诸人站在原地停了片刻，借着从洞外射入的微弱天光，让眼睛慢慢适应了洞内的黑暗。

王承衍带头往里走了数步。从洞口乱草缝隙间透入的淡淡天光，逐渐被沉沉的黑暗吞没，洞内深处漆黑一片，不知究竟有多深。他害怕洞内藏着毒蛇猛兽，便轻声让身后的诸人停住。

"就到这里吧，不能再往里走了。里面漆黑一片，恐有危险。咱们暂时在这里躲避一夜，明早，只要张文表的人走了，咱就出去。"王承衍说道。

众人知王承衍所言不错，当下就停在原地歇息。周远的怀中藏有火石，但是也不敢取出生火。毕竟，张文表的人就在洞外不远处，洞内生火，很容易被发现。于是，他们便静静地在石洞等候着黎明的到来。由于强敌就在近旁，他们一夜不敢入眠。

第二日黎明，阳光穿透洞口厚厚的杂草，如金箭一般射入洞内。王承衍和周远小心翼翼地摸索到洞口，透过杂草的缝隙往外张望。他们本期待着张文表的人已经早早离开，但是事实却让他们失望了。在洞口不远处，十来个手执刀剑的人依然在来回走动，似乎还在搜寻他们的踪迹。这是可以理解的。张文表很清楚，一旦周远等人逃脱，自己嫁祸南平王的阴谋就会被捅破，那时，他就是搬了石头砸了自己的脚，赵匡胤报复的矛头，一定会直接指向自己，而不是南平。所以，张文表为了找到周远等人，严令手下务必继续搜索。

王承衍和周远从洞口退了回来。阿燕见两人表情沉重，心知从洞口出去暂时无望了。

既然出不去，诸人也只好蹲坐在石洞里，继续等待机会。

时间不断地流逝，被围困的压抑令每个人慢慢变得焦灼起来。

突然，雪霏轻声问道："哎，你们说，这个石洞会不会通往另外的地方呢？"

雪霏的这一问，不禁令诸人精神一振。

"是啊，怎么之前没有想到呢！不如咱们往里走走，看看是否有别的出口。反正困在这里也不是办法。我手中有火石，咱们可以在洞口折些灌木的枝条，到了洞内再生火把寻路。"周远说道。

"是啊，是啊！""骆驼"一夜都沉浸在好兄弟惨死的悲伤与痛苦中，几乎一夜没有开口，此时看到新希望，精神也振作起来了。

王承衍沉默了片刻，点了点头，表示赞同这个新的计划。

于是，每人都从洞口折了些灌木的树枝，用长草扎成束，拿在手里，以备生火寻路。开始时，众人只借着暗弱的天光，慢慢往石洞深处走去。

他们渐渐走入了石洞的深处，从洞口射入的暗弱光线已经渐渐淡去。周远估摸着已经足够深入洞内，便摸出怀中的火石，点亮了第一支火把。令他们吃惊的是，石洞深处竟然越来越开阔。他们的脚底下是高低起伏的岩石，头顶上的石壁有的地方很低，几乎触到头顶，有的地方却高得出奇，简直可以塞下一座小山头。石洞顶部到处垂下一根根石乳，底部则到处是一根根石笋，有的悬在他们的头顶，有的挡在他们的前面。整个石洞内部，仿佛一个地下宫殿一般。数人当中，心中最喜悦的是雪霏姑娘。尽管危险还没有消除，前路渺茫未卜，但是她想到自己竟然能够与心上人在这个如同瑶岭仙境一般的世界中共同走在一起，还有什么比这更加幸福的呢！又行了许久，他们竟然听到了淙淙的水声。原来，石洞内还有一条缓缓流动的地下河。

王承衍走着走着，忽然仿佛想到了什么事。他"啊"了一声，自言自语道："莫非书上说的都是真的？"

阿燕走在他的旁边，听他这样自言自语，不禁好奇，问道："什么真的假的？"

"我曾在父亲的藏书中读过《隋图经》，方才，我突然想到，《隋图经》上有段记载，说的是顺阳县有个石洞庭，口阔二尺，高九尺，石洞通往西北，一直可以通往上党的抱犊山。"

《太平寰宇记》卷一百四十二《穰县》中有"石洞庭"条记载："按《隋图经》云：'顺阳县有石洞庭，口阔二尺，高九尺，西北行之莫极，潜连上党抱犊山。'"莫非咱们无意中闯入了石洞庭？

"啊？这么说来，这个石洞庭一直要到西北才有出口？此处距西北，路途遥远，那咱们还不饿死在这洞内？"阿燕听了王承衍这么一说，吓了一大跳。

"真是好神奇！原来真有这样大的石洞啊！"雪霏道。对心上人的爱恋，使她说话时的表情显得有些夸张。

"长公主、雪霏姑娘，你们不必担心——"王承衍说。他并没有注意到雪霏眼神中流露出来的爱慕。

"不，不，我没有担心！只是觉得好神奇啊！"雪霏急忙插嘴道。

王承衍淡淡一笑，继续说道："是否能够通往上党抱犊山，还不清楚，《隋图经》中的记载，或许夸大了石洞的规模，只是传说。但是，咱们一定不会饿死在这洞内。我背上的包裹里还有些干粮，洞中又有水，足够支撑一阵。再说，你们瞧，咱们的火把不是一直燃烧着吗？这说明，这个石洞可能有不少出口或缝隙通往地面，否则，这么深的洞，空气一定会很稀薄，不足以支持火把的燃烧。咱们继续往前走，看看有没有出口，咱们一定可以想法出去。出了石洞，我们还要尽快赶到京城。一定要尽快将张文表的阴谋告诉陛下。否则，我大宋和南平之间可能会立刻发生战事。我们一定要出去！"王承衍斩钉截铁地说道。

听了王承衍的话，不仅阿燕吃了颗定心丸，其他人也是大受鼓励。于是，他们带着寻找出口的强烈期望，继续往石洞深处行去。

他们几个人，每个人的心情都不同。王承衍希望尽快将长公主和雪霏姑娘救出去，并且将张文表的阴谋报知皇帝。周远和"骆驼"除了希望快快脱险，已经在暗暗琢磨着如何找张文表复仇。长公主阿燕也希望快点回到京城，她心里，正为她尊敬热爱的大哥赵匡胤担心。几个人当中，心情最复杂的，要数雪霏。她既盼望着能够早早脱险，又满怀罪恶感地暗暗希望最好这石洞不断延伸，无穷无尽，永无出口，这样，她便可以一直静静地伴随在心爱之人的身旁，永远拥有这份甜蜜的奇妙的感觉。这个可爱的可怜的人啊，她是初尝到爱情的甜蜜，还不知道它的苦涩和忧伤呢！她也不知道，爱情会如何改变一个人。

五

四月十六日，皇帝赵匡胤带着范质、王溥及魏仁浦三位宰相，枢密使吴廷祚、右谏议大夫枢密直学士赵普、都押衙李处耘以及军器库使楚昭辅等近臣前往玉津园宴射。这几个近臣以为，泽州被围，皇帝必然会立刻出兵，没有料到，皇帝看上去还是一点不急，今日竟然又提出去玉津园宴射。实际上，赵匡胤尽管没有派兵直接驰援泽州，但是还是秘密做了紧急的部署。他已经暗中令石守信调动兵马，与高怀德配合，尽快备好粮草，做好出征泽州、潞州的准备。此前，为了防备淮南和南唐等几处潜在的威胁，赵匡胤将石守信所部置于京城东南，而将高怀德所部调至京城的北面。他心里很清楚，要迎战西北的强悍军队，仅仅靠高怀德或石守信一支部队，是远远不够的。这也是他暂时不出兵驰援泽州的原因之一。小规模的驰援，不仅救不了泽州，而且可能打乱整个部署。

李处耘因为小女儿失踪，心情异常沉重。赵匡胤已经严令关于长公主和雪霏姑娘失踪的消息不得扩散，同时也令他暗中调查这一事件。糟糕的是，几日来，他没有找到任何关于长公主和雪霏的有用线索。那个可能是去追踪绑架者的王承衍也没有任何消息。李处耘跟随赵匡胤多年，心里非常明白赵匡胤的想法。不过，失踪之人毕竟也有他心爱的女儿，他尽管努力使自己保持冷静，但是连日被焦灼的情绪折磨，整个人已经显得万分憔悴了。

对于皇帝对泽州被围后作出的反应，老臣范质有自己的看法。范质心想："皇上的谋略是越发深了。不过，皇上的性情却也变得越发难以捉摸，看来，权力与地位确实可以大大改变一个人呀。"当皇帝提出要去玉津园宴射时，他不敢多言。

这玉津园在京城外城南门之外，乃是皇家林苑，其中有不少珍奇花木，珍禽异兽。从京城的宫城，出宣德门，经过五里多长的御街，途中跨过州桥与龙津桥，便可以到达南薰门外玉津园。

这日辰时，皇帝赵匡胤着了便装，召集了范质、王溥、魏仁浦、吴廷祚、赵普、李处耘以及楚昭辅等人，各备骏马，早早出行。为了出行方便，赵匡胤要求各位大臣与侍卫都着了便装。

当行至蔡河龙津桥上时，赵匡胤突然令众人停下。

"蔡河之水怎么如此之少？看那边，河中都露出沙洲了。"

"蔡河之水本来不大，况且也是多年未疏浚，估计是河中沙泥淤积，影响了水流。"范质答道。

"怎么不着人浚河呢？"

范质道："陛下，目前我朝钱粮紧张，此前，陛下调动了大量人力疏通汴河，已经花费了大量钱粮。如今，石守信、高怀德两支大军驻扎在京城附近，耗费军资颇多，故老臣虽然知道这河道该疏浚了，碍于钱粮问题，所以拖着迟迟未动。"

"是啊，这潞州一乱，又得耗费巨大军资了。兵者伤民呀……不过，朕看这蔡河还得立即疏浚才是。这河道，虽不及汴河紧要，但也关系着众多百姓生计。就从朕与后宫的用度中缩减一些，拿出来疏浚这河道吧。"

"这个……"

"不必多言，范爱卿，你要从速处理此事。不过，这河道即使疏浚了，可水流不大倒是一个问题……"

"陛下，臣倒是有一个主意，可以令人在需要行船的紧要河段附近设置斗门以节水，这样一来，水流小的时候，就将斗门关上，斗门内，水位上升，船自然就方便行驶了。"魏仁浦插话道。

"好！就依此办理。"

过了龙津桥不久，便出了南薰门。刚刚出了城门，便见城门外数十衣衫褴褛的百姓三人一堆、五人一群地徘徊在城门附近。

想不到天子脚下、京城周围竟有这么多饥民。这究竟是怎么回事？赵匡胤不禁将眉头皱了起来。

赵匡胤下了马，对楚昭辅说道："你随我来。"又对其他几位近臣道："你们都留在这儿。"说罢，将马缰绳扔给旁边的一名侍卫。

赵匡胤与楚昭辅走近了三五个衣衫褴褛者。那几个人本来有气无力地蹲在地上，这时见赵、楚二人向他们走去，都不由自主地站了起来。他们虽不知道赵、楚二人的身份，但见二人气度非凡，便知道并非一般人，一个个愣愣地注视着赵、楚二人，面露敬畏之色。

赵匡胤不怒自威，见几个百姓露出惊疑神色，便道："你们不用怕，我只是个到京城来的商人，有一件事情不明，想问问各位。"

"大官人请说，只要我等知道的，一定告知。"一个瘦骨嶙峋的老者答道。

"都说京城是个财富聚集之地，百姓虽有贫富之分，却尽皆能安居乐业，可是，怎的我看各位好像连饭都吃不饱呀？"

"唉！大官人不晓得呀。我等本非京城居民。家乡遭了灾，听说京城可以讨口饭吃，便大老远赶来了。不想，到了京城，连这京城的门都进不去呀！"

"哦？老丈的家乡在何地？遭的又是何灾呀？"

"我们几个都是从宿州来的。"

"宿州？"赵匡胤闻言微微一惊。

"是啊。前些日子，一场大火，几乎烧了半个城呀！小老儿我本来是做小本生意的，依靠的就是家中的房子，如今房子没了，没法讨生计呀！这不，只好流落到京城了。"

"这城门口的可都是你们宿州的？"

"七八成是吧。大官人，你想，我等都是靠小生意讨营生的，开店摆摊的屋子没了，生意没了，就没法活呀。如果家里有地，那还好。可是偏偏我等家贫又无地呀。所以，一路走来，也盼着能有好心的地主收留我等，如做个客户，能租种上几亩地，那就阿弥陀佛了呀。您瞧瞧，连壮小伙都有找不着地种的，我们这些老弱残，又有谁要啊！"

赵匡胤想起，前些日子宿州大火后，朝廷已经派官员带着钱粮前往宿州抚慰灾民，心中不禁大为困惑，暗想："怎么可能有这么多宿州饥民呢？莫非这中间出了什么问题？"

于是，赵匡胤又问："不是听说朝廷已经往宿州派放了救济钱粮吗？"

"是啊！是啊！不过，说到那朝廷救济……"旁边一个小伙子插进话来，却被方才的老者扯了一下衣袖，话到一半，便不说了。

"怎么？"赵匡胤追问。

"这……"小伙子犹豫起来。

"说来听听不打紧吧！"

小伙子不顾老者使眼色，一拍大腿，怨气冲天地说道："大官人，你是不知道啊，这朝廷的确有救济钱粮，可是，其实大部分都被官员塞进自己腰包了，只发放给了一部分人。即便那些得钱粮之人，大多也是与当地官员沾亲带故的，要不就是一些平日海天胡地的半吊子，平日与当官的吃喝往来，有了交情，受了灾，便得了特殊照顾。许多受灾的人，还不是与我等一样，流落他乡去寻找生路吗？"

"不是说朝廷还派了专门的使者去宿州吗？难道就不顶事？"

"这世道，官官相护呀！话说回来了，朝廷的官员下去，地方上的事哪能这么容易就办了啊？这不，老百姓被火烧毁的庐舍没有重修几座，那刺史大人的府邸却扩建了一大片。那门面，别提多堂皇了。"

"竟有此等事情！简直是岂有此理！"赵匡胤越听越怒，强压住火气，想要掏些钱给这几个饥民，却想到身上并无钱财，便让楚昭辅掏了几个铜钱给那几个饥民。

赵匡胤满怀怒气，走了回去。

"王溥，你可知道这些饥民都是从哪来的吗？"

"……"

"是宿州！宿州！这赈灾之事你究竟是如何办理的？！"

"……老臣失察，罪该万死！"王溥一听，顿时大惊失色，双腿一屈，便要跪下。

赵匡胤一把抓住王溥的手，低声道："不用在此请罪。我料你也不是故意隐瞒情况。不过，这办理赈灾之事，疏忽不得。今日你就不必去玉津园宴射了，带上楚昭辅，速回官署，速速安排各方人手，立刻去京城各门，熬些菜粥，救济一下这些饥民。我正准备对付潞泽之乱，绝不能再让京城和京城的后方出什么乱子。

这宿州是出了贪官，我一定要查，你且为我先暗自观察宿州官员的一举一动。这次绝不能再出差错！"

接着，赵匡胤声音沉沉地对楚昭辅道："赈济饥民时，一定要小心观察，勿要让奸细混入京城。令各城门加强戒备，白日里加强对进京者的盘查，夜间关闭城门后，如无特殊通行令，不得开启城门。如今，潞州已经出兵，潞州、北汉与淮南等地都可能派了探子来京城。记住，要赈济灾民，但绝不能令敌人的探子得手。我这玉津园还是要去的。如果有什么异动，速到玉津园来禀报。"

说罢，赵匡胤骑上了马，带众人往玉津园方向行去。

将近玉津园时，突然从路边人群中跃出一人。那人腾身跃起，凌空一剑刺向赵匡胤。

赵匡胤坐骑受惊，猛然一蹿，刺客的长剑刺入赵匡胤肩部。所幸的是，赵匡胤在袍衫内穿了软甲，剑刺入不深，伤得不重。

此时，李处耘已经拔出佩刀，腾身往前，向刺客攻去。

刺客被迫边战边后退。

李处耘武艺超群，又久经沙场。刺客尽管剑术精妙，但是在李处耘的凶猛攻击下，斗了片刻后渐渐处于下风。刀光剑影中，但听得李处耘大喝一声，刺客的长剑应声脱手。众人定睛看时，李处耘已然将刀架在了那个刺客的脖子上。

赵匡胤看清了那刺客面容，不禁一惊，想起多日前视察封丘门城楼时，在城楼下看到的那个舞剑的卖艺者。顿时，与舞剑的卖艺者目光接触的一瞬间的画面，闪过了赵匡胤的脑海。

"是你！原来你一直在暗中寻找机会。"赵匡胤厉声道。

那刺客倒也不辩解，大声回道："不错，可惜大事不济。"

"你是何人？受何人指使？为何要刺杀朕？"

"你可记得韩通？"

"我怎会忘记。你是他什么人？"

"韩将军是我什么人并不要紧，要紧的是，他对我有大恩。我是来为韩将军报仇的。"

赵匡胤听了，脸色一沉，眼中精光一闪，转瞬又恢复如常。对于韩通一门被王彦升屠杀的事情，他一直满怀歉疚。如今，这个为韩通报仇的人终于出现在了他的眼前！

此人正是陈骏。

"这么说你刺杀我，是为了报恩？"

"正是！"

"可是韩通的儿子韩敏信指使你来的？"

"不是！"

"长公主可是你绑架的？"

陈骏愣了一愣，冷然回道："什么长公主？什么绑架？我不知道！我是来杀你的。"

赵匡胤见他神色坦然，似乎不像是在撒谎，沉默了片刻，又问："知道韩敏信的下落吗？"

陈骏冷冷回答道："不知！"

"好，好一个忠义之士！我信你。今日我便饶了你！把他放了！"赵匡胤说道。

李处耘大急，手中钢刀往前送了送，刀刃陷入了陈骏脖子上的皮肤。他大声喊道："陛下！他可是刺客！"

"放了他！"赵匡胤语气平淡地说道。

李处耘很清楚赵匡胤的这种语气意味着没有丝毫商量的余地。他尽管一脸不情愿，但是圣意不可违，在犹豫了一下之后，还是缓缓撤去了架在陈骏脖子上的钢刀。

陈骏没有想到赵匡胤会如此轻易放了自己，颇感意外。他迟疑了一下，立起身子，冷冷地看了赵匡胤一眼，便扭头而去。走出丈余，他停住了脚步，回头冷然冲赵匡胤说道："有机会我还会杀你为韩将军报仇！"说完，方才扬长而去。

赵匡胤铁青着脸，盯着陈骏远去，一言不发。

这时，赵光义在一旁插嘴说道："陛下，就这样放了他，恐有后患啊！"

赵匡胤看了自己的兄弟一眼，说道："韩通没有看清天下大势，也不明白我的理想。不过，对周世宗而言，韩通是忠臣，我才是叛臣啊！对韩通而言，刺客是义士，你们才是帮凶啊！也许，大宋所需的正是这种稀缺的忠义。我又怎能杀他呢！"接着，他又环顾诸臣，意味深长地说："最公正的判官，除了时间之外，还有我们的良心。"说完，他抖了抖缰绳，双腿一夹，继续往玉津园方向驰去。

赵光义听了兄长的话，一瞬间竟然觉得脸颊有些发热，看了看正渐渐消失在春日早晨薄雾中的陈骏的背影，方才催马跟上兄长往前行去。

六

王承衍、阿燕一行五人，在巨大的石洞里，继续前行。他们发现，每隔一段，就看得见一束或几束极细极细的亮光。它们是从石洞高高的顶部射入洞内的。这些亮光，从高处射到黑黢黢的石洞里，不仅给他们带来了一线光明，更使他们心中不断生发出希望。显然，石洞有许多罅隙与外面相通。

王承衍和周远也曾试过几次从石洞的洞壁上攀登上去，可是每次都没有攀爬到罅隙的出口处，便从石壁上滑下来。他们不得不接受一个现实——除非找到一个更大的更平缓的出口，否则他们是很难爬出去的。他们在洞内摸索着，停停走走前进了很长时间，进洞之初用灌木和杂草扎制的火把渐渐都用光了。在他们几乎绝望的时候，一团巨大的白色光芒突然出现在他们面前。他们重新振作起来，朝着那团光走去，竟然真的找到了一个直径约三尺的大洞口。他们从这个洞口陆续钻出来，发现自己正在一座大山之中，周围寂静无声，山谷中密密地长满了各类蕨类植物和灌木丛。在靠近谷底处，长着许多不高不矮的栎树、槭树，再往山谷高处望去，有许多更加高大的杉树、松树。这个山谷，平日一定人迹罕至。根据在洞中所用的时间推算，他们很清楚，这个山谷，一定不是上党的抱犊山。

王承衍一直怀疑他们刚刚钻出来的石洞就是可通上党抱犊山的石洞庭。"如果像书中所说，石洞庭能够通往上党抱犊山，那么在与昭义节度使李筠的战争中，它说不定能够派上大用途！"他心里这般盘算着。"对，一定得留下记号！"

于是，王承衍用刀砍断了一棵小栎树，截了一段树干，在洞口打入地中。

"王将军，你这是做什么？"雪霏好奇地问。

"做个记号！"王承衍回答道。

"喔哦，莫非你还想回来不成？"雪霏眉毛一扬，嘴一张，颇为惊诧。

"嗯，也许吧。咱们还是赶紧弄清楚这里是何地，然后尽快赶回京城。陛下此时一定焦急万分呢！"王承衍说着，看了看长公主阿燕。他本想说，陛下一定正在派人四处找你和雪霏姑娘呢，可是犹豫了一下，便没说。说这些没有什么意义！重要的是，现在长公主和雪霏姑娘安然无恙。

"只是，不知道张文表是否已经将谣言散布到了京城，如果真是那样，陛下会如何应对？"王承衍这样一边想，一边带头往前行去。

他们在山中摸索了两个时辰之后，终于找到了一个村子。问询了当地的村民后，他们才知道这片大山是熊耳山的一部分。在熊耳山的东北方向，是伊阳，再往东北行去，便是洛阳。他们弄清楚了方位，好不容易从附近村子里买了五匹马，每人一骑。他们没有前往洛阳，而是往更偏东的开封方向奔去。

他们马不停蹄地赶往京城开封，次日到达外城正南门——南薰门城楼下时，天还未明。南薰门宽大敦实的城楼高高耸立在暗夜中。城楼的檐下，挂着不少红灯笼。灯笼的光，在暗夜的背景中勾勒出城楼钩心斗角的结构与轮廓。南薰门城楼中部有三大间，两边连着两个小楼台。中部楼台四根立柱隔开了三大间阁子，顶着双层庑殿顶，上层的檐角高高翘起。两边的小楼台与主楼台勾连着，城楼外面的一侧，都开着两扇窗。小楼台顶部却是单层庑殿顶，檐角如同主楼台的檐角，也是高高地翘着，只是比主楼台略低了一些。城门的戒备异常森严，城楼弩台在灯笼光的照耀下，影影绰绰，显然藏有不少甲兵。京城高大敦实的城楼让王承衍暗暗敬畏，森严的防备则令他感到吃惊。一定是出了什么事！莫不是李筠已经起兵反叛了？职业军人的敏感，使他迅速对城门突然加强警戒的原因作出了判断。他猜得没错。但是，他不知道离去这几天，李筠已经派兵包围了泽州，更不知道皇帝赵匡胤在京城内遇刺之事。

王承衍告诉南薰门城楼上的军士，自己是护送长公主回皇宫。阿燕也自称是长公主。但是，无论怎么说，守护城门的军士都不敢自作主张打开城门。

王承衍情急之下，冲城楼上喊道："若不相信，你们可以去禀报陛下，看看我是否在瞎说！"

城楼上的军士们一听，更是放肆地哈哈狂笑。其中一个狂笑一番后，对王承衍厉声喝道："你以为你是谁？你不看看现在是什么时辰？陛下怎么可能听我们的禀报呢？看你们这几个狗男女，半夜三更赶夜路，莫不是奸细？"

"你休要胡说八道！"王承衍大怒，冷笑着说道，"若是误了大事，你们就小心自己项上吃饭的家伙吧！"

王承衍透着寒意的怒色让几个守城军士感到一股杀气，他们嚣张的气焰顿时软了下来。欺软怕硬真是懦夫和势利眼的典型性格。

这时，雪霏突然灵机一动，说道："几位兵哥哥，我的父亲是都押衙李处耘，我可以留在这里当人质，你们可以先放他们进去，我担保你们没事！否则，真误了大事，陛下怪罪起来，你们也担待不起。兵哥哥们，你们若是还怀疑，也可以派人与他们一道进内城宣德门。只要将他们护送到皇宫的城门下，宫内的人一定可以证明他们的身份！"其实，雪霏也不知道宣德门的人究竟能否证明长公主阿燕的身份，但是能过一关是一关，总比在外城耽搁时间好。

城楼上当值的军士们面面相觑，一时不知如何是好。他们既不敢随意开城门，又怕真得罪了长公主和都押衙大人的女儿。他们在城楼上商量了片刻后，当值的军官冲城楼下喊道："好！那就请都押衙李大人的千金暂时留下，我派人护送其他人去宣德门！"

"雪霏姑娘！我不放心将你留在这里。"王承衍感激地看了看雪霏。

"王将军，现在护送长公主回宫要紧，你不是说还要去报信的吗？我在这里没事的，他们不敢拿我怎样！"雪霏还是羞怯地用"将军"来称呼心上人。她察觉心上人看过来的眼光中透着关切与感激，不禁暗暗欣喜。

这时，周远说道："我与'骆驼'愿意留下来保护雪霏姑娘，王将军先护送长公主进宫吧！"

"好！那就拜托了！"王承衍注视着周远，点了点头。他相信，这个人绝不会再伤害雪霏姑娘了。

守城军士自然不介意多扣下两个人。于是，南薰门的当值军官派了七八个军士，以护送为名，带着王承衍和长公主，进了南薰门。他们经过南薰门内长长的大街和御街，来到了内城的宣德门下。宣德门的守军听了南薰门军士的汇报，不敢怠慢，便依样画瓢，让南薰门来的军士留在宣德门，另派了几个人带着王承衍和长公主，穿过内城的南门内大街和御街，再沿着皇城城墙，前往皇城的正东门——东华门——那里是早朝大臣进入皇城的大门。

"不必等到东华门开启，我想我们可以从待漏院厨房进入皇城，我去过待漏院厨房，那里的守卫应该认得我。他们一定愿意进皇宫去禀报消息的！"长公主阿燕对护送自己的军士们说道。

几个护送的军士现在已经慢慢相信他们护送的人是真的长公主了。他们见她对皇城的情况如此熟悉，更不敢提出异议了。当下，护送的军士便听从长公主阿燕的建议，将她和王承衍护送到待漏院的大门前。

此时，时辰尚早，待漏院还未开门，只有几个军士守在待漏院的门口。他们听了长公主的陈述后，不敢怠慢，便将负责在待漏院厨房前后门守卫的几个同伴都叫了出来。其中两个军士立刻认出了长公主。这下子，真是皆大欢喜。

长公主阿燕令那几个从宣德门陪同而来的军士先回去，并允诺向陛下禀报情况后，自会派人给他们奖赏，包括那几个南薰门的军士，也会在奖赏之列。那几个军士听了，便都欢天喜地回去了。

"长公主，王将军，此时时辰尚早，陛下恐怕还在歇息。卑职先往宫内去禀报，不过，这一层一层往里传，估计等到陛下召见，还要好一阵子。不如长公主和王将军先在待漏院歇息片刻，卑职去叫醒几个厨子，让他们为两位做些早点？想来两位连夜赶路，一定也饿了。"一个军士毕恭毕敬地请示。

长公主阿燕听了这话，肚中饥虫大动，肚子不觉"咕噜咕噜"响了几下。她笑着看了看王承衍，然后对那军士说道："好！那就且在待漏院歇息一下。你就令厨子快些备早点吧！"

那军士听了，便令人去待漏院屋内先点起了几支火烛，又陪同长公主和王承衍进待漏院屋内找地方坐下。随后，他带了两人，经待漏院厨房往宫里禀报去了。长公主阿燕和王承衍便在待漏院内暂时歇息。

过了一阵子，长公主阿燕见一个年轻厨子低着头，弓着背，拎着一个食盒慢慢走近。那个厨子将食盒打开，将两碗热气腾腾的小米粥和一盆蒸饼夹爡肉放在桌子上。

"长公主，请慢用！"那个年轻人沙哑着嗓子说。说完，他低着头，退了下去。

"且慢，你再去为皇上备一罐粥和几个蒸饼夹爡肉，我一会儿带进宫去。"长公主阿燕忽然想到，自己那个皇帝哥哥也喜欢吃这里做的蒸饼夹爡肉，何不顺便带些去呢？

那个年轻厨子听了长公主的话，身子一颤，停住了脚步，呆了一下，方才转过身低头应诺了一声，便快步离去了。

长公主阿燕此时没有留意到，那个年轻厨子在听到自己那句话的瞬间，身子剧烈地颤抖了一下。他不是别人，正是韩通的儿子韩敏信。这个沉湎于复仇计划的年轻人，费尽心思混入了待漏院厨房，正努力寻找机会要做一名真正的御厨，然后找机会毒杀杀父仇人——皇帝赵匡胤。他绝对没有想到，自己暗恋的人——长公主阿燕竟然无意中给自己创造了一个实现自己复仇计划的绝佳机会。

"通常情况下，皇帝的膳食要经过奉御试食，这个时候，若是由长公主带去，奉御定然不在。自己妹妹送来的食物，他一定不会多想。这或许是天赐良机啊！"韩敏信听到长公主的话时，这个想法像巨雷一般在脑中轰鸣。自从谋杀了老根头后，他便趁几次出宫的机会，分别走访了几位江湖郎中，以治病为名，研究了慢性毒药的配制方法，暗中一点一点买了配制慢性毒药所需的各种药物——只有用慢性毒药，才能在短时间内骗过为皇帝试毒的奉御——他考虑得很周全，准备一有机会就下手。他怕毒药放在宿舍被人发现，便时时带在身上。可是，他没有想到，机会竟然这么快就来了。他本来打算，设法争取成为一名真正的御厨，然后再伺机动手。因为，作为一个待漏院厨房的食手，是无缘为皇帝备膳的。现在，这个机会使他"奋斗"的过程大大地缩短了。而且，这个机会比他想象的还要好！

韩敏信按捺住激动不已的心情，快步赶回厨房。厨房里，除了他之外，只有赵三柱一人。方才听说是给长公主备早餐，韩敏信二话不说，自己早早起来，只先叫醒赵三柱一个来做帮手。粥和蒸饼夹燠肉都是昨日剩余，今日时候尚早，还来不及做新的。因此，他与赵三柱只是点上火，将粥和蒸饼夹燠肉都热了热。

"三柱兄，你该去早市买肉了！"韩敏信冲赵三柱说道。

"是！这就去！"赵三柱答应一声，便出了厨房。

韩敏信警惕地看了看四周，确信没有人在厨房内，便从锅中装了满满一罐小米粥，又从怀中掏出包着毒药的小纸包。

"长公主，你不要怪我！仇我一定要报的！"他犹豫了一下，打开小纸包，将三分之一的量倒入了罐子中——这已经足够了。他取了一根筷子，在罐子中使劲搅动了一会儿，随后将那根筷子投入炉火之中。

做完这些，韩敏信盯着粥罐子，冷笑了一下，沉默了片刻，又从蒸笼中夹了五六个蒸饼夹燠肉放入盘中，与粥罐一并放入了那个食盒。

韩敏信将食盒送到正在歇息的长公主阿燕那里。回到待漏院厨房后，他走出厨房，来到厨房门口的院子内，慢慢走到那口井的旁边，然后从怀中掏出那个毒药包，将方才剩下的毒药统统倒入了井中。

"我也该跟这该死的厨房告别了！但愿这次能够成功！"韩敏信冷笑着盯着井口内那方在微弱的天光下反射出幽幽暗光的井水。"喝了这井水的人都会慢慢中毒，这将掩盖皇帝中毒的真正原因！"他得意扬扬地想着。这就是他的计划。

七

这几天来，泽州一点消息也没有了。赵匡胤心头有了一种不祥的感觉。昨日，守能和尚来报，说京城出现了传言，说是南平王的兄弟派人绑架了长公主。这传言，让赵匡胤心头更乱了。这天晚上，他一夜无法入眠。将近凌晨，他独自来到御书房，在书案上展开一张地图，细细看了起来。书案上，两支羊脂蜡烛的烛火微微晃动，仿佛他摇曳不定的心神。

突然屋外内侍高声通报，说是吴廷祚大人有紧急军情求见。

赵匡胤眼皮猛地跳了一下，赶紧请内侍迎入吴廷祚。

吴廷祚头上的官帽稍稍歪斜着，一看便知是匆匆赶来。

"陛下，泽州失守了，张福力战而亡，全军覆没，泽州被李筠帐下名将儋珪占领。"

赵匡胤闻言，一言不发，牙关紧咬。他没有后悔自己之前的决定，打仗不能光凭感情，他很清楚这一点。但是，听到泽州失守、张福战死的消息，依然让他感到仿佛掉入了一个巨大的冰窟窿。

赵匡胤正欲问吴廷祚关于泽州失守的细节，忽然屋外有个声音说道："陛下，长公主回来了！"

他识得那声音，是内侍李神祐，不禁腾地从椅子上站起，喊道："快进来，快进来！"

话音未落，御书房的门被推开了，李神祐领着两个人走了进来，其中一人正是长公主阿燕，另一人则是王承衍。赵匡胤注意到，阿燕手中还拎着一个食盒。

在这转眼之间，赵匡胤内心经历了泽州失守带来的沉重打击，也经历了亲人失而复得的狂喜。他不禁冲上前去，伸出双臂，张开两只大手紧紧地抓住了妹妹阿燕的肩膀，满怀惊喜与感激，火热眼光在妹妹的脸庞上停了许久。他是如此爱着这个妹妹。在失去她的消息的时候，为了稳定人心，他没有流露出太多的震惊和悲伤，如今，再次见到自己亲爱的妹妹，他再也掩饰不了内心的真情，顿时热泪盈眶。

"雪霏姑娘呢？"赵匡胤突然想起雪霏应该是与阿燕在一起的，不禁紧张地问道。

"雪霏暂时留在南薰门了。"

"究竟是怎么一回事？有传言说是南平王的兄弟派人绑架了你们。快跟为兄说说！"

"是王将军救了我和雪霏！具体经过，待会儿再细细说。皇兄还是先派人去接雪霏姑娘吧，因为守城的军士怕我们是奸细，雪霏自愿作为人质留在那儿了！还有，一路护送我们的两个人，也与雪霏一起留在南薰门了。"

"原来是这样，李神祐，你辛苦一下，快去通知李处耘将军，让他快快去接女儿！他可没有少担心啊！"

"是，陛下！"李神祐行了礼，便匆匆往门口走去。

"等等！"赵匡胤突然又叫住李神祐，微笑着看了王承衍一眼，说道，"别忘了派人赶紧快马加鞭去通知王审琦将军，就说他的宝贝儿子带着长公主和雪霏姑娘安全回来了。"

"是！"李神祐接了命令，乐呵呵地奔了出去。

"承衍，你失踪后，你父亲也是急得不得了。所幸你们都没事。你这次是立了大功啊！快说说，究竟发生了什么事！"赵匡胤将嘉许的目光转向了王承衍。

"皇兄，你先别急，我们刚刚从待漏院厨房进宫，小妹顺便给皇兄捎了些早点。没想到皇兄是在这里呢！皇兄，你一定是饿了，不如一边吃，一边听小妹说。"阿燕笑着说道。

"不，不，为兄不饿。为兄想听听你们的经历呢！皇妹，你吃了吗？"

"皇兄，我与王将军在待漏院都吃了一点。不过呢，能与皇兄一起吃，真是很开心的事哦！我还是可以再吃一些的。在外面这几日，真是饿坏了！王将军，你也一起再吃一些吧！"

"好！那好！那你们也一起再吃些，边吃边说，我也听听究竟发生了什么！"因为失踪的妹妹突然回来，赵匡胤心情大好，泽州失守引起的痛苦暂时被复见亲人的欣喜掩盖了。

赵匡胤亲自动手，将一张椅子搬到自己书案前，一边搬，一边招呼吴廷祚和王承衍："来来，你们也搬几张椅子过来，今天破例一次，大家一起在这里吃早点。"

吴廷祚、王承衍一听，慌忙过来搭把手搬椅子。

赵匡胤又亲自卷起书案上的地图，让阿燕将食盒里一罐粥、一盘蒸饼、几碟咸菜和碗筷都摆上了书案。

于是，阿燕便一边吃早点，一边说起自白马寺被劫持后的经历。其他人则是一边听她说，一边吃。阿燕先说了从京城到邓州穰县之前的曲折故事，之后，又细细叙述了进入那个巨大的石洞之后的历险。阿燕口齿伶俐，将整个经过叙述得惊心动魄，王承衍尽管是亲历者，却也听得津津有味。

待阿燕讲完后，王承衍向赵匡胤说道："陛下，幸好张文表的阴谋没有达成啊！"

赵匡胤冷笑了一下，说道："这个张文表，用心确实险恶。之前，他向朝廷讨了个衡州刺史的封号，看来胃口是远远没有满足。不过，不论南平，还是荆湖，朕迟早要将它们纳入囊中。中原只有到统一的那一天，老百姓才不会受战乱之苦！"

王承衍听赵匡胤说得斩钉截铁，不禁心头大震，心想："原来，陛下对南平和荆湖早有打算。这样来看，张文表此人用心虽然险恶，但对于陛下的心思，倒是摸得很透。"想到这层，王承衍不禁打了寒战。现在，他知道了，赵匡胤谋取天下的征途，恐怕只是刚刚开始。

赵匡胤又道："不过，朕暂时不想对付南平王和张文表。张文表！朕得忍一忍。"

吴廷祚看着赵匡胤冷静的眼神，对这个新皇帝的隐忍感到吃惊。他意识到，这个新皇帝的隐忍背后，蕴藏着一股可怕的打击力，它迟早会像急风暴雨般显现出狂暴的力量。

只听赵匡胤继续说道："如今，李筠已经出兵了。泽州已经失守。朕决定不日出兵，亲征潞泽！"

听到皇帝说要亲征，吴廷祚、王承衍和阿燕都是大大吓了一跳。三个人一时间不敢开口说话，面面相觑沉默了片刻。

似乎为了打破沉静，王承衍突然说道："陛下，那个石洞庭的出口，我出来时留了记号。《隋图经》中说，石洞庭可以通往上党抱犊山。末将以为，不如派人试试，看看能否奇兵突入，从背后抄李筠的后路！"

"好！如果《隋图经》所记为实，这计策真可谓奇策！不过，朕不能将数十万将士和千万百姓的命运押在这个石洞上。朕必须亲征，此战将决定我大宋今后的命运。至于石洞庭，承衍，我看这样，既然你留下了记号，不如带五百精兵前去勘探，如果能够前往上党抱犊山，你就立刻派人回来通报，朕再另行补充兵力前往。如果真能到上党，就可以对李筠形成前后夹击之势！你可愿意冒险前往？"

"末将愿意！"王承衍慨然道。

"好！"

"陛下，长公主方才说到的周远和'骆驼'有戴罪立功之心，末将斗胆请陛下饶他们死罪，就令他们跟随末将效命沙场将功赎罪吧！"

"嗯，如今朝廷用人之际，他们两个，也是被人利用。朕许他们两个跟着你戴罪立功！"说着，赵匡胤端起桌上的粥又喝了一口。

"谢陛下！"王承衍露出了孩子一般的笑容。

"承衍，你先在宫内暂时歇息两天。带兵经由石洞庭暗探抱犊山的事情，我会派人秘密通知你父亲。这次行动，还须尽量保密。万一让李筠方面知晓，恐怕凶多吉少。"

"陛下英明。末将自会小心，陛下放心就是！"王承衍满脸自信地说道，年轻的脸庞上闪着光，这是勇敢的心的力量经由外表呈现出来的光。

赵匡胤看着王承衍，被他的年轻与活力所感染，不禁开怀大笑。

可是，在此刻，不论是赵匡胤，还是其他几个人，都没有意识到，在他们一边说话，一边吃早点的时候，韩敏信的计谋已经成功了，死神已经张开了黑色的翅膀，慢慢地盘旋到了他们的头顶。

卷
二

一

迅速派兵占领泽州后，李筠压抑多日的心情大为好转。

李筠爱妾阿琨自有了身孕，肚子也渐渐大了。

这日，李筠将耳朵贴在阿琨渐渐隆起的腹部，阿琨则满怀怜爱抚摸着他的头。

"哎呀，这小家伙怎么与我捉迷藏，没动静呀！"

"哼，这时哪能动静大呀！"阿琨嗔道。

"我看你近日也吃得不多，身体不舒服吗？"

"妾身没事。只是一打仗啊，妾身心就怦怦直跳。"

"阿琨，打仗的事你还担心呀。你想做女将军不成？"

"夫君又拿妾身取笑！"

"瞧瞧瞧，这一怒，还真有点女将军的样子嘛！"

"夫君，亏你还有心说笑。妾身都担心死了！"

"不用担心。这不，本将军不是旗开得胜了嘛！泽州没几日便被我军占领了。再过几日，本将军亲自带兵，直取开封。到时候，我带你和这小家伙一起去逛开封的大相国寺如何？那地方，可热闹着呢！现在呢，你就要吃好喝好，一张嘴，可是要养两个人！"李筠哈哈大笑起来。

阿琨听了，心中忽然一酸。"夫君的胜利，便是他的失败！"赵匡胤——她少女时候的恋人，再次触动了她的心。

她淡淡地笑了笑，说道："大相国寺……夫君，妾身不想去什么大相国寺，也不想去什么开封，妾身只想在这里，陪着夫君平平安安地过日子。夫君对妾身情深义重，妾身什么都不要，只要大人能陪在身边。夫君，你知道吗？这一打仗，妾身真的好怕呀！"

李筠听了这话，不禁叹了口气。对于未来的战事，他何尝不担心。他本想再开开玩笑逗阿琨开心，可是此时此刻却再也说不出来，只是温柔地将阿琨搂在了怀中。

闾丘仲卿对出兵泽州并不赞成。但是，李筠执意要先发制人。闾丘仲卿百般劝谏也没有起作用。

李筠出击泽州，也有他的打算。他一方面是想试探朝廷的反应以及军事力量，另一方面则是向北汉显示决心，以争取北汉尽快出兵援助。因此，他不顾闾丘仲卿的劝阻，也等不及淮南李重进的联合行动，急急派兵进攻泽州。张福在泽州的誓死抵抗，虽然令潞州兵费了不少力，但是并未伤及李筠的主力。

泽州落入李筠之手后，闾丘仲卿并未感到高兴，实际上他变得更加心事重重。前些日子，当李筠之子李守节从京城回潞州的时候，闾丘仲卿便曾一个人在家中仰天长叹："朝廷的决心也下了。战事是避免不了啊！"他揣度着赵匡胤的意思，估摸着李守节被放回潞州并不是什么好事。如果李守节被当成人质留在京城，战事还不一定就会起。

前往晋州联络杨廷璋的密使被杨廷璋羁押并送往京城的消息，也使闾丘仲卿感到形势远没有想象中那么乐观。唯一值得欣慰的是，李重进的使者翟守珣于不久前到了潞州，带来了李重进决定与李筠联合的好消息。在攻取泽州之后，翟守珣便带着李筠的密令，暗中返回淮南。李筠恳请李重进在得到消息之后立刻起兵相助。

但是，泽州的胜利，让闾丘仲卿不得不再次审视潞州的命运。

与李筠在小胜之后的欣喜恰恰相反，闾丘仲卿感到了对手的可怕。"明明附近便可调集大军支援泽州，却隐而不发。宁愿牺牲泽州，也要换取更大的战略优势。这样的策略实在太残酷了。当今皇帝，实在是个冷血的兵法家呀！不，我现在又怎么如此评断呢！如果朝廷因此取得了胜利，尽快结束了战争，这是否又可以说是一种对天下众生的悲悯之心呢？可是，皇帝如果为了避免潞州反叛，之前为何不干脆扣下李守节作为人质，以此钳制潞州呢？这皇帝究竟是怎样的一个人呀?！"闾丘仲卿左思右想，他感到一种巨大的力量压迫着他的心灵。

占领泽州后，李筠准备直取开封时，他将这个想法告诉了闾丘仲卿。

"不！主公，万万不可！"闾丘仲卿一听便脸色大变。

"为何？如今泽州已经在我手上，从怀州、卫州之间渡过黄河，直取开封，指日可待也！"

"出兵泽州，我军已经兵力分散。而北汉迟迟未动，泽州之兵已经是孤军深入。如若再犯险直进，很可能中了赵贼的诱兵之计！"

李筠听了这话，沉默不语。他正为占领了泽州而感到高兴，而闾丘仲卿却给他连泼冷水，这如何不让他心中郁闷。

"主公，以臣之见，当以泽州为前哨，固守潞州，等待北汉、淮南同时出兵，再行打算。现在，淮南使者翟守珣刚刚离开，估计要赶回淮南尚需时日。在李重进按约起兵之前，我军也许该等等。"闾丘仲卿本想说，如今形势有变，赵匡胤隐忍不发，其后必有大动作，不如放弃泽州，退守潞州死守，但是考虑到李筠的情绪，终于还是没有这样说。

"没有其他办法了？"

"开封兵甲精锐，我军绝不能与其争锋。如若主公决心进取，自泽州西下太行，直抵怀州，自怀州折往孟州，然后速占虎牢关，占据洛邑，东向而争天下，也可以说是上策。此法当快，等不得北汉与淮南的援兵。时机一误，战机立丧！"闾丘仲卿虽然说如此是上策，其实，这在他心中，只不过是权宜的中策而已。

"我乃是周的宿将，与世宗情同手足。在京城的禁卫，都是我的故人，只要我进攻开封，他们必然倒戈来归。更何况猛将儋珪，他的一杆枪可称天下无敌，我又有天下无双的战马——'拨汗'，我何愁哉！"

"主公，万万不可主动进攻开封，请主公三思！"

"这样吧，先争取北汉出兵，然后进军怀州，至于是东取开封，还是西下洛阳，看形势再定！"

"主公，既然决定进军怀州，请勿再等候北汉。兵贵神速呀！"

"你这是怎么了？一会儿让我死守，一会儿又让我立即进军？！"

"这是因为战略的目的有所不同啊！"

"休要多言！我看还是先争取北汉出兵支援吧。"

"……"

闾丘仲卿方才见李筠同意暂时不直取开封，稍稍缓了一口气。但是，不禁又想："即便是占领了洛阳，但是晋州、陕州的杨廷璋、袁彦不起兵助我，这洛阳也是孤城守险呀！罢了，如今，也只有看北汉与淮南能否帮上忙了！"

二

黑夜从没有告诉任何人，它的目标是黎明。不过，黎明还是要来的。

韩敏信被肚中的一阵绞痛从梦中弄醒了。他的额头冒出了一颗颗冷汗。他在黑暗中无声地冷笑起来。"毒药起作用了！赵贼，你的时候到了！"他一边痛苦地在床板上挪着身子，一边品尝着夹杂在痛苦中的复仇的快感。在利用长公主阿燕往宫内送去了有毒的早点后，韩敏信又往待漏院的井水中投了毒。为了掩盖罪行，他随后也与其他人一样，吃了用下了毒的井水烧煮的饭菜。当然，他心里有数，投入井水中那一点剂量的慢性毒药，远不至于致命。况且，为了以防万一，他之前早已经为自己备好了解药。但是，他知道，现在还没有到给自己服用解药的时候。

当韩敏信迷迷糊糊地从床上坐起来时，他发现宿舍内的火烛不知何时起就点亮了。这时，他听到宿舍内响起了其他食手的呻吟声。"对不住了！过不了多久，你们就会慢慢好的。"对于这些无辜的人，他的心里略略感到了内疚，但是这内疚的强烈程度，并不足以让他采取解救他们的行动。韩敏信一边摇摇晃晃地起了床，一边大声喝问道："这都是怎么了？怎么都一起闹起病了？"

接着，他也呻吟起来，又喝道："赵三柱！赵三柱！快去请大夫来！我看咱们是食物中毒了！"

赵三柱摇摇晃晃走过来，说道："韦主管！是啊，是啊，半夜里已经有人开始犯病了。方才你还未醒过来，俺已经让去请大夫了。你坚持一会儿啊！"

赵三柱话音未落，一个食手推门而入，跌跌撞撞地走进来，神色慌张地说道："不好了，出大事了！方才俺想从待漏院出宫请大夫，结果被军士挡住了，说是一律不许出宫，今早开封府就会派人，据说是来查食物中毒之事。大伙儿猜怎的？原来不仅仅是俺们这里，宫里也有人中毒了，有大臣，有将军，大伙儿知道吗？据说连今上都中毒了！尚食局的头儿和奉御们都被抓了，正待查呢！"

韩敏信听了那个食手的话，痛苦扭曲的脸上露出了一丝不被察觉的冷笑。这个时候，众人的注意力都不在他身上，所以没有人留意到他那痛苦中流露出的诡异的冷笑。

"啊？皇帝也中毒了？"

"那些奉御不是都为皇帝试毒了吗？怎么还会中毒？"

"哎哟，哎哟，原来咱和皇帝老儿在一起受苦了啊！"

"娘的！这也太蹊跷了！"

"会不会是叛军李筠派出的奸细进宫内下了毒啊？"

"是啊，泽州已经失守了！咱这京城也不知是否危险啊！"

一时之间，宿舍内众人七嘴八舌地聊起来了。有关宫廷传言带来的精神上的刺激，暂时缓解了那些食手们因为慢性中毒而带来的肉体痛苦。

过了一会儿，那个来报信的食手忽然想起了什么，说道："哎，大伙儿可知道，长公主也中毒了！就是前些日子还来过咱这儿的那个长公主啊！"

"啊？多好的一个美人儿啊！"

"长公主也中毒了！"这句话让韩敏信大吃一惊，"长公主当时不是在这里吃了早点了吗？难道她进宫后又与赵贼一起吃了些早点？是的，定然是这样！"韩敏信想到这里，脸色大变，两眼发直，额头的冷汗涔涔地冒了出来。

赵三柱见韩敏信脸色惨白神色大变，不禁大急，喊道："韦主管，你没事吧，再坚持一会儿，天就亮了。一会儿开封府的人来，一定会有大夫来！你再坚持一会儿。来，来，俺扶你躺下！"

韩敏信茫然地看了看赵三柱，惨然地笑了笑，说道："我没事。我没事。三柱兄，你帮我一把，扶我进宫，我要面圣！"

赵三柱吓了一跳，说道："韦主管，你说什么，你要见皇上？"

"是！我要进宫见皇上！我知道如何解毒。"韩敏信又惨笑了一下，语气坚定地说。

韩敏信最后的这句话，令赵三柱惊得浑身颤抖。

范质、王溥、赵光义、赵普等人是半夜时候进宫的，此刻正聚在尚药局内。皇帝、长公主、吴廷祚和许多大臣突然中毒病倒的事情有些突然。最让他们感到震惊的是，所有中毒者中，情况最为严重的是皇帝、长公主两人。几位太医已经被连夜召见并给皇帝和长公主看了病情，此时，他们与老臣范质等人聚在尚药局内商议对策。

范质看着一个须发皆白的长者问道："王太医，你说说，这是怎么了？皇上和长公主，还有这么些大臣，怎么会同时都病倒了？"

王太医仿佛斟酌了一下用语，说道："是中毒！"

"这怎么可能？皇上的膳食，每次都提前有人试吃，怎么可能中毒？况且，这几日那几位试食的奉御都好好的没有事啊？这事情也太蹊跷了吧？难道是奉御中有人下了毒？"

王太医道："一定是慢性毒药。试食者数人，每人轮换，估计中毒不深，所以尚未发作。"

"能解毒吗？"赵光义在一旁突然插嘴问道，他的神色显得略有些紧张。

王太医看了赵光义一眼，说道："从中毒的情况看，毒药成分复杂，似乎并非出自中土。在下需要时间——说实话，在下并无充分把握。"

众大臣听王太医这么一说，都不禁大惊失色。

正在此时，李处耘匆匆进入堂内，走到范质跟前，神色怪异地盯着范质。

李处耘说道："范大人，有人说来献解药！"

范质惊道："是什么人？"

"是韩通的儿子——韩敏信。带上来！"李处耘冲着屋外大喊一声。

屋门"嘎吱"一声开了，两个军士押着脸色惨白的韩敏信走了进来。

赵光义冷然喝道："你就是韩敏信？是你下的毒？"

"是！"韩敏信咬紧牙关，由于肚中绞痛，冷汗不断顺着额头往下流淌。

赵光义问道："为何下了毒，又来送解药？解药在哪里？"

韩敏信冷笑一下，说道："我要见赵匡胤！"

"陛下是你想见就见的吗？"赵光义怒道。

赵光义向两位押送的军士使了个眼色。一个军士用力猛击了一下韩敏信的腹部，疼得他弯下了腰蹲在了地上。另一个军士又用力往他肩上踹了一脚。这下子，韩敏信顿时跌倒在地上。

突然，一个虚弱但依然沉稳的声音自门口传来。

"住手！"

说话的不是别人，正是皇帝赵匡胤。

众人往门口看去，只见赵匡胤脸色惨白，正在内侍李神祐的搀扶下，扶门而站。他的身旁，是两位宫女扶着长公主阿燕。阿燕脸色同样惨白憔悴，神色黯然。几位大臣见是皇帝和长公主，纷纷跪下行礼。

韩敏信此时挣扎着起来，昂首立着，用愤怒的眼神盯着赵匡胤。

赵匡胤慢慢地走到韩敏信两步开外的地方，站住了。长公主阿燕跟在他的身后。

"敏信，是朕对不住你！"赵匡胤说道。

韩敏信全身微微颤抖了起来，眼中燃烧着仇恨的光芒。

"是你下的毒吧？你要杀我，我无话可说。不过，我还有事没有办完。等我办完了事，你随时可以来取我性命。如何？"

韩敏信眼光闪烁了一下，侧头看了看长公主阿燕。

"只是我不明白，你的计谋既然已经成功了，又为何来送解药？"赵匡胤问道。

"不，我不是为了饶恕你来送解药的。我是为了——为了长公主来送解药的。她是无辜的。"韩敏信冷笑道。

赵匡胤愣了愣，看了一眼自己的妹妹，顿时明白了韩敏信此举的意义，说道："我知道你的苦心。"

长公主阿燕有些吃惊，但是当她看着韩敏信，看到那双充满痛苦又流露出无限真情的眼睛的时候，她也顿时明白了一切。她曾经有过爱人，她知道这种眼神意味着什么。她有些不知所措，她真的没有想到，在相国寺那次见面，竟然让一个少年如此热烈地爱上了自己。她更没有想到，面前这双眼睛中流露出的热烈的爱意，竟然是她今生从未见过的——即使在她那死去的丈夫米福德眼中，她也没有见过这样的眼神。这眼神是如此热烈如此疯狂，仿佛它碰触到的一切都会燃烧起来。她感觉到自己的心剧烈地跳动起来，两颊上也泛起了红潮。

"你这是何苦呢？"长公主阿燕不知该说什么才好，愣了片刻，方幽幽地问了一句。

"我没有想到你是长公主。是我利用了你，长公主，是我在早点中下了毒。待漏院的井水中，我也下了毒。可是，我没有想到——"韩敏信说到这里，眼光变得柔和了，凄惨地笑了一下，继续说道，"可是，我没有想到，你会继续吃有毒的早点。"

"解药在哪里？"赵光义打断了韩敏信的话，冷然问道。

韩敏信痴痴地盯着长公主的眼睛，看也不看赵光义一眼，说道："在待漏院厨房井旁的那块大石头下，有个小铁盒。"

赵光义看了一眼赵匡胤，低声道："我们怎能相信他？万一那不是解药，而是——"

赵匡胤说道："不会错，光义，有些事你不知道，回头再与你解释。"说着，他像是突然想起了什么事，又扭头向韩敏信问道："这么说来，厨房中的老根头，也是你设计杀害的？"

"是！"韩敏信毫不犹豫地答道。

赵匡胤叹了口气，向两个军士吩咐道："你们两个，先将他带下去，交给大理寺吧。"

大理寺掌邦国折狱详刑之事。大理寺的"理"，是察理刑狱的意思。大理寺卿是大理寺的长官，以"五听"审察案情，以"三虑"来尽天理。所谓"五听"，一曰气听，二曰色听，三曰目听，四曰耳听，五曰辞听，也就是说通过感觉人的情绪状态、观察人的神色表情、勘视案发场所和相关场所、审读各种文辞证据来审断案情。所谓"三虑"，一曰名慎以谳疑狱，二曰哀矜以雪冤狱，三曰公平以鞫庶狱。凡是诸司百官所送的犯了徒刑以上的疑犯，九品以上官员犯罪，大理寺都要详细审问后移交刑部，并在中书门下进行复查。在大理寺内，如果犯人中有案情没有审清而羁留没有结案的，每隔五日有一次裁决。如果犯人长期被羁押在大理寺内，还未被审问，或者案情可知，但是证据未收集充分，或者被诉讼人有数罪，重罪坐实而轻罪没有裁决的，大理寺都要经过审察后再行裁决。凡是朝廷与地方的官吏犯罪，经过审判后依然称自己被冤枉的人，大理寺则再次审察其案情。赵匡胤将韩敏信移交大理寺，其实是给了韩敏信再次为自己申辩的机会，同时也给他自己留了思考如何处置韩敏信的时间。

两名军士应诺，押着韩敏信往殿外走去。经过阿燕身旁时，韩敏信扭头惨然地看了阿燕一眼。阿燕泪光闪闪，欲言又止。

看着韩敏信的背影消失在门外后，赵匡胤将老臣范质叫到一边，低声道："范爱卿，朕欲让你知会一下大理寺卿，令其将韩敏信暂时羁押，请给朕五日时间，五日之后，如果朕没有决断，再请大理寺卿裁决韩敏信一案。"

"陛下这是想要宽饶韩敏信吗？"老臣范质从赵匡胤口中听出了言外之意。

三

"老夫要将你送往京城，以后，你要好好伺候赵光义大人！"柴守礼静静坐在檀木椅子上，不动声色地对婢女小梅说道。

"可是，大人，奴婢已经是——已经是你的人了。是大人嫌弃奴婢了吗？"小梅听了柴守礼的话，不禁抽泣起来。

"你难道不是早就想要离开老夫吗？"柴守礼冷笑了一下。

"奴婢不敢！奴婢只想一辈子伺候大人！"小梅慌忙跪在地上，仰起头，一双黑眸子闪烁着晶莹的泪花，怯怯地望着柴守礼，就像一只可怜的小狗，在乞求主人的爱怜。

柴守礼看着小梅的眼神，叹了口气，说道："赵光义可是皇帝的弟弟，你能伺候他，是你前世修来的福分啊！"

"大人，奴婢不要那福分！奴婢只要能伺候大人，就满足了！"小梅哭道。

"不必哭了。这事老夫已经下了决心！"

"奴婢——"

"不用说了。老夫让你去伺候赵光义大人，也是在让你为老夫办事。再说了，赵光义大人也不会亏待你的。你在赵光义大人身边，要小心伺候，听到朝廷里的要事，尤其是有关我柴家的事情，都要向老夫汇报！我会让阿柱与你联系。他会不时去京城找你。你在京城的居所，老夫已经派人选好了。明日，你只要带上过日子所需细软即可。"

小梅抽抽搭搭地哭着，却不再说什么，最后终于点点头，算是答应了。

"好，你先下去吧。"

小梅站起身，慢慢往柴守礼卧室的大门走去。

柴守礼盯着小梅婀娜的腰身，突然冷笑着说道："等等，你以为老夫不知道你与阿柱之间的丑事吗？"

这句话小梅听在耳朵里，仿佛是晴天霹雳，她浑身一震，站住了脚步，呆在原地，背脊上顿时冒出一片冷汗。

柴守礼在檀木椅子上挪了挪屁股，略微直了直身子，叹了口气，说道："你的卖身契老夫会保留着。老夫一直不舍得杀你，是不想人间少了件尤物。老夫正头痛如何处置你们两个，现在好了，物尽其用，人尽其能。老夫希望你好好做好你的事，明白了吗？你，转过身来！"

小梅浑身颤抖着，转过身。她低下头，眼睛盯着地面，不敢抬眼看面前这个让她感到可恨又可怖的老头。

"明白了吗？"柴守礼再次厉声追问了一句。

"大人，奴婢明白了！"

"好！你走吧！回房收拾一下！明日就去京城！"

小梅听了，像死囚突然得到了赦免令，慌忙跑出屋子去。

柴守礼看着小梅的背影，嘴角抽动一下，却没有笑出来。他现在的心情是复杂的，有点得意，有点惆怅，又有点失落。柴荣做皇帝的时候，他尽管名义上不是太上皇，但是作为柴荣的生父，他享尽了荣华富贵。可是，自从陈桥兵变以来，他的好日子便结束了。他不得不重新让自己并不简单的政治头脑再次像风车一样转起来。他因自己成功操纵了婢女小梅而再次品尝到一种嗜血的快感，正是这种快感使他感到有些得意。但是，一想到小梅这个尤物就要被送到赵光义那里，她的温润如玉的身子、她的妖媚的笑容都要献给赵光义，惆怅和失落便给那得意的感觉中加入了不那么美妙的调料。

小梅并没有回自己的卧室，而是往阿柱的房间跑去。刚跑出柴守礼卧室时，她的心还被恐惧、迷茫和羞耻所折磨，但是，当她敲开阿柱门的那一刻，她突然发现自己的心被另外一种感情充斥了。这种感情，是对新环境的期待，是对即将获得新的人生机会所抱有的一种类似于野心得到初步满足的兴奋。所以，小梅见到阿柱时说的第一句话，不是感叹自己的命苦，而是一句消息的通报。

"阿柱哥，老头子明日要将我送到京城去了！"小梅握着阿柱的手说道。

"你说什么？"阿柱感到非常突然，瞪大眼睛追问。

"他把我许给了赵光义大人。"

"怎么会这样？那可如何是好？咱们现在就逃走，如何？"阿柱情绪激动起来，他因为激动而满脸涨得通红。

"听我说，阿柱，你听我说。老头子早就发现你我的关系了！我们逃不走的！"

"那怎么办？难道我眼睁睁看着你被人夺走？小梅，跟我走好吗？"

"不，我不能，我要去京城！"小梅脸色严肃起来，一字一顿地说。阿柱的脸色也变了，他突然意识到，在这个时刻，小梅露出了他自己并不熟悉的一面。

"你想去？"阿柱问道。

"我不想去，不过我得去。如果我不去，柴大人会杀了我，也会杀了你！"

"可是——"

"只有到京城，我才有新的机会！"

"可是我——我怎能让你——"

"阿柱，赵光义大人是当今皇帝的弟弟，只要将他伺候好了，我就有出头之日。我的出头之日，也是阿柱哥的出头之日！等到那一天，我要让很多人跪在我的脚下，我也要让老头子付出代价！在那之前，我伺候好赵光义大人，阿柱哥负责与我联系，这是老头子交代的。"小梅恨恨地说。

"小梅！你疯了吗？"

"不，我没有疯！赵光义大人就是我的机会！他现在是皇帝的兄弟，万一哪一天他当上了皇帝——"

"嘘！你胡说什么，这可是要杀头的话。小心隔墙有耳啊！"阿柱伸出了手，捂住小梅的嘴。

"阿柱哥，你答应我，不要乱来！"

阿柱沉默了片刻，终于咬了咬牙，说道："好！我答应你！"

小梅听了，紧紧将阿柱抱在怀里，疯狂地亲吻着阿柱。

四

昭义节度使李筠的反书终于到了京城。

皇帝赵匡胤终于在朝会上正式讨论亲征潞州之事。

"最近潞州有何动静吗？"赵匡胤冲枢密使吴廷祚问道。他刚刚服了解药，声音听上去还相当虚弱，这说明元气还没有完全恢复过来。

"李筠派兵占据了泽州之后，似乎暂时没有了动静。"吴廷祚答道。

"哦？这就奇怪了。"

"也许在等北汉的反应吧。"

"朕倒不怕他动，他缩在潞泽不动，却也麻烦。"

"陛下的意思是，要进一步诱使李筠出击？"

"不错！可是，事情看样子并不能完全如朕所料。李筠身边定有高人相助。"赵匡胤说话间眉头微皱。

"是啊，那潞州所处地势险峻，反贼若固守，未必就可以很快攻破。不过，臣以为那李筠素来容易骄傲，而且并无非凡的谋略。他不出击，陛下不如派兵飞速前往挑衅。他必沉不住气，一定会恃勇出关，离开他的老巢。如此一来，则必被陛下所擒。"

李筠称赵匡胤为反贼，赵匡胤这边则称李筠为反贼，世间的大小事大多如此，人总喜欢站在自己的立场来看问题。

丶

"说得好！在泽州的胜利，必然已经使李筠生出轻敌之心。这正是我们可以利用的地方。吴爱卿，这几日军粮筹备得怎么样了？"

"这……陛下，之前朝廷从河北高价收入粮食，军粮确实增加了一些。但是，若要支撑大军北发，尚欠不足啊。"

"唔……京城的粮食充足吗？"

"京城暂时没有问题。不久之前，汴河刚刚疏浚过，漕运粮食增了不少。但是，近来京城居民辐辏，粮食消耗量非常之大。要支持大军，恐难以调出很多粮食。"

"慕容延钊将军的大军现在何处？"

"已从真定之间南撤到洺州与贝州附近了。"

"速传朕令，让慕容延钊火速移师大名府与澶州一带，在那里休养整顿，同时就近筹措军粮。"

"是！"

大名府与澶州在京城以北，在潞州、泽州以东。枢密使吴廷祚一听，立刻便明白了皇帝赵匡胤乃是以慕容延钊大军在东面节制潞州、泽州之兵。这支军队转移的距离不大，这样无形中便省去了大量军粮。但是，吴廷祚眼见皇上从容之间已经作出决定，内心亦不由暗暗敬佩。

不过，大殿之内，一些不熟地理、不谙兵法的官员却早已听得云里雾里。

"马步军副侍卫都指挥使石守信、殿前副都点检高怀德听令！"赵匡胤用依然有些虚弱的声音喝道。为了商讨出征计划，石守信、高怀德是刚刚依令入京的。

"在!"

"末将在!"

石、高两位将军早已经应声走出了班列。

"这先锋之任,就交给二位将军了。朕令二位为前军进讨反贼。从速准备,不得稍有拖延!"

"是!"

"是!"

"且慢!记住,如果潞州、泽州的反贼下怀州,自怀州东折进攻开封,二位将军不要与其正面展开决战,且让他们朝京城而来便是。朕自有办法。如果反贼欲自怀州往孟州,二位将军务必不惜一切代价,加以阻截,绝不能让李筠下太行占据虎牢关。当然,事情可能不会发展到这种地步。不过,二位疏忽不得,一旦李筠真欲南下洛邑,你二位要从速引兵扼其险要。之后,再图破之。切记!切记!"

石、高两位再次应诺。

赵匡胤看了高怀德一眼,心里浮现出妹妹阿燕的面容,心想:"我那苦命的妹妹自丧了夫君,日子过得也不快活。早晚也得给她寻个合适的人才是。这高怀德倒是一表人才,对朕也忠心耿耿。只是,不知道他能不能接受朕的妹妹。"

高怀德今年三十三岁,只差赵匡胤一岁,乃后周天平节度使高行周之子,自成年以来便征战沙场,在世宗帐下便立下汗马功劳。他为人忠厚倜傥,刚健英勇,早年娶过一妻,可妻子生了孩子后不久便去世了。

赵匡胤这个念头在脑海里一闪便过去了。即将发生的一场大战正越来越多地占据了他的思想。

"张美可在？"赵匡胤喝道。

"微臣在！"

三司使张美应声走出班列。

"限你三日之内备齐石、高两军所需之军粮。有没有问题？"

"应该不成问题。"

"好，朕再责令你五日内再备齐十万京城禁军的军粮。不得有误！"

"这……陛下……"张美面露难色，似有话说。

"怎么？"

"陛下……"

"你不是以精明干练著称吗？！这正是需要你做出榜样的时候！"

"可是，"张美低下头，满脸难色地说道，"陛下，再备齐十万禁军的军粮实在是有些困难！还请陛下……"

"休要多言。你自尽心竭力去备粮即可。要全力去备，四处征调也未尝不可！"

"是！"张美使劲点点头，仿佛是硬着头皮答应下来。

"记住，征集粮食时不得骚扰百姓。还有，你要令人于怀州、孟州一带四处散布谣言，就说朝廷匆忙之间无法征齐十万禁军的军粮。还要说，士兵们口粮不足，恐怕难以长期作战。谣言散布得越广越好。"

"这……可是，这种谣言不会令我方军心大乱吗？"

皇帝赵匡胤的说法不仅令张美吃惊困惑，也令殿内文武百官瞠目结舌。

不少人心中甚至想："如果有些人见风使舵，倒戈去支持潞州反贼，那岂非将朝廷陷于重重混乱之中吗？"

皇帝赵匡胤是最近才作出这样的决定的。泽州失守后，京城并无大的人心波动，这让他下决心再冒一个大的风险来为大宋王朝奠定更稳固的基业。这些人都没有想到，皇帝赵匡胤正是要用这种冒险的方法来考验新王朝的官员大将们。当然，这种谣言也可能使敌人疑神疑鬼，寻求早早与王师决战。这样一来，这场平叛战争就可以尽快结束。虽然，这一策略隐藏着巨大的风险，皇帝赵匡胤却似有十足的自信。为了大宋王朝的长治久安，他觉得这个险值得冒。

"糊涂！忠心与明智的人定能看到天下之大势，朕倒是要看看我大宋的军心会不会乱。交给你的事，务必要办好。如有贻误，军法处置！休要多言了。"

这日，皇帝赵匡胤大宴文武百官于广德殿，也算是为作为先锋的石守信、高怀德饯行。

五

大宴之后，张美在离开广德殿前往府邸的路上，悄悄露出了得意的微笑。

自皇帝赵匡胤继位以来，张美的亲信怀州刺史马令琮就不断给他送来密报。根据那些密报，张美隐隐觉得，潞州极有可能会叛乱。因此，他早就暗令马令琮偷偷囤积军粮。几个月以来，马令琮根据张美的指示，已经囤积了足够数万大军出征的口粮。但是，这囤积军粮之事，张美并没有向皇帝、宰相或枢密使汇报。张美一向精明，他知道只要不是发生战争或漕运出问题，京城一般不可能缺粮。

在没有利用价值的时候，将自己拥有的资源拿出来，是没有任何意义的。等到时机合适的时候，事先囤积的有用资源就可以待价而沽了。这就是张美的打算。他用精明商人的头脑，打着自己精致的小算盘。

在任何一个时代，任何一个王朝的政府机构中，都有类似张美这样的人物。他们精明、干练，灵光的头脑就像上了油的机器，在利益的驱动下飞快地转个不停；他们会在最合适的时候，利用自己手中的权力为自己谋取利益。他们凭借着自己的精明和才干往往能够轻易博得上司的青睐，但却不一定能够赢得下属的敬畏。不过，他们往往会受到幸运之神的眷顾，能够快速升官发财，享受荣华富贵。他们会暗地里嘲笑和瞧不起那些本分而同样富有才干的同僚。如果有机会，他们还会不择手段搞垮那些挡住他们升官发财之路的对手。至于那些愚蠢无能的同僚，他们倒是往往更为小心对待。因为这种人往往不是成为他们收买和利用的对象，就是成为他们要花心思拍马屁的上司；因为他们心里很清楚，那些愚蠢无能的人有时会比他们更加无耻、更加幸运地登上更高的位置。当然，这种人也不总是幸运的。聪明人总有被聪明误的时候。

张美当然并不愿意战争爆发，但是，如今战争终于要爆发了。"我的先见之明可以得到回报了！"

可是，当天晚上，当张美躺到他那张铺着锦的大床上准备美美入睡之时，他的心情突然发生了微妙的变化，他不知为何生出了恐惧之心。

"今日官家在朝会上当众说我'以精明干练著称'，这究竟是什么意思？世宗在位时，我极力效忠世宗，这是否令当今主上对我也心存疑虑呢？莫非——官家说这话的意思乃是在讽刺我？莫非官家早已经派人监视我，早就知道了我暗中囤积军粮？莫非官家也在试探我是否与潞州暗中勾结？"张美左思右想，辗转反侧，冷汗片刻之间已经浸湿了内衣。他终于坐起了身子，点亮了床头的蜡烛，靠着床头愣愣地发呆。

"夫君，怎么了，方才见你还是美滋滋的。这会儿也不歇息，哭丧着脸，莫不是出了啥事？"夫人终于在他的枕边醒了过来。

"哎，这次我恐怕是聪明反被聪明误了呀！"张美沉默了好一阵，方重重叹了口气，说出话来。当下，张美将自己命马令琮偷偷囤积军粮的事说了一遍。

"你呀！从来就喜欢耍精明。这回好了吧！"夫人在他的耳边抱怨道。

"事情已经这样了。只是，我不知陛下究竟会怎么对付我。这可实在令我提心吊胆呀！"

"现在，陛下最关心的肯定不是你，而是如何平定潞州之叛。因此，只要你能够弄到粮食献给朝廷，陛下自然不会问罪于你。"

"真是妇人之见！如果陛下知道我私囤军粮，说不定会将我与反贼归为一类呢！"

"妾身看夫君是聪明过头了！或许陛下根本不知道，是你做贼心虚呀！况且，即便陛下知道了，也不一定像你那样想。你说不定是在以小人之心度君子之腹呢！"

"哎，我不是说笑。官家如是对我起疑心，很可能要丢脑袋呀！"

"妾身倒有一计。"

"哦？……算了吧。你一个妇道人家，能有什么计谋？"

"不听就算了！"夫人娇嗔一声，背过身去。

"……好，好，我的好夫人。你不妨说来听听。"

"那夫君抱我一抱。"

张美将身子贴了上去，从背后搂住了夫人。

"方才夫君不是说，是你令马令琮亲自抓囤积军粮一事吗？"

"是啊，怎的了？"

"你何不为那马令琮邀上一功，就说他富有计谋，知道潞州必反，所以积极囤积军粮，以待王师。"

"可万一皇上怪罪于他，岂非将他害了！不可！不可！"

"俗话说得好，无毒不丈夫。夫君如此优柔寡断，那就等着自己掉脑袋好了！……话说回来，那马令琮只是一个刺史，手上没有几个兵，官家怎会动不动就疑心于他？况且，如今大军将发，军粮短缺确实是个问题。如果马令琮真的弄到了足够的粮食，那首先就是大功一件呀！官家八成会将他看成是一个意外惊喜。这是马令琮难得的升迁机会，怎么能说是害他呢？"

"这……说得也是呀！同样的事，落在我头上与落在一个刺史头上，还真是不一样的。"张美不禁点头称赞。

"夫君不要到时看别人得了功劳，又眼热哦！"

"哪能呢！马令琮跟我多年，我也想找个机会举荐他。这次正好，说不定对他也真是一个机会呢。好夫人，我可要好好谢谢你呀！"

"那，怎么谢法呢？"

"夫人救了我的性命，夫人想要什么，我就给你什么！"张美感到心里一下轻松了许多。

"哼，就会甜言蜜语。"

"好夫人，我可是说真的。"张美将夫人搂得更紧了。

"妾身今夜什么都不要，就要夫君……"夫人开始在张美怀中扭动起腰身，发出娇嗔声。张美心头那块大石头放了下来，顿觉畅快无比，紧紧抱住夫人的娇躯。两人一时间兴不可遏，匆匆褪去衣裳，并头交股，好好云雨了一番。

建隆元年四月十九日，石守信、高怀德率前军出发，前往泽州、潞州征讨李筠。

皇帝赵匡胤本想立刻带兵亲征，但是，心头仍旧有两块大石头压着，一时也无法移开。其中一块"石头"，就是军粮问题。军粮短缺的确可能使军队无法长期作战。"如果李贼退回潞州死守不出，这场仗恐怕就旷日持久了！"赵匡胤心中暗暗祈祷，千万不要出现这种情况。战国时代的赵国廉颇，就是以坚壁死守的策略对付秦军的进攻的。若不是秦国使用反间计令廉颇被免职，就不会有赵括后来的冒险出击，秦军就不可能在长平打败赵军，也就不会有长平之战后秦军活埋数十万赵兵的惨剧。

"朕不会像秦军那样残暴。但是，朕也不希望潞州再出一个'廉颇'。"不过，赵匡胤对于张美暗中令人囤积军粮一事，倒是的确不知。因此，在张美辗转反侧睡不着觉的时候，赵匡胤并没有像张美所猜测的那样在琢磨着怎样对付他。

赵匡胤心中另一块大"石头"，乃是京城东南的淮南李重进。"这李重进随时可能起兵，如果那样，我军就是腹背受敌，朕只有亲征淮南，方能减轻西征大军的压力。到那时，如果李筠那边还未解决，朕就得被迫将亲征兵力从东边调往西边，那样一来，李筠恐怕就会在战略上占据优势了。"他禁不住这样想着，但是同时也痛恨自己在关键时刻有些举棋不定。

"弈者举棋不定，不胜其耦！我可不能犯那样的错误啊！潞州，朕一定要亲征！"他做了最坏的打算。

这个时候，有一个人，出乎赵匡胤意料，突然来到了京城，带来了一个千金难买的好消息。

在石守信、高怀德率领前军出征后的一天，赵匡胤将范质、吴廷祚、赵光义、赵普、张美等人叫到福宁宫中，商议如何安排下一步的行动。赵匡胤决定让吴廷祚留守京城，在自己亲征潞泽后，以为后应。他同时提醒他的重臣们，淮南李重进可能随时配合李筠起兵，一旦这种不利局面出现，赵光义将作为南征军主帅率先锋出征淮南。他们正在商议之时，李神祐来报，说李处耘有机密之事禀报。

"让他进来吧！"

"陛下，李处耘恳请陛下单独接见。"

"哦？还这般神神秘秘，"赵匡胤看了看身边几位大臣，对李神祐道，"那就带他去朕的书房等候，朕与几位爱卿说完后就过去。"

李处耘近来颇得赵匡胤信任。赵匡胤赋予他可直接向自己汇报情况的权力。这种权力赋予，并非正式的授权，但是却比御史台与谏院更有效率。赵匡胤知道李处耘直接来找他，必然有极其重要之事。因此，他很快与几位重臣说明了自己的想法，并请他们回去后仔细分析形势，对已经安排的各项任务，拿出自己的意见，随后再作最后决定。

打发了几位重臣之后，赵匡胤快步前往他的御书房。

迈进御书房的门，赵匡胤不等落座，直截了当地问李处耘："处耘，出了什么事？"

"陛下！恭喜陛下了！"李处耘一脸喜色地回答。

"哦，有何可喜的？我正烦恼万分呢！"

"陛下，臣今天见到了一个人。这个人，恐怕正好能解陛下心中之烦恼。你绝对想不到，这个人是谁。此人可是千里迢迢专门来见陛下的。"

当李处耘说出"恐怕正好能解陛下心中之烦恼"及"此人可是千里迢迢专门来见陛下"之语时，赵匡胤不知为何突然想起了柳莺。"难道是她来京城找我了？"他心中突然涌起一种莫名的期盼与狂喜，下意识地舔了一下突然觉得发干的嘴唇。之前，他与几位大臣说了许久，中间的确连一口水也没有喝。但是，令他忽觉口干舌燥的恐怕是另外的原因——是他在这一瞬间于心底涌起的对柳莺的思念与渴望。在这种期盼和狂喜之后，紧接着，他的心中又感到一种深深的愧疚，觉得颇对不起皇后如月。他被心中的激情和欲望折磨着，在这一刻突然意识到自己是多么强烈地希望占有柳莺。与柳莺在扬州风月楼初次相会的情景，再次浮现在他的脑海中。

"行了，快快说吧。"赵匡胤克制着心中的狂喜，装作若无其事，以一种平常的口吻催李处耘快说。

"陛下，是翟守珣来了！"

"是他?！"赵匡胤一听这名字，心中不禁感到一阵失望。不过，这种失望一闪之后，是一种巨大的兴奋。他的直觉让他强烈感觉到，一件影响大局的事情将要发生了。

"正是！"

"他来做什么？"

"他这次确实是专门来找陛下的。李重进和李筠果然开始勾结了！翟守珣本是准备从潞州直接去淮南，向李重进通报共同起兵的时间。"

"啊！那他怎么突然又来京城找朕了？难道，那晚在扬州他便认出了朕？"

"不！那晚他定然没有认出陛下。直到现在，他还不知道那个晚上见到的就是陛下呢！"

"他现在何处？"

"他现在正在昝居润处。我刚才所说的，皆是昝大人告诉我的。翟守珣在世宗时期就与昝大人熟识。他这次来京城，首先找到了昝大人。他想通过昝大人拜见陛下，且向昝大人声称，他是陛下孩提时的朋友。昝大人怕其中有诈，因此先找了我征询意见。"

"他说的倒是实话，他确实是朕小时候的伙伴。说起来，在那晚之前，我与他也二十多年没见了。也难怪他还记得朕的名字，却已经认不出我的样子了。哎，这光阴似箭，说得可一点都不假。头脑中的小伙伴，一下子便已经快要开始白头了。"赵匡胤说话间，微微流露出一丝伤感。

李处耘见皇帝动了怀旧之情，心想："看来，皇上也是一个重感情的人。"

"李神祐！"赵匡胤招呼了一声站在书房外的内侍李神祐。

"臣在！"

"你快去昝大人处跑一趟。请他带那位客人速到这里来见朕。"

李神祐领旨后，匆匆离去。

约莫半个时辰后，李神祐带着宣徽南院使昝居润走进了御书房，翟守珣跟随在二人的身后。

翟守珣见到皇帝赵匡胤时大吃一惊，顿时呆若木鸡，连觐见之礼也忘了。

"你，不，陛下，你是……那个……"翟守珣一时之间语无伦次，又看了李处耘一眼，几乎是不相信自己的眼睛了。是的，他简直不敢相信，那晚在扬州的风月楼中见到的，竟然是当今皇帝，而且是自己孩提时的伙伴！"我当时竟然没有认出来！"翟守珣不禁在心中大声痛骂自己的愚蠢。

赵匡胤见了翟守珣吃惊与滑稽之态，不禁哈哈大笑。李处耘亦微微一笑。

"没错，没错。我就是扬州那个'赵忠礼'！这个是'李云'。怎么，老朋友，不认识我们了？"

"陛下，那晚是臣下有眼不识泰山，望陛下恕罪！"翟守珣说话间，"扑通"一声，双膝跪地，磕起头来。

"好了，不知者不为罪！今日我可是以老朋友之礼与你相见哦！"

"谢陛下！"翟守珣慌慌张张地站起来，几乎感激涕零。

宣徽南院使昝居润一时间也被弄糊涂了。

"陛下，怎么，你们早就认识？"

"是啊，二十多年前就认识！李神祐！来，快给几位看座。"

待几位坐下后，赵匡胤便开始与翟守珣闲聊起来。

"扬州那晚之前，咱俩确实有二十多年未谋面了吧？"

"是的，陛下！"

"瞧，咱俩可都长出些白头发了呀！白头搔更短啊！"

"陛下为天下操劳，请多保重龙体！"

"那晚，柳莺姑娘唱的是什么来着……山川风景好，自古金陵道。少年看却老。相逢莫厌醉金杯，别离多，欢会少……"

"陛下真是好记性呀！"

"对了，你怎的到京城来了？"赵匡胤话锋突然一转，有点明知故问。当然，赵匡胤还不知道，究竟是什么促使这位昔日的老友改道来见他，他很想问出一个究竟。

当下，翟守珣将自己最近的行动一一道来。原来，自淮南前往潞州时，沿途的百姓安居乐业的景象给他留下了非常深刻的印象。等到从潞州返回淮南时，他左思右想："大宋开国以来，中原一带确实有一番新气象。主公要与潞州起事反对朝廷，这究竟是对还是错呢？天下太平不是很好吗？战乱一起，可又要生灵涂炭了。若是事败，我岂非也连累了家人与那小凤姑娘。"这个问题开始如千万蚂蚁一般折磨着他的内心。"没有想到，我那个小时候的玩伴，竟然成了当今天子。如果我去投奔于他，他恐怕还能够念旧情封我个一官半职。这怎么说也该比谋反要强一些吧？"被这种思想所左右着，翟守珣终于决定不直接返回淮南，而是先来到京城。

赵匡胤从翟守珣的话中，再次为自己的宏愿找到了一点信心。

"翟守珣的思想，不能排除有自保和为自己谋利的成分。他能够这样想，对我而言，对天下百姓而言，无论如何是件大好事。看来，这天下太平乃是天下人的期盼呀！"赵匡胤听完翟守珣的叙述，心中大喜。

"守珣，我要谢谢你！不，我要代天下百姓谢谢你！你带来的消息，可是救了无数将士与百姓的性命，为我大宋朝平定叛乱立下了汗马功劳呀！"

"陛下，臣……"翟守珣见皇上不仅念着旧情，还动容地说出肺腑之言，不禁感动得哽咽难语。

"好了，你不必多说。不过，我现在还不能留你。"

"……"翟守珣一愣，惊了一下。

"朕要你即刻赶回淮南，你要替朕稳住李重进，绝不能令淮南紧跟着潞州起兵谋反。"赵匡胤脸色一沉，肃然道。

"可是，目前潞州已经起兵，臣不知道还能不能赶上。也许在臣回去之前，扬州已经起兵了。即便臣能赶回去，也怕李重进大人不听臣的劝阻呀！"

"你回去就对李重进说，经过你的观察，李筠占据泽州，轻率冒进，事恐不成，劝他养成持重，以见机行事。只要李重进在潞州平叛之前不起兵，你就算是朕的大功臣。朕绝不会亏待你这个老朋友！"

赵匡胤说最后一句话时，翟守珣从赵匡胤的眼中已经找不到老朋友的温情，他看到的是一双帝王的眼睛。在这双眼睛里，似乎已经没有一丝一毫的感情。翟守珣不能不答应。片刻之前，他是被皇帝的友情所感动，可是现在，他被皇帝的威严所慑服，并且感到了自己肩头的重任分量十足。

六

大理寺的牢房在汴京宫城西角楼的附近，紧紧挨着太常寺的衙署。包括大理寺、太常寺在内的尚书省各衙署，都分布在这一区。或许由于这个原因，这片区域平日里便弥漫着一种肃穆的气氛。每当黄昏，当落日的光芒笼罩着各个官署的檐顶，当夜幕在这些檐顶将落日光芒渐渐遮掩起来的时候，这片区域的肃穆气氛就变得更加浓厚了。

韩敏信背靠着大理寺大牢冰冷的石墙席地而坐，眼睛木然盯着牢房的铁栏杆发愣。自入大牢以来，已经过去两日了。他仿佛已经成为大理寺所在区域肃穆风景中不为人知的一部分，已经与那个鲜为人知的牢房的角落紧紧地结合在了一起。

这天，韩敏信突然眼前一亮，他看到铁栏杆外，出现了一张熟悉的脸。来人正是令他魂牵梦绕的长公主阿燕。他本以为再也见不到她了。可是，现在，就在他被关入大理寺的牢狱之后，她竟然再次出现在他的眼前，这怎能不令他感到意外！他像是着了魔一样死死盯住铁栏杆外那张偏圆的瓜子脸，那黑色的眼珠。她那长长的鱼形的眼睛，仿佛夜空中美丽的星星，照亮了黑暗的世界。她那一袭翠绿色的衣裳，仿佛春天的湖水，将生机带入了死气沉沉的牢狱。她深绿色的束腰大带，仿佛夏日微风中飘拂的柳丝，在燥热中带来静谧与清凉。他忘乎所以地用疯狂而炽热的眼光注视着她，一句话也不说，整个身子僵在那里，仿佛变成了一尊雕塑。

"你为什么要来送解药啊？"阿燕明知故问。她面前的这个年轻人，为了她，放弃了自己处心积虑的复仇计划，放弃了生的希望，如果不是因为爱，那会是因为什么呢！但是，恐怕任何一个女子遇到这种情况，都会下意识地问这样的问题。这样的问题，听起来是多么多余，多么愚蠢啊！可是，它却可以帮助她确认爱情的存在，而那答案，正是她所期待的，也是她所害怕的。至于找到这个问题的答案之后该怎么办，她也不知道。

韩敏信身子微微颤抖起来。他依然不言不语，只是眼皮都不眨地盯着阿燕，似乎只要眨一下眼睛，她就会在一刹那消失得无影无踪。

"你什么时候——什么时候心里开始有我的？"阿燕仿佛费了好大气力，才终于说出这句话。

"在大相国寺里的那一天。"

"可是，就因为那一面吗？"

"是。那一刻，是我生命中最美的一刻。"

"那你是什么时候知道我的身份的呢？"

"不知长公主记不记得，有一日，你曾经去过待漏院厨房。那天，是我第二次见到你。只不过，你并没有注意到我。当时，我站在炉灶的旁边，远远地望着你。正是在那一天，我得知你是他的妹妹，你是长公主！"

"你难道不能原谅我大哥吗？"

听到这个问题，韩敏信双眼中的爱意，慢慢被愤怒的光芒湮没了。

"原谅？我父亲、母亲，全家上百条性命，你让我如何原谅？！"他战栗着，咬牙切齿地说。

"那都是王彦升的错啊！"

"可是，你大哥最后也没有杀了王彦升啊！说到底，王彦升只不过是你大哥手上的一把刀。你心里也很清楚，你那位大哥，才是真正的凶手！"

"不杀王彦升，我大哥有他的苦衷啊！"

"可是，谁又知道我心中的苦呢？"

阿燕的眼中泛起了泪光。她缓缓低下头，金钗在乌云一般的发髻上微微晃动着。牢房墙上火烛的光芒照在金钗上，反光一闪一闪，像暗夜中星辰的微光。她沉默了片刻。

"我知道你心里的苦。"阿燕低着头，轻声地说道。

韩敏信身子剧烈地颤抖了一下，泪水顿时像决堤的河水，从眼眶中涌出。他看着阿燕，凄然一笑。

"我能帮你做点什么吗？"

韩敏信抹了抹满脸的泪水，用力地摇了摇头。

"谢谢你来看我。你走吧！"韩敏信鼓起勇气，哽咽着说。

"我会去皇兄那儿为你求情的！"阿燕咬了咬嘴唇，轻声却是坚定地说道。

阿燕仿佛用了很大力气才抬起头来，又用了很大力气才将目光集中在韩敏信身上。

她盯着眼前那双被爱恨纠缠的眼睛，再也说不出一句话来。

他俩就这样默默对视了许久。终于，阿燕缓缓转过身子，慢慢离开了那扇铁栏杆牢门。韩敏信在牢房中依然一动不动地靠墙席地而坐，在微弱烛光的照耀下，仿佛一座泥塑的雕像。

当日晚上，赵匡胤在见过妹妹阿燕之后，将老臣范质叫到了御书房。

赵匡胤说道："韩通与朕曾经同殿为臣。维护周朝，乃是他职责所在，他全家因此被杀，实在是朕对不起他。如今，韩敏信为父母报仇，欲取朕性命，情有可原。再者，为了救长公主，他又送来了解药，这说明他本性并不坏，不是那种良心泯灭的人。只是，韩敏信已经承认了老根头是他所杀，如果大理寺审断此案，韩敏信杀人的罪便被坐实了。朕实想饶恕韩敏信。那个被杀的老根头，实为朕的秘密察子。如果朕将韩敏信视为捍卫周朝的义士，那么他与老根头之间，实可视为义士之间的决斗。如此解释，韩敏信的死罪可免。不知范爱卿是否能体会朕的苦心啊？"

范质一听，心想，这是陛下亲自在为韩敏信开脱啊！范质心中有自己的一套完整的法律理念，周世宗曾令他修编《刑统》，更使他对如何制定法律和如何执法形成了相当成熟的看法。如今，皇帝亲自为一个刺客从法律角度做开脱，既令他感到震惊，又令他感动。作为拥有至高权力的皇帝，本可以用一句话免除任何一个子民的罪，历朝历代不都是有很多皇帝这么做的吗？如今的大宋皇帝，为了给一个欲毒杀自己的刺客找开脱的理由，竟然会从法律的角度来解释刺客的行为，真是有些不可思议。尽管他的解释很是牵强，但是这毕竟是对法律重视的举动，这毕竟是当国者仁义之心的体现啊！

范质想到这里，说道："陛下的仁心，老臣怎能不知？大理寺那边，老臣亲自前去解释。陛下请放心。"

赵匡胤这时突然叹了口气，说道："方才那些话，是朕说给你听的，怕你想不通啊。朕不能让你一边修编律法，一边又让你为难啊！范爱卿，既然你能够体会朕的苦心，你与大理寺就没有必要说这么清楚了，就说是朕特赦韩敏信即可。不瞒你说，朕还有一些私心，朕不想秘密察子的事情引起大理寺注意。外界更没有必要知晓朕关于秘密察子的安排。如果大理寺要细细调查韩敏信，恐怕老根头的身份也会曝光。秘密察子的事情，还望范爱卿为朕保密。"赵匡胤又为开脱韩敏信找到了一个借口，至于长公主阿燕曾找他为韩敏信求情的事情，他并没有告诉范质。因为，他心里很清楚，宽饶韩敏信，是他的本意，即便自己的妹妹不来求情，他也会作出这样的决定。

范质听了赵匡胤关于秘密察子的话，心中一惊，暗想，原来陛下思虑如此之深，对我这个老臣也算是给足了面子了。当下，他不敢多言，肃然道："是，陛下！臣明白。"

两天后，韩敏信那间牢房的门被一个狱卒打开了。

"韩敏信，起来，出去了！"

韩敏信愣了愣，木然的脸上显出惊惧之色，但是这惊惧之色一闪而逝，随即变得坦然了——这是一种从容赴死的坦然。他以为自己马上就要被处死了。

"陛下开恩，赦你无罪。你走吧！"

这一定是要处死我之前的戏言吧！韩敏信并不相信狱卒的话。他慢慢地站起身，跟着狱卒缓缓向牢房大门走去。

大理寺大牢的大门打开了。耀眼的天光刺痛了韩敏信的眼睛。

韩敏信用手遮住双眼，过了片刻，方才适应了久违的天光。他抬头仰望了一下晴朗的天空。想不到还能活着出来啊！重生一般的兴奋之情使他的身子轻微地颤抖起来。

"真是放了我？"他回头问那个带他出来的狱卒。

"那还有错？"那个军士有些不耐烦了。

一个佩刀的侍卫走了过来冲韩敏信说道："走吧，俺带你出去！"

韩敏信定了定神，牙关紧咬，在空荡荡的牢房门口伫立了片刻，终于迈开步子，慢慢地坚定地跟着那个佩刀军士往前走去。

这时，他再次看到了长公主阿燕，她在一个太监的陪同下远远地站着。她今天换了一套衣衫，茶色的大衫之外，穿着大红色不束腰带的直领半褙，半褙长长地垂过了膝盖，下面露出一截暗红色的长裙，系着内里长裙的褐色大带从半褙下部露出来，垂在长裙的褶皱之间。

他不敢相信自己的眼睛，愣了片刻，才慢慢向阿燕走去。

"我大哥托我转告你，他说，他并没有想要杀你父亲。不过，你将仇记在他的头上，他也不怪你。"

韩敏信脸上的肌肉微微抽搐了一下。

"他说，这次放了你，是拜托你去一趟潞州，劝说李筠将军尽早归降朝廷。皇兄知道你父亲与李筠将军往日交好，他不想李筠再像你父亲一样。"阿燕说道。

"长公主，我不可能原谅他。我做不到。你若现在扣住我，我不会走。即便放了我，我也不会为他办事。"

阿燕注视着韩敏信，眼中流露出怜悯之色。

"你走吧！"她说道。

"希望今生有缘再见！"韩敏信看了她一眼，便慢慢一步步往前走去。

"谢谢你送的解药！"她突然在他背后喊道。

韩敏信心头一震，停住了脚步，他扭过头，惨然一笑，说道："不，是我下毒害苦了你！"说完，回过头，慢慢走远了。他没有再回头看阿燕。但是，在他的脑海里，在他那已经泪水蒙眬的眼里，全是阿燕的身影。他渐渐有了一种幻觉，仿佛自己变成了一只鸟儿，越飞越高。他低头看去，看到了一条冰冻的时间之河。

在这条无头无尾的凝固的时间之河中，他看到了在大相国寺中自己与阿燕相遇的一幕。他和她，都仿佛固定在那一刻。那一刻，他正仰着头，看着对面一张白若凝脂、微微泛着红晕的脸。她正微微歪着脑袋，乌黑的眼眸一转不转地盯着他笔下的墨竹……他扇动着翅膀，沿着冰冻的时间之河继续飞翔，这时他又看到一幅画面，他和一个老人坐在皇宫待漏院的台阶上，他低着头，那个老人仰望着星空，微微张着嘴，正在与他说话。他认出来了，那个老人就是他设计害死的老根头。这时，他感到翅膀有些沉重，扭头往回看去，他吃惊地发现，大相国寺中的那一幕，他和她还在，还在那里，还是那个样子，没有一丝一毫的变化。多么美好啊！在她的眼中，那一刻是否也如我所见的一样呢？想到这个问题的时候，他再也忍不住了，感觉滚烫的泪水顺着脸颊滑落下来。

七

"陛下真的放了韩敏信？"守能和尚问道。在洛阳，他接受了赵匡胤的委任，接手负责管理秘密察子的事务。这是赵匡胤自洛阳回到汴京后第一次私下召见他。

"是的。"

"陛下心怀悲悯，乃天下之福啊！"

"不，你错了。我只不过是为了自己心安啊！"赵匡胤盯着守能，淡淡地一笑，笑容中带着些许凄然。

守能和尚一听，稍一沉默，说道："良心，近乎悲悯之心。"

赵匡胤不置可否，身子往卧榻的栏杆上微微靠了靠，脸色一沉，道："大师，你安排秘密察子盯着韩敏信。我观察他的神色，揣摩他的心思，恐怕他依然不会善罢甘休。我虽然放了他，但是不能不提防他。"

"是，陛下！"

"对了，最近秘密察子方面有什么报告吗？"

守能和尚听了，眼中光芒一闪，说道："陛下，有一件事，我不知当不当说。"

"但说无妨。"

"安插在李处耘府中的秘密察子近日来报，说赵光义大人近来常常走访李府。"

"哦？"

"据报，赵光义大人是看上了李处耘的女儿雪霏姑娘，已经向李大人示意，想将她纳为自己的小妾。"

"这么说，光义在之前那趟洛阳之行时，便喜欢上了雪霏姑娘？光义年轻气盛，喜欢一个女孩子，也很自然。"

"不过，听说雪霏姑娘拒绝了赵光义大人。这之后，赵光义大人似乎去李府更勤了。"

守能和尚犹豫了片刻，说道："如果是这样，倒不必担心。"

"你这是何意？"

"陛下，臣冒死直言，还请陛下小心赵光义大人。他似乎在培养自己的势力。"

"大师的意思是——我这个兄弟欲娶雪霏姑娘只不过是个幌子？"

"男女情爱之事，臣不敢猜想，但是，靠联姻获得政治势力，并非今日才有的新鲜事。"

赵匡胤一听，从卧榻上坐直身子，心中想起当年周世宗为了笼络自己和节度使王饶，亲自牵线，成就了自己和王饶女儿如月的婚事。一瞬间，他思潮翻滚，看着守能和尚发起愣来。守能和尚见赵匡胤神色有异，当下也沉默不语。

片刻后，赵匡胤淡然道："如果光义对雪霏姑娘真有意，朕倒想成全了他们。只是，既然雪霏姑娘不同意，这件事暂时就不要提了。大师，与潞州的战事恐怕很快要开始，你要替朕多盯着点。各节度使的辖地内，你都要设法为朕安排下秘密察子！"

"是，陛下！"守能和尚心头一震，双手合十答道。

八

白日越来越长，天气渐渐热了起来。

建隆元年五月初一，天上出现了日食。

五月初二，皇帝赵匡胤派宣徽南院使昝居润赶赴澶州巡检，让他给镇宁节度使慕容延钊和彰德军留后王全斌带去了命令："汝二人速率所部自东路西进，与石守信、高怀德所部相呼应。朕不日将率大军出征。"

五月初三，一道圣旨到了洺州。洺州团练使郭进被任命为本州防御使，同时兼西山巡检。皇帝赵匡胤的策略非常明确，乃是将洺州作为应对北汉南下的据点。他已经做好了准备，料定潞州必然会勾结北汉共同起事。

郭进接到圣旨，立刻组织力量，在北汉边界加派了大量的军队。

洺州的行动很快被北汉的探子获知，这些消息被层层上报给了北汉主刘钧。

探子带来的这些消息在北汉的都城太原掀起了轩然大波。刘钧不敢怠慢，开始着手做出各种安排以应对宋王朝可能采取的行动。

北汉与宋王朝的前身后周乃是世仇。当初，后汉隐帝被害后，刘钧之父太原尹刘崇担心自己被时任后汉枢密使的郭威暗害，便打算率兵南进。正好，当时后汉太后派冯道往徐州，说是要迎刘崇之子刘赟继承汉位。刘崇听到消息后大喜，打消了南下的主意。少尹李骧劝刘崇抓住时机南下，待刘赟登基后再说。但是刘崇不听劝阻，以为李骧是为了离间其父子二人，因此要将他斩杀。

"我有王佐之才，没有想到竟然会是这个死法！我的家里还有病妻，我死了，她无人照应，请求主公一同赐死吧！"李骧被处死前仰天长叹，提出了最后一个要求。刘崇当真将他与妻子一并斩杀于市。

之后不久，郭威被推戴为皇帝，刘赟被降封为湘阴公。刘崇只好派使者到周太祖郭威那里，请求放刘赟归藩镇。但是，使者带回太原的，却是刘赟已经死去的消息。刘崇听到消息后，失声痛哭。此时，他才后悔当初杀了李骧。

随后，刘崇在太原称帝，沿袭"汉"之国号，以儿子刘钧为太原尹，以判官赵华、郑珙为宰相，以陈光裕为宣徽使。为了获得生存的机会，北汉随后对契丹称臣。

后周显德元年，刘崇死，刘钧继位。刘钧以卫融为宰相，以段常为枢密使，用蔚进统率亲军。北汉与宋帝赵匡胤本无夙仇，但是由于宋承袭了后周，成为中原之国，因此北汉一直以宋为敌，同时也对宋充满了畏惧之心。

如今，洺州出现明目张胆的军事行动，刘钧又怎能不担心！

"洺州最近的动作，说明宋有志于我。各位爱卿，你们有何建议？"刘钧召集了近臣，希望能够听到应对宋朝的妙计。

宰相卫融道："陛下，我朝土地贫瘠，财力人力不如中原，若依靠自身之力量，断无法与中原大国长期抗衡。不过，我朝北有契丹，可借其力以制衡赵宋。如今，昭义节度使李筠已经起兵，而且之前他也曾对我朝发出联盟的邀约，这乃是天赐良机。我朝一方面可借契丹之力，一方面可借李筠之兵，只要三家齐心协力，定可趁机突入中原开疆辟土！"

"宰相说得不错。臣也认为，应该联合契丹与李筠，借这难得之机，增强我朝实力。我朝所辖之地，土地贫瘠，物产不丰，每年为了上贡契丹，朝廷财赋每每不足。与其坐困此地，不如抓住时机大战一场，与那李筠、契丹一同，瓜分赵宋之中原！"枢密使段常大声呼应宰相卫融的计策。

一时之间，群臣纷纷附和。这种随波逐流的心理实在是可怕，它使许多聪明的头脑变成了木偶的脑袋。

时任左仆射的老臣赵华却心情沉重。"难道这些人都糊涂了吗？我太原只是仗着东有太行，西有吕梁等高山的险峻地形，才得以长期偏安一隅。若是主动出击，又会有几何胜算呢？李筠起兵反对赵宋，连他自己都是泥菩萨过河，我朝怎能蹚这浑水！"他心中暗想，可是一时之间却想不出有力的言辞来反驳宰相卫融与枢密使段常。

"好，诸位爱卿的想法与朕甚合。朕也早已有意于中原了！"刘钧大为高兴，仿佛已经将千载难逢的好机会抓在手心了。

为了联合李筠，刘钧向潞州派出了使者。

内园使李弼负责这次出使。他带着刘钧的诏书，还带上了大量的金帛。

之前，李筠为了离间赵普与赵匡胤的关系，曾经利用刘钧，借他之手写信给契丹南京留守萧思温，让萧私下派间谍带着金银财宝去贿赂赵普。但是，由于被赵普、赵匡胤识破离间的计谋，李筠与北汉、契丹三者之间的联盟并未真正达成。李筠在正式起兵叛宋之前，曾捉拿了监军亳州防御使周光逊、闲厩使李廷玉，派判官孙孚、衙校刘继忠送给刘钧，以请求增援之军。监军、防御使的重要性不用多说。关于闲厩使，可能很多人会看轻其意义。其实，李筠将宋朝闲厩使李廷玉押送给契丹，实是一份大礼。五代时期，监牧多废，官失其守，马政方面无所作为。赵匡胤得位后，中原王朝的战马实际上已经非常有限。闲厩使李廷玉的责任便是复兴马政，负责在边疆地区为朝廷买马。契丹得了李廷玉，使宋朝的边疆马政大受影响，也由此知道了宋朝在战马驯养、购买和储备等方面的信息。周光逊、李廷玉被抓的消息传到京城的时候，李筠已经起兵攻击泽州了。因此，赵匡胤并未对这一坏消息感到特别意外，他一直担心的就是北汉可能联合契丹，举国南下攻宋。不过，值得赵匡胤庆幸的是，当时刘钧犹豫再三，尚下不了支援李筠的决心。

鉴于以上原因，这次李筠见到刘钧主动派了李弼前来，不能不喜出望外。他在自己的官署隆重接见了李弼。随后，他派刘继忠作为使者，跟随李弼返回晋阳拜见刘钧，以落实盟约，争取实际的支持。

"泽州已经被我军占领了。我主公恳请陛下率兵南下以为支持，主公将亲自率军为先锋直指中原。"刘继忠对刘钧开门见山，道出了李筠的意图。

"好！回去回复你家主公，就说朕将率精兵三万以为支持。另外，朕打算请契丹国也派遣大军，从真定发兵赵宋。"说话间，刘钧将手中把玩的两颗核桃转得"嘎吱、嘎吱"发出声来。他是故意要令核桃发出这种声音，这令他感到一种欲望得逞的快感。如果可能，他真想将这两颗把玩多年的核桃一把捏碎，仿佛它们就是赵匡胤的头颅。

刘继忠俯身在地，重重叩首，又直言道："一旦我家主公发兵南下，还请陛下即刻出兵！"

"好！就依你主公所说，朕将即日出兵！"刘钧意气风发地允诺。

当三万大军在黄土高原上聚集的时候，飞扬的黄沙遮蔽了半个天空。刘钧调集了太原的全部军队，在校场上阅兵。

刘继忠看到三万大军齐集在校场，感到难以抑制的激动。"这恐怕是我这一生最重要的荣耀呀！"刘继忠站在城楼，望着即将出征的北汉大军，心潮澎湃。他不是一个什么了不起的大人物。但是，他与当时许多大人物一样，为自己所做的一切感到骄傲。他认为自己对得起自己的主公，完成了主公交付的使命。但是，刘继忠并没有意识到，至少这个时候他还没有意识到，他的一切努力，终将在历史的滚滚长河中灰飞烟灭，留下的只能是一些淡淡的影子。

即将发生的战争，绝不如此简单。没有任何一方可以轻易获胜。毕竟，双方的兵力相去不远。成败一方面在于战略、智慧的较量，一方面还在于战场中战术与毅力的对决。对于千千万万血肉之躯来说，战争并不是成败的结果和伤亡的数字，而是血淋淋的过程。

刘钧顶盔贯甲，骑着汗血宝马，带着援军出团柏谷南下去与李筠会合。刘钧为了显示自己与契丹的特殊关系，同时也为了增加实力，不等契丹组织大军南下，而是先从契丹那里借了三千士兵，组成一个契丹军方阵，跟着自己出征了。

北汉军在刘钧亲自率领下，往南行去，行进的脚步声震动山谷。黄沙高高地飞扬起来，令几乎每个士兵都感到呼吸困难。行进在巨大团队中，令许多士兵感到一种忘却自我的骄傲。他们感到自己身体内流淌着的鲜血的热度，头顶的毛孔全都张开了，头发仿佛一根根都竖立了起来。对于死亡的恐惧也不时袭击着他们的心，于是，他们更在集体的脚步中寻找安慰，或者更加准确地说，是寻找着一种忘却。

在大军的西侧，汾水一刻不停地流着，水声夹杂在士兵的脚步声中，仿佛是痛苦的呜咽。北汉的群臣与百姓在汾水岸边为大军饯行。

"陛下！出征之事，还请三思呀！"老臣赵华咬了咬牙，终于出来拉住了刘钧的马缰。

"怎么？"

"那李筠举事轻率，老臣担心他不能成功呀！陛下，您如今出兵支援他，老臣认为实在是失策呀！"说话间，赵华老泪纵横。

"朕心已决！况且，爱卿又怎么能断定李筠一定不能成功呢？你看看，朕既然已经出兵，难道还能掉头回去吗？"

赵华愣愣望着漫天黄尘中的大军，如鲠在喉，说不出话来，手中只是拉住马缰不松开。

"难道爱卿有什么良策不成？！"刘钧已经发怒，瞪大眼睛厉声喝问。

泪水顺着赵华干瘦的脸滑下，飞扬的黄尘很快便沾在了泪痕上。

一时之间，赵华也确实没有什么良策。

刘钧大喝一声，翻身上马，顺手一鞭，抽在了赵华手上，留下一道深深血印。

"啊！"赵华大叫一声，手终于松开了。

"赵大人！您这是何苦呢？！"宰相卫融见赵华可怜，一把扶住了他。

"卫大人呀！你这回可害了我大汉呀！"赵华使劲摇着卫融的手。

卫融低头不语，慢慢拨开赵华的手，也翻身上马，立马于刘钧之后。

"前进！"刘钧大喝一声，催促军队继续前行。

李筠听说北汉主亲自带大军出征，大为振奋，亲自带幕僚赶到城北太平驿，以臣礼相迎拜谒。

在幕僚的陪同下，李筠一行前往刘钧大帐，沿途但见北汉军仪仗甚为简陋，与他原来的想象差距甚大。看到这景象，李筠不禁心头渐渐沉重。"难道北汉竟然贫困如此？若果真如此，那军队的战斗力也不知究竟如何。反倒是这些契丹兵，人数虽不多，但是看着战斗力却不错。契丹，这是一个潜在的劲敌啊！"他心中暗暗敲起了小鼓。

刘钧倒是对李筠甚是尊重，待他参拜之后，让他坐在了宰相卫融的上方。

"朕封你为西平王！待来日战胜赵宋，再行封赏。"

战事未开，刘钧虽出于好意即行封赏，但是在李筠心中却引起了不快。"他日不定谁为中原之主，何故如此自大！"李筠心中暗骂，强作笑脸应承。

随后，刘钧又赐给李筠战马三百匹以及许多金帛、珍玩。北汉由于长期进贡契丹，同时军费开支巨大，这些礼物，刘钧一下子拿出来作为赏赐，实在是不易。

李筠不想被北汉主刘钧所轻视，也令人取出早就备好的重礼回赠给刘钧。为了笼络人心，李筠还令人暗地里以重金贿赂了北汉群臣。

自从对刘钧之军感到失望后，李筠对于与刘钧联盟的想法就发生了戏剧性的变化，同时，他也对契丹的潜在威胁感到担心。两个因素，使李筠对他的两个联盟者都不太看好。原来，李筠虽然此前曾利用契丹离间赵匡胤与赵普的君臣关系，但是实际上乃是权宜之计。他一生中，一直视契丹为对手、为仇敌。他身经百战，所取得的最为辉煌的战果，便是后周时期一次对阵契丹的战役。迫于形势，李筠会不时对契丹抱有幻想，但是在错误地判断了北汉的实力后，李筠决定不能让契丹插手中原事务。他不想自己这次进攻中原的行动，被契丹占了便宜。他对契丹实力的估计并没有错，但是，他的决定使自己丧失了一个有力的联盟。

其实，李筠的谋士闾丘仲卿并不赞成这个意见。他比李筠更加现实。然而，当李筠拿出华夷之说的理由来说服他时，他便被自己的感情所左右了。他最终默认了李筠的主意。这大概就是命运的悲剧吧！有时，一个人明知不是最好的选择，却偏偏会作出这样的选择。

李筠令刘继忠暗中拜见刘钧，转达了自己的新想法。刘继忠说道："陛下，我家主公本也打算从契丹借兵，但是最近改变了主意。主公考虑到契丹非我族类，向来狼子野心，一旦契丹出兵，他日必有大患，因此让在下恳请勿从契丹借用大军。"

"这……"刘钧听了这话，大为犹豫。

"陛下不必多虑。陛下如能率太原之兵三万出征，我潞州亦有办法动员精兵四万。赵宋立国不久，必然军心不稳。我方七万精兵，足以当其十万、二十万！又何必让契丹来分一杯羹呢？"刘继忠信誓旦旦地对刘钧说。刘继忠说出这样的话，倒绝非有意欺骗刘钧，因为，在他心里，他确实是这样认为的。他完全没有将宋军的士气与赵匡胤的用兵之术考虑在内。

刘钧本就颇为自信，听了刘继忠的高谈阔论，顿时豪情万丈，决定不再与契丹联盟攻宋。

即便李筠、刘钧不联合契丹，他们两者真正联合齐心协力，其实力也不能小觑。但是，随后发生的事情，实际上使李筠和刘钧的联盟，也逐渐变成了貌合神离的无效联盟。

自从见刘钧仪仗简陋之后，李筠就心中一直打鼓。"无一点王者气象！与他联手，恐是失策。"回到自己营中后，李筠心中便开始对于之前拟订的联合行动计划心存疑虑，变得犹豫不决起来。

几日后，刘钧召李筠议事。

"赵匡胤加封你为中书令，对你不薄，为何要反呢？"这刘钧真是哪壶不开提哪壶。此话一出，陪坐一旁的宰相卫融不禁微微皱眉。这种问题，实在乃是对谋反者的侮辱。

李筠见刘钧问这样的问题，心中大为不快。

"陛下错矣！我乃大周宿将，累受大周之恩，这次起兵，乃是为了捍卫大周而战，乃是为了报答大周之恩而战！"

"那之前你又为何受了中书令之衔，承认了赵匡胤做皇帝？"刘钧脸色一沉，冷冷问道。

后周乃是北汉世仇，李筠的回答，也令刘钧心中着恼。"原来竟然是为了报答后周！你就不知道朕与后周势不两立吗！"刘钧心中暗想，却忍住了没有将这种想法说出口。

宰相卫融见两人开口说话便要犯僵，赶忙打圆场："陛下，臣看李大人当初只不过是缓兵之计而已。仓促起事，乃鲁莽之徒所为。李大人，您说是不？"

李筠听了卫融的话，神色舒缓下来，说道："陛下，赵贼的前军已经开拔了。我看，咱们还是速速商议如何应对才是！"

当下，双方商议联合作战计划。李筠答应作为联军的前军率先南下。但是，在北汉军的行动方面，却出现了分歧。

李筠方面的闾丘仲卿坚持刘钧应亲自率大军，在潞州行动后，立即南下。

"陛下如能立即南下，只要我军与宋军前军一接触，陛下就可从侧翼截断宋军。这样一来，宋军先锋便在我军与陛下之军的包围之中。宋军先锋受挫，必然士气大减，之后的形势便可能对我军有利。"闾丘仲卿大声说出了自己的想法。

但是，他的建议并没有得到认可。刘钧出于对自己利益的考虑，认为应该跟在潞州之军后面作战。

双方在关键点上并未谈拢，不欢而散。

李筠对于联盟者态度的反复变化，可以在不同史书关于这个历史细节的看似矛盾的记载中找到端倪。《续资治通鉴长编》中记载："北汉主将谋于契丹，继忠道筠意，请无用契丹兵。北汉主从之，即日大阅，倾国自将出团柏谷，群臣饯之汾水。"《宋史·李筠传》中记载："刘钧率兵与契丹数千众来援，至太平驿，钧以臣礼迎谒，见钧兵卫寡弱，甚悔之，而业已然矣。"在《长编》记载中，北汉主未用契丹之兵；在《宋史》记载中，北汉主除了率北汉之兵，还带来数千契丹兵。就史载的可信度来看，《长编》要高于《宋史》。鉴于北汉与契丹之间的关系，实际情况可能是，在刘钧率领的北汉军中，确实夹杂着小部分契丹军。但是受李筠的影响，刘钧应该没有进一步向契丹请求出动契丹主力的援助。

李筠与北汉联盟，两者对抗的目标都指向当时中原实际的最高权力者。但是，李筠的对抗行动更为直接，刘钧虽然以国主身份将自己地位置于李筠之上，但是对李筠却没有实际有效的控制权。因此李筠与刘钧的联盟，或者说潞州与北汉的联盟，在联盟的战略行动上，在行动开展的组织方面，并没有默契与协调性。此外，这两个联盟者虽然目标基本一致，但是这种战略目标却对具体的政治、经济利益没有进一步明确的诉求，这一点，可能也是两者的联盟无法稳固深入的重要原因。

北汉与契丹之间的联盟，则是建立在北汉向契丹进贡的基础上，也不是平等的联盟关系，双方难免各怀鬼胎。至于李筠一度想经由北汉与契丹形成的联盟，即便达成，也只能是暂时与间接的。

因此，潞州、北汉和契丹之间，就对抗宋王朝这一战略目标而言，已经达成的某种程度的联盟和有可能达成的进一步联盟，无论从牢固度、深入度看，还是从默契度、理解度看，都不可能是一种高级形态的真正意义上的战略联盟或军事联盟。它完全不同于公元前六世纪和公元前五世纪在古希腊形成的"伯罗奔尼撒联盟"和"提洛同盟"，也不同于二十世纪第一次世界大战期间在欧洲出现的"协约国"和"同盟国"两大国家联盟。潞州和北汉、契丹的关系，是一个区域军事势力寻求一个割据政权和一个北方王国的战术性支持，缺乏战略性，也缺乏政治、经济等方面的凝聚力。

李筠，在他谋取的联盟即将形成的时候，实际上在很大程度上已经放弃了联盟。他对北汉实力的判断，错误地建立在刘钧的简陋仪仗上。他对契丹实力的判断，则使他将契丹视为未来可怕的潜在对手，这促使他决定放弃对契丹的依赖，并提醒刘钧勿用契丹之军。就对抗宋王朝而言，李筠对联盟的放弃，是一个可怕的错误。但是，对于中原王朝的未来而言，李筠放弃向契丹请求支持，可能是一个大好消息。如果当时李筠请求契丹出兵南侵，这场战争的进程可能会发生巨大变化。中原王朝的历史，甚至整个中国的历史，就会完全改写。但是，历史没有如果。它依然按照自己的逻辑在往前发展。由于李筠对联盟的主动放弃，他对北汉、契丹这两股力量基本丧失了控制力。对于远在东南的潜在联盟者李重进，李筠同样没有控制力。

至于闾丘仲卿建议李筠在洛阳布下的那颗"接应子"——司空柴守礼以及他代表的柴氏军事集团，李筠实际上也没有得到实质性的支持。他只是得到了半张保票，而且这半张保票只有在他对抗赵匡胤获得优势的情形下，才可能对他有点意义。换句话说，柴氏军事集团，不会在他对抗朝廷的战争初期落井下石，但也不可能给予他实际的支持。

后人可能会质疑，为何在这种形势下，李筠依然会自信满满地发动对中原朝廷的战争。但是，如果仔细分析史载中李筠的成长经历，可能会产生一种印象，当时李筠的自信，也不是完全没有基础。就武功而言，这个割据一方的李筠在后周时期与宋初拥有的盛名，绝不在宋朝开国皇帝赵匡胤及任何一个节度使之下。

李筠出生在并州太原，自小勇武过人，尤其擅长骑射。后唐时期，秦王李从荣招募勇士以为亲兵，李筠知道消息后，带着一张大弓求见从荣。那张大弓需要一百斤的臂力才能拉开，当时从荣府上没有一个人能够做到。从荣令李筠试弓，李筠轻轻松松拉了满弓，并且射箭两发两中。李筠被从荣收到帐下。后来，从荣发难，李筠跟随他骑马奔至天津桥，射死十几人之后，知道事情无法成功，便丢弃了马匹逃遁了。到了后唐清泰初年，李筠应募为朝廷的内殿值，因为勇武过人，很快升迁为控鹤指挥使。

后晋开运三年十二月十七日，契丹攻陷开封，后晋亡。太原留守、河东节度使刘知远对契丹的南下先采取观望态度。次年正月，契丹主耶律德光于开封改国号为辽。曾经先后出仕后梁、后唐、后晋的赵延寿此时已经是契丹的枢密使兼政事令，他听说李筠骁勇善战，便将他招到自己麾下。李筠展现自己武功的第一个重要机会很快来临了。耶律德光在回归北方的路上病死。赵延寿趁着这个机会自称权知南朝军国事。不过，他到了常山后，被契丹永康王囚禁。当时，数万契丹军占据着常山。随后，契丹军主力往北撤离，留下了耶律解里带领两千铁骑镇守。后来，这两千骑兵的一半人马又被分给别部首领杨衮支配去夺取邢州、洺州。在常山城中，契丹人与汉人混杂，而契丹军的骑兵也是由汉人与契丹人混编而成。耶律解里性情贪婪，一味牟取私利。他削减了汉军的伙食，汉军将士们吃不饱饭，个个面带饥色。李筠知道契丹军中充满了对契丹首领的怨恨，意识到改变阵营的时机成熟了，便秘密与王荛、石公霸、何福进等人谋划，趁着契丹守城门的人吃早饭时，以撞响寺庙的大钟作为信号，攻占了武器库，接着，他们火烧了牙门，大声呼吁百姓合力击杀契丹人。契丹军见形势一发不可收拾，匆匆从北门逃出了城池。第二日，耶律解里在常山城外重整军队开始反击，进入了外城。原后晋的控鹤军和常山的百姓们组织起来，奋力与契丹军对抗，双方死伤惨重。耶律解里渐渐意识到重新夺回常山已经不可能，最终带着族人仓皇北逃。这次反叛契丹的行动，是李筠赌徒式冒险个性的一次集中体现。这次冒险很成功，契丹人被逐出了常山城。实际上，控鹤军抵抗契丹军的行动，在很大程度上也要归功于李筠。在耶律解里重新组织军队进入常山外城时，李筠鼓动原后晋军队的诸位将领奋起抵抗，当时控鹤军左厢都校白再荣因为害怕，不敢从内室出来响应。李筠拔出佩刀，砍破了内室的幕布，拉着白再荣的手，将刀架在白再荣的脖子上胁迫他出去下令控鹤军抵抗契丹军。这次胁迫白再荣的行动，简直是为后来赵匡胤的黄袍加身进行了一次微缩版的预演。这次胁迫白再荣的成功，给李筠留下了强烈的印象，甚至让他后来产生了一种错觉，认为赵匡胤也许不是一个真正的强者，只不过在特定的时候在部将的推动下往前走了一步，就像当年他拿刀胁迫白再荣一样——区别不过在于当年白再荣是被胁迫抵抗契丹军，而赵匡胤则是被推动登上了皇位。

李筠在胁迫白再荣之后，利用后晋控鹤军击退耶律解里。然后，他便向刘知远表达了诚意，遣送自己的儿子去朝见刘知远。当时，刘知远已经于太原称帝并出兵占领了洛阳、开封，收复了后晋失陷的河南、河北诸州；随后，刘知远改国号大汉，史称后汉，并改开运四年为大汉天福十二年。刘知远因为李筠的功劳，封他为亳州刺史。但是，这个加封并没有满足李筠的胃口。李筠一想到连那个软蛋白再荣竟然也被封为留后，心里更是不服气。当时，郭威镇守大名，上表向刘知远推荐李筠为先锋指挥使，随后又上表推荐李筠出任北面缘边巡检。李筠由此将郭威视为自己的伯乐，大为感激。后汉末年，郭威入主汴京，建立了后周。李筠与郭崇一起，跟随郭威起兵，成为后周的开国元勋。李筠、郭崇与慕容彦超大战于留子陂，慕容彦超东向败逃。后周广顺初年，李筠权知滑州，不久被授予实权，成为义成军节度使。几个月后，改任彰德军节度使。不论是义成军，还是彰德军，都是朝廷最重要的囤军之地，李筠在后周朝廷中的影响力可见一斑。当时，并州军侵犯晋州，王峻率领军队出征，李筠主动请战西征。郭威大喜，下诏嘉奖了李筠。郭威征讨兖州回来路上驻兵在濮州，李筠主动前往朝见，并献上了良马。郭威感激李筠的忠诚，赏赐给他成套的朝服和金带，并让他跟随自己直到澶州，举办了大型宴会后，才让他回镇所。后来，郭威任命李筠为昭义节度使。后周显德初年，郭威亲自举行郊祭，在这个重大仪式后，李筠被加封为同平章事，权势在后周朝廷煊赫一时。

周世宗即位后，李筠在一次重大军事行动中失误，险些酿成大错。当时，北汉将领张晖率军入侵。北汉军先锋从团柏谷进入梁侯驿安营，攻打防御的堡垒栅寨，所过之处烧杀抢掠。李筠派出穆令均率兵两千抵抗。穆令均在太平驿安营。张晖凌晨发起偷袭，穆令均率军仓皇应战，结果中了埋伏，折损上千。周世宗大为震惊，亲自带大军出征。契丹闻讯，派出大军支援北汉。在这一关键时刻，周世宗对于李筠并未过于责备，而是令他率领沁州行营兵赶往太原，同时令符彦卿防守忻口，抵御契丹派来的援兵。符彦卿请求派兵增援，周世宗令李筠和张永德率领三千铁骑驰援符彦卿。到达前线后，李筠率领偏师冒险绕到契丹军后部，与符彦卿前后夹击，打败契丹军。这次绕道从背后偷袭契丹军，是李筠赌徒式冒险个性的又一次集中体现。这次，李筠又胜利了。李筠班师之后，被周世宗加封侍中，进一步得到重任。

自这次对契丹军的大胜后，李筠通过一系列的军事胜利不断建立自己在武功方面的自信。后周显德二年，李筠在榆林大败了北汉军，俘获北汉将领安潜、康超七十多人。三年，李筠派遣行军司马范守图率军进入辽州地界，杀死并州军三百多人，并俘获了几个小校献给朝廷。四年，李筠再次派范守图进入河东地界，攻占了两座营寨。五年，李筠亲自率军进入石会关，攻下并州军的六座营寨。这年冬天，李筠又攻下了辽州的长清寨，并擒获了磁州刺史李戴兴上献朝廷。不久，李筠再次在边境打败并州军，斩杀三百多人。六年，李筠平定辽州，俘获刺史张丕旦等二百四十五人。一系列的成功，使李筠的骄傲之心迅速膨胀，他开始在军镇滥用自己的权力。他擅自征收赋税，擅自收纳逃亡到潞州的亡命之徒，甚至为了宣泄私愤拘禁监军使。周世宗念李筠的功劳巨大与忠心耿耿，不忍处置他。这进一步助长了李筠的自信和气焰。

周恭帝继位后，李筠被加封检校太尉。这年秋天，李筠派副将刘继忠率兵与吐浑进入并州地界，平定贾家寨，斩杀一百多人，并且夺得了大量牛羊。

直到宋朝建立，李筠的人生，是由一次一次的军事行动的胜利串联起来的。在这串闪耀的武功之链上，还有几颗尤为硕大的珠子，它们闪耀着由冒险和勇武所激发的瑰丽色彩和夺目光华。

理解了李筠的一系列成功，看到了他在武功发展道路上与郭崇、张永德和符彦卿等人结下的战友情谊，就不难理解他为何会最终放弃与北汉、契丹建立真正的实质性军事、政治同盟，而再一次选择孤军冒险，全力出击中原。

但是，这次李筠错误地估计了他在中原的对手赵匡胤。

于是，历史依然按照自己的逻辑，演绎着奇妙的进程。

历史充斥着传奇，被似乎是冷酷无情的动力驱动。它的魅力，不在于结果，而在于其前进的过程。在这一过程中，不论出自于主动，还是被动，每个卷入其中的人，都用各自的人生，丰富了历史的血肉。

拜谒北汉主刘钧之后，李筠按计划自太平驿返回八十里外的潞州上党城。刘钧以骏马、铠甲及兵械相赠。

为了协调北汉军与潞州军的行动，刘钧将宣徽使卢赞派往潞州，作为潞州军的监军。李筠闷闷不乐地接待了卢赞，将北汉派监军一事视为对自己的不信任。

卢赞为人直率，办事亦尽职尽责。一到上党，还未安顿好，便急急寻李筠商议具体作战计划。

"卢大人不必担心，我乃周朝元老，开封的军校多为我的部下，见到我便会归顺的！"李筠哈哈大笑，环顾左右，根本不将卢赞放在眼里。

卢赞感觉到了羞辱，拂袖离开了李筠官署。

自此，卢赞与李筠不和。在卢赞回报刘钧的报告中，对李筠多有微词。刘钧担心两人的不和影响大军行动，便派宰相卫融赴上党城调解二人的关系，同时助李筠定策。

在潞州与北汉协调之际，石守信、高怀德率领的宋军先头部队已经前进到孟州、怀州一带。

闾丘仲卿闻宋军进至孟、怀，不禁仰天长叹。

该不该在此时向主公再次谏言呢？闾丘仲卿是个熟读史书之人。历史上，在主君亲征决策作出之后谏言撤军或保守待敌，往往被视为动摇军心之举。谏言之人，不是被杀，便是被囚禁。如果我此时谏言，主公会杀我吗？闾丘仲卿心中被这个问题困扰着。经过一番思想斗争后，他最终还是前去拜见了李筠，进言道："主公，为今之计，请速催促北汉共同出兵，与我军齐头并进，在宋军开进太行地域之前，我军应迅速占领孟、怀，如此方有生机呀！否则，请放弃泽州，死守潞州，以北汉为后盾！"

说完，闾丘仲卿长跪在地，热泪长流。

"我看北汉军是不可信赖的了！还得靠我们自己呀！"李筠见状，慌忙抢上去扶起闾丘仲卿。

李筠的举动，让闾丘仲卿喘了口气。但是，他其实早已经将生死置之度外，因此，谏言可能带来的死亡危险的解除，并没有带来他心中压力的全面缓释。他抓住李筠的手，泣然道："主公！既然已经作出联合北汉之决定，还请尽其力而用之。"

"我有三千汗血宝马，日夜调教，又有儋将军一杆天下无敌的铁枪，有何惧哉！"李筠甩开了闾丘仲卿的手，自己做了一个颇有气魄的手势。

"主公！"

"我知你一片忠心。只不过，我意已决。明日，我将亲率上党之军，迎战宋军。"

闾丘仲卿见李筠不听劝阻，无奈地陷入沉默。这究竟是为什么呢？难道我付出的努力还不够吗？主公怎么就听不进去呢？闾丘仲卿开始变得困惑。但是，这些困惑一闪而过。他的信念又使他的内心变得坚如铁石。

"既然已经下定决心以死相报，我又有什么可苦闷的呢！谋事在人，成事在天。我心无憾也！"闾丘仲卿心中这样一想，顿觉豁然开朗。他觉得，自己的命运正在前面向他招手。

卷
三

一

在汴京城的这座府邸中，一切都是新的、昂贵的、奢华的。石守信刚刚为了这座府邸花费了大量心思。他斥巨资修建了这座府邸，形制上虽然低调，但是内部装饰和器物的奢华，可谓冠绝一时。他因担任义成军节度使和归德军节度使，利用职务之便，此前已经在宋州、亳州、卫州、滑州等地都置了私宅，但是，这些地方的宅子没有一处可与汴京城的这座府邸相媲美。他不惜代价地为这座京城府邸购置各种家具。他的好友、他的亲信，以及那些因为各种原因要讨好他的人，也绞尽脑汁给他献上各种贵重器物。床、榻、靠背椅、扶手椅、玫瑰椅、圈椅、凳子、墩、足承、桌子、案、茶几、花几、香几、香炉、箱子、橱柜、屏风、烛架、灯架、衣架、巾架、盆架、瓶架、镜子架、乐器架、炉架，以及其他各式各样的家具器用，在这座府邸里面应有尽有，而且都是使用上好材料制作的。

就拿放在那香几上的装佛经的经盒来说，别看这只是一件小器具，但是它可是用上好的檀木制作的。经盒的表面，由当时汴京的名匠完成了描金堆漆工艺，使它不仅是一件昂贵的器物，而且简直成了一件精美绝伦的艺术品。这个描金堆漆檀木经盒，并不是石守信自己购置的，而是待漏院厨房内的主管李有才孝敬他的。在它的里面，平平整整地摆放着石守信最喜欢的几部佛经。

再拿那张卧榻来说，榻头屏风上的画，可是请当时的山水名家亲笔绘制的。卧榻的制作材料，则是珍贵的金丝楠木。榻头的两边，一边立着一根三尺高的三曲足烛架。烛架由黄铜制作，表面鎏金，当烛光亮起，鎏金烛架的表面便闪耀出华美的金光，给躺在卧榻上的人带来视觉和心灵的快乐。沙场搏命换来的钱财，为何不用在最好的器物上好好享受呢？这就是石守信经常挂在口头的话。赵匡胤知道石守信性喜奢华，入宋之前曾常常以朋友口吻劝其勤俭、节制，入宋后，赵匡胤对石守信的态度也慢慢变化了。他只是不时口头提醒提醒石守信勿求奢华过度，多数时候，则是任由这个昔日的朋友、如今的下属私下尽情享受。

出征之前的那个晚上，石守信与夫人一起喝了点酒，酒意微醺。三曲足铜烛架上点起了大大的羊脂蜡烛。烛光照着他的脸。那张脸，前额不高不低，不宽不窄，鼻子有些塌，不过脸部轮廓的线条非常清晰，方下巴显出军人的刚毅气质。那张脸，是深棕色的，那是常年征战风吹日晒的结果。一双炯炯有神的小眼睛，深嵌在深棕色的脸上，闪着温和的精光。这个晚上，石守信躺在卧榻上，在鎏金的铜香炉中点起香，从描金堆漆经盒中取出佛经看了很久。之后，他有些不同寻常地把儿子保兴、保吉、保从都叫到了身边，郑重其事进行了一番叮嘱。保兴今年刚刚十四岁，弟弟保吉比他小三岁，保从才六岁。三个孩子都穿着华美的锦袍，长得俊俏壮实，一看便知从小就是在优渥环境中成长的。石守信颇有些自豪地看着三个儿子稚嫩的脸，心中涌起无限柔情。他蹲下身子，伸出双臂，一左一右紧紧地将保吉、保从抱在自己的胸前，抱了许久，方才放手。保兴很乖地站在父亲的身旁，拽着父亲强壮的手臂。

"保兴，爹爹此次出征要有些日子才能回。你也长大了，要好好照顾母亲，好好照顾弟弟们！"石守信用发着精光的小眼睛，冷静地看着保兴，严肃地说道。

"父亲请放心！"保兴一脸肃然，用大人一般的口吻回答，没有像他这个年龄的孩子常有的稚气。这种早熟的特征，说明这个孩子以后可能办事谨慎稳健，如果能够有好的机遇，一定会大有一番作为。

保吉仿佛不想在哥哥面前示弱，他扯了一下父亲的胳膊，大声说道："我长大以后，也要像爹爹一样做大将军！"

"爹爹不求你们做大将军，平平安安就好！"石守信摸了摸保吉的头。对这个孩子，石守信同样看好，但是有时也为这个孩子的戾气而担心。一个人戾气太盛，往往会带来灾祸啊！石守信常常在心里琢磨着，有什么办法可以好好管教这个孩子呢？

"不，大将军才威风呢！爹爹不是常与孩儿说那个霍去病将军千里战匈奴的故事嘛！孩儿要像霍去病一样威风！砍掉敌人的头！"保吉将继承了他父亲的一双小眼睛大大地瞪起，竖起眉毛大声答道，眼神中流露出一种顽童偶尔会流露出的无知的残忍。

"行！行！"石守信被保吉激发了胸中豪气，不禁哈哈大笑。

"那我也要做大将军。做大将军就一定会有很多好吃的吧？"保从突然问道。

石守信听了，不禁一愣，旋即纵声大笑起来。三个孩子当中，他最宠爱这个小儿子。在这个出征的时刻，这个小儿子的稚气童语，使他的心感受到轻松和温馨。

石守信与夫人和孩子们的告别，并不漫长。他有些恋恋不舍地离开了新置的府邸、他的夫人、他的孩子们，抱着决绝之心，奔赴军营。在奢华器物的围绕中，在夫人与孩子们的牵绊中，他尚未丧失一个军人的果敢与坚定。

五月初四戌时，石守信、高怀德分出一部分军队留守孟、怀，两人另率一万精锐从孟州出发。他们的计划是：连夜沿着沁河河谷，绕过泽州之南，向潞州与泽州之间的长平挺进。

除了将官和为数不多的骑兵之外，从孟州出发的一万精锐几乎都是步兵。石守信、高怀德率领的先锋以步兵为主的原因主要有两个：一是当时中原马匹不多，可投入战斗的战马数量更少；二是考虑到在北进过程中如果遇到潞州军出击，可能随时需要翻山越岭迂回作战，太多的骑兵反而不便。

为了在潞州军主力出太行之前给予打击，石守信、高怀德打算连夜奔袭潞州，因此，命令一万精锐趁着夜色衔枚而进。

出发前，石守信通过传令官通报："此次行动，必须绝对迅速，争取在潞州军出上党之前即将他们阻截。"但是，局面的发展有一部分出乎石守信与高怀德的意料，使一万精锐险些遭遇灭顶之灾。

对于战争，石守信是很熟悉的。对于即将奔赴的战场，石守信也不陌生。在他跨上战马的那一刻，他想起了很多往事。他想起了周太祖郭威，也想起了周世宗柴荣。他曾经是郭威的部下，跟随郭威出生入死。通过不断获得的战功，他在广顺初年升迁至亲卫都虞候，成为皇帝最为倚重的亲信之一。之后，他又成为周世宗麾下的大将。他想起了，他曾经跟随周世宗征伐晋阳。在高平，他率军与并州军相遇，经过奋力厮杀，赢得了战斗。"那时，李筠可是一同战斗的战友啊！想不到昔日战友，今日却成为敌人，即将在战场上兵刃相见！"他不无感慨地想着。他也没有忘记，正是在那次高平之战后，他因为军功升迁为亲卫左第一军都校。在班师回京后，周世宗提拔他为铁骑左右都校。随后，他继续跟随周世宗出征淮南。那次战争中，他担任先锋，下六合、入涡口、占扬州。他在战争方面的特长，在淮南之战中进一步发挥出来。那次征战中的表现，使他进一步得到了周世宗的器重。他很快升为嘉州防御使，担当了铁骑、控鹤四厢都指挥使。出征淮南还令他有一大收获，那就是增进了与赵匡胤的友谊。淮南之战后，他又跟随周世宗出征关南，担任陆路副都部署，因为战功又升迁为殿前都虞候。随后改任殿前都指挥，领洪州防御使。如今，身为帝王的郭威和柴荣都已经作古，而他，依然还骑在战马上，正要奔赴那片曾经战斗过的地方。石守信想到这些，不禁产生了人生如梦的虚幻之感。帝王又怎样呢？就如郭威、柴荣，征战一生，煊赫一时，可是却早早作古了啊！人生如梦啊！他在心中这样叹道。但是，作为一名战将，在即将开始的大战之前，久经沙场的他并没有让自己的这种情绪流露出来。对于对手李筠，他怀着非常复杂的感情。对这个曾经的战友，石守信心里有一种亲切感，同时也嫉妒他不断获得战功。有时，石守信甚至对李筠怀着一种敬畏的感情。李筠在常山城胁迫白再荣组织控鹤军大战契丹的那股豪气，是石守信心向往之的。一朝怒发冲冠，力抗胡虏铁骑，那是何等地威风，那是何等地痛快！作为一名将领，石守信对李筠的传奇，对李筠在边疆地区的一系列胜利，一直以来充满了敬佩。如今，这个他一直敬畏的偶像，即将成为他的对手。这个对手，刺激着他的战斗之心。同时，他也不敢掉以轻心。他知道，自己必须加倍小心谨慎，才能在战场上寻找到战胜强敌的机会。

虽然石守信、高怀德的一万精锐连夜行动，自以为神不知鬼不觉，但是潞州方面的探子依然发现了他们的异动。

消息初五丑时已经传到了上党城。

李筠得知消息，连夜开始整兵。

建隆元年五月初五，李筠留长子李守节守上党城，自己亲自率领潞州军三万向南进军。

李筠虽然自信满满，但是心知战争一旦开始，结果谁都难以预料。他素来孝敬母亲，因此出征前，特意前去与老母亲告别。老母亲见自己的儿子又要奔向沙场，想起自己年事已高，近来体力日衰，还不知能不能等到儿子从战场上回来，一时之间泪如雨下，不停地拿手抹着眼泪，口中却不知说什么才好。李筠看了心疼，但也只能硬下心来骑上战马，狠心挥手告别而去，将白发苍苍的老母亲留在身后。

李筠爱妾阿琨执意与他一起出征，这令他既感到欣慰，又感到伤心。然而，他心里很清楚，作为一军之将，他现在已经别无选择。现在必须出征了！

这日卯时，天色未明，李筠带领三万大军开出了上党。由于之前派出的先锋刚刚占领了泽州，因此潞州军的士气还算不错。

从潞州往泽州的山虽然海拔较高，但是潞州至高平路段，地势还算平坦。李筠令儋珪率三千铁骑先行赶往高平县北五十里的长平关，自己则带大军随后赶往，以为支援。

高平地区自古是兵家必争之地。高平县地属泽州，在州北八十三里处，西北距长子县八十里。战国时期，这里即赵国长平。汉代，在这里设置了泫氏县，属于上党郡，魏、晋沿袭了这种设置。后魏时，高平地区叫泫氏县，属于建兴郡。北齐时，该地属于高都郡，改县名为高平。隋朝时，废除高都郡，县属于泽州。到了唐朝，朝廷在这里设置了盖州。武德六年，盖州将治所移到了晋城，高平县归属于盖州。贞观初年，盖州废，高平县划归泽州。入宋后，高平县的隶属关系沿袭了唐代。

在高平县西北四十五里处，有座仙公山。丹水就是从这座山中流出，往南汇入沁水。丹水又名长平水。据说它的上源乃是汇合了上党诸山之水而形成的。每当暴雨之日，丹水便可在短短几个时辰内暴涨二三丈。暴雨期间，丹水中泥沙翻滚，颜色赤赭，水流如丹。也许正是这个原因，它才被称为"丹水"。在高平县西北二十里，有个山谷，名叫省冤谷。秦赵长平之战，赵括败死后，赵国士兵就在此处被坑杀。省冤谷最初叫杀谷。它那"省冤"之名，还有一番来历。据说，唐玄宗有一次临幸潞州，经过此处，慨叹秦赵的长平大战，专门进行了祭祀仪式，将山谷改名为省冤。在高平县城的西面不远之处有座头颅山，山下有个山谷叫作阳谷，谷中流出一条小河叫绝水。这条河之所以有这个名字，是因为当年长平之战时，秦国筑造土坝，断绝此水，截断赵军水源，此后，这条河便被当地人称为"绝水"。头颅山，又叫骷髅山。靠山有垒，乃是长平之战时的秦垒。秦将白起杀赵兵后收其头颅，筑入垒中，因此该处秦垒又叫白起台。在高平县西，又有赵障古城，又叫都尉城。赵障古城旁边，还有一座古城。这两座古城，在战国时期合称"赵二障之城"。长平之战初期，廉颇守卫长平，秦军攻赵军，取二障城。秦军此战，杀赵军四都尉，因此赵障古城后来又被称为都尉城。在高平县北，有处古迹叫西壁垒，乃是长平之战前廉颇指挥的赵军对秦军的第一道防线。西壁垒之东，又有处古迹叫赵东垒或赵东长垒，乃是赵括初战白起不利后，筑造长垒坚守之处。在高平县西南二十五里，有处古迹，乃是长平之战光狼城所在。秦昭襄王二十一年，白起攻赵，占领了光狼城。

高平县北五十里的长平关，是长平之战的鏖战之地。长平关乃战国时期赵国所立，到宋时已经是一个半废的关口。李筠坐镇潞州后，在长平关附近建立了据点，留一千余人驻守，名曰大会寨。

大会寨以古长平关为依托，南面十五里处乃是羊头山。羊头山西侧，有古代秦国建立的关城。

羊头山西南三十五里，便是高平县城。相传，神农氏尝五谷的地方就是羊头山。羊头山畔产黍，和律者采之，以定黄钟。不过，在羊头山上并不能看到高平县城。因为，在羊头山南面二十里处，高平县东五里处，有座山叫作米山。此处乃是长平之战时廉颇屯米之地，因此又叫大粮山。大粮山继续往南，在距离高平县城五里的地方，还有一座山叫作金门山。金门山之后，即是长平之战时的西壁垒和东长垒。金门山无疑是高平县北部最重要的屏障。

儋珪率三千铁骑，因对于地形甚熟，一个时辰后便行了近百里，赶到了长平关。那三千"拔汗"宝马果然脚力稳健，百里下来，没有丝毫疲惫之感。

儋珪随即留五百骑守长平关大会寨，自率两千五百骑赶往羊头山。十五里路程，对于"拔汗"宝马是"小菜一碟"，他们片刻之间便赶到羊头山。儋珪将两千骑兵齐集于羊头山半山坡，另又分出五百骑兵守候在关城之前，只待宋军从沁河河谷到达高平西北地区，便从北面、从东面给予迎头痛击。

在宋军方面，石守信、高怀德从孟州出发后，刚开始一段路程皆在平原前进。但是，此后即进入了太行山区。虽然他们沿着沁河河谷而行，但是，崎岖山路依然使他们行军的速度大受影响。

五日卯时，即出发五个时辰后，石守信、高怀德刚刚到了泽州以南。一万人几乎筋疲力尽。石守信、高怀德两人不得不令将士们稍作歇息。他们准备稍后绕过泽州，沿着丹水东岸往北进发。

既然已经是白日，再也没有必要对行军遮遮掩掩了。不过他们并不知道，在他们休息的时候，潞州三万大军已经自上党出发，如乌云般向他们压了过来。

"再往北，就是当年长平之战的旧战场了。当年我亦曾跟随世宗在高平作战。高平一战之后，我以为，此生不会再来此地了，没有想到，这就又来了！"石守信一边嚼着口中的干粮，一边笑着向高怀德说。

"石将军，这就叫故地重游呀！"高怀德哈哈一笑。

"可惜故人已逝啊。"

"是啊，世宗英年早逝……"

"今天是端午节吧。"

"是啊，石将军不说，我倒忘记了，记得有一年端午节，也是在行军之中，先帝还给将士们赐粽子呢。想起来，好像如同昨日呀！"

"好了，好了，不要再谈先帝了。我看，这次的仗，恐怕不好打呀！"

"哈哈，对付潞州军，就如狩猎一样，没有什么难的。"

"话不能这么说，此地地形越来越险要，我等千万不能大意。"

"将军百战死，马革裹尸还！大不了一死！"

"你还年轻，很多福还没有享到啊！人活着真好，如果再有钱，那就更好啦，天下的美女，四海的珍馐，你都有机会去好好享受。你若再有些福气，看着儿女在你身边慢慢长大，看着他们一个个成家立业，看着儿孙满堂，那是多么快乐的事啊！怀德，到了我这年纪，你才会真正知道生命的可贵呀！"石守信看了一眼身边这位比他年轻许多的将军，深深埋下了头，陷入了沉默。

片刻，石守信从地上拾起一根枯树枝，"喀嚓"一声折断，又轻轻叹了口气。

"我看石将军真是老啦，哈哈！怎么如此多愁善感起来？！"高怀德见石守信情绪不高，便拿话激他。

"是啊，到了这个地方，就想起战国时期的赵国老将廉颇喽！不过，我还不如廉颇那般老呢，与李筠再打几场大仗是没有问题的啊！"石守信说起廉颇，心中豪气顿生。果然是一个不服老的将军！

"哎，听说那李筠性格暴躁，石将军，你说他会不会亲自率兵出上党呢？"

"完全有这可能！李筠虽然性格暴烈，行事武断，但是，他毕竟是个浑身是胆、身经百战的大将。他对于此地地形又比我等熟悉，主动出击是有可能的。再往前，我们就要更加小心了。万一中了埋伏，那可大事不妙。"

"石将军怎如此抬高那李筠。听说他能拉开百斤之弓而有余力，有机会我倒要当面会会他。哈哈！不过，现在还是让我们稍微放松一下。"高怀德说罢，将两只战靴一脱，扔在一旁，又摘下佩刀，就着身旁一棵树干敲击起来。

石守信知道高怀德为人洒脱不羁，又深通音律，肯定又要开始唱曲了，当下微笑不语。

果然，伴随着有节奏的打击声，高怀德哼唱起一支慷慨悲歌，浑厚的男中音在寂静的山谷中响起。

一阵山风吹来，仿佛要将高怀德的歌声送往远方。

周围的士兵们一下子静了下来，将军的歌声在他们的心中激荡起了波澜。他们知道，在即将发生的战斗中，必然有人会失去生命，可能是自己的战友，也可能是自己。有的人因歌声想起了故乡，有的人因歌声想起了自己的亲人。

这一万名将士，皆是跟随石守信、高怀德征战多年的忠勇之士。在他们的心中，他们的将军就是他们的神。他们可以为了自己的将军随时献上自己的生命。他们心中依然有对战斗的恐惧，但是对荣誉的渴望，与战友们一起战斗的兄弟情谊，使他们心中充满了斗志。将军的歌声并没有打击他们的士气，反而使他们的团结之心再次加强。在这歌声中，他们仿佛感觉到已经与整个部队融为了一体。他们随时准备为荣誉拼死一战，为了自己的弟兄们舍身一搏。

石守信没有给众将士很长的休息时间。根据他的经验，如果在行军间休息太久，反而会使将士感到懈怠，并且容易对未来的战斗产生恐惧。

一万名宋军精锐先锋很快又重新出发，往北行去。

行至将近高平十五里处，石守信、高怀德看到前面一座大山，状若悬瓠。

"这便是悬瓠山了。当年跟着世宗征太原时，我便曾在这山头上战斗过。哎，怀德，你不是也参与了高平之战吗？当年在哪个地方作战？还记得否？"石守信问高怀德。

"我当时在高平以东十里处的米山营地。石将军，你看这回咱们是从高平东侧北进好，还是从西侧北进好？"

"高平西侧，有白起台和骷髅山，乃是阻截潞州军南下的战略之地。东面的米山并不算高，在战术上作用不大。因此，当年廉颇将米山作为积粮之地。"

"石将军的意思是？"

"我的看法是，我们渡过丹水，从距高平西面五里地的白起台和骷髅山北进，同时，留下一千人留守骷髅山以备不测。另外，在高平北面五里处，有一山崖土如赤金，名叫金门山。它乃是当年赵国重要的边防门户，非常有利于防守。我军可以在那留下精兵五百，以为接应。余下八千五百人继续北进。再往北，有一山名叫羊头山，乃是兵家必争之地。我们必须占领羊头山，再继续北进；待占领羊头山，再往骷髅山的后备兵发去命令，让他们速进军至羊头山防守。采用如此蛙跳战术，我军孤军深入方是稳妥。"

"将军考虑周全！末将随时听候石将军调遣！"

两位将军定下进军之策后，随即率兵翻越悬瓠山，继续北进。

自从石守信、高怀德两人率领前军出发后，皇帝赵匡胤就觉得眼皮直跳。难道这次两位将军出征遇到了什么事？赵匡胤暗自担心。

"李神祐！快让人给朕备担子。朕要去一趟封禅寺。对了，带上两坛上好汾酒，再备些熟食凉菜！"这日，赵匡胤突然想去看看守能和尚。

"是！"

不一会儿，李神祐安排两个人扛着一副担子来了。赵匡胤微服出行时常用的担子还是后周世宗时期用的，已经显得老旧了。负责礼仪的官员已经好几次建议换八人肩扛的担子，但是赵匡胤不同意。

"这担子尚可用，何必浪费木材布料再做新的呢？再说，一副担子两个人抬足矣，还需要用八个人吗？那不是浪费劳力嘛！平日里用，不需像典礼时那么讲究。"赵匡胤如此训斥负责礼仪的官员。

坐在担子里，赵匡胤手抚那已经掉了漆的扶手，心中想着潞州与泽州的局面。自从登基以来，他还没有主动找守能和尚喝过酒。

"早就说要请守能和尚喝酒，没有想到竟拖到今日，"赵匡胤侧头跟李神祐说，"这个和尚可是有趣的人物。原本是江洋大盗，如今虽然是和尚，喝酒之能估计还是有的。"

"陛下，这大概就叫本性难移吧。"李神祐跟赵匡胤久了，深知他的性情，知道他虽然严肃沉稳，但是本性随和、能开玩笑，因此说话也比较随便了。

"对了，近日坤宁宫那边可好？"

"皇太后、皇后都很好。皇子是越长越英武了！那两位公主，已经出落得亭亭玉立了。陛下有好些日子没去看他们了吧。何不抽空去走动走动，也算是休息休息？"

"是啊。这不，潞州终于是出事了。朕也想去看看德昭和两位公主，可是现在哪有这个心思。朕去找那个守能和尚，也不是专为喝酒呀。"

"是！陛下，臣失言了。"李神祐身为内侍，知道皇帝对内侍议政非常反感，因此也不敢再接关于守能的话题。

赵匡胤也不再提守能和尚，只问了一些后宫琐事。

约莫一个时辰后，赵匡胤与守能和尚已经坐在封禅寺外后山的一个亭子内对饮了。毕竟在寺院内喝酒乃是对佛祖的大不敬。

李神祐与几个贴身侍卫则远远在亭子外面警戒。

"陛下，怎么今日有闲心来找贫僧喝酒吃肉了？"守能笑呵呵问道。

"怎么，大师是不敢了？"

"有何不敢，只要心是佛心，酒肉穿肠过又有何妨？"

"好一个酒肉穿肠过，你可给以后的和尚做了个坏榜样啊！"

"哈哈，既然陛下如此说，贫僧现在就戒酒，也未尝不可。"

"哎，还是待喝完这通再说吧。否则，岂非浪费了这好酒。来，闻一闻，怎样？"

"哎呀，真个香呐！正宗的汾酒！"

"大师的鼻子好灵呀！"

"陛下，这汾酒可有年头了呀。"

"是啊，朕也是多年未尝这汾酒的滋味喽！也不知道何时能坐在汾水旁，伴着那汾水的波浪声来品尝这好酒。"

"陛下，贫僧估计，你并非只是找我来喝酒闲聊的吧！陛下定然是因潞州之事而烦心吧？"

"你这臭和尚，还挺有心眼。不错，如今潞州已经谋反，朕已经派先锋前去剿贼了。只是，近来这眼皮老突突跳，莫非朕要折几员大将不成？"

"……"

"和尚，你说人这一辈子，究竟能活多少个年头呀！最近，朕也常常想起周世宗，还有那些已经死去的老战友。朕这心里呀，堵得慌。常常突然之间觉得浑身无力，做一切事情都变得无精打采的。"

"陛下，请看这儿。"守能和尚并没有回答赵匡胤的话。他拿起酒壶，往自己的酒杯中满满倒了一杯酒。接着，他将那酒杯稳稳端起，手臂悬在半空，一动不动。

"你让朕看什么？这杯酒吗？"

"再看看？"

"看这酒的颜色？"

守能和尚笑眯眯地摇了摇头。

"行了，和尚，别卖关子了！"

"陛下，您看这杯中酒。只要你心静心坚，自然丝毫不起波澜。但是，你若心中不定，手不稳，自然会是水波荡漾。贫僧看陛下不仅仅是担心派出去的将军……"话说一半，守能打住了话头。

"怎么？"赵匡胤急急问道。

"请陛下恕贫僧直言。"

"你讲来无妨。朕不怪罪于你。"

"陛下，贫僧以为，在陛下的内心，恐怕还在犹豫，自己是否应该亲征。你对战争产生了以往从没有过的恐惧啊！"

"……"

《象传》云：时止则止，时行则行。动静不失其时，其道光明。该动则动，不能太为自己牵挂。可是，陛下，您已经开始留恋手中的皇权和拥有的一切了。陛下担心战争会使自己失去生命，从而失去已经拥有的一切。"

赵匡胤听了守能的这几句话，如同五雷轰顶，心脏在胸中突突突地剧烈跳动起来。"难道朕真是这样吗？！不错，不错，这和尚说得不错。朕确实内心在犹豫。朕几乎忘记了自己那统一天下开创太平盛世的宏愿，却整天只担心潞州的局面战况。朕的眼中，竟然没有时时看着整个天下。看来朕的信念确实尚未坚定。朕的志向，并非只是除掉李筠呀！朕口口声声追求天下太平，但是却如此容易被眼前的危机蒙住了眼睛，竟然如此容易迷失了真正的目标。这真是令人羞愧呀！"赵匡胤低头愣愣想着，过了片刻，方拿起酒杯，一饮而尽。

"呵呵，臭和尚，你果然是有点修为了！今日我这酒就喝到这里了。我还有许多事情要赶着去办呀！告辞了！你不必送了，继续喝酒吃肉吧！秘密察子那边如果有什么消息，记得随时告知朕！"赵匡胤一抱拳，便往亭外走去。

守能手中依然端着那杯酒，缓缓立起身，微笑地看着赵匡胤快步离去。在赵匡胤身后，李神祐与几个贴身侍从，还有那些仆人扛着一架空担子，深一脚浅一脚地跟着。

二

翻过悬瓠山后，石守信、高怀德率军继续北进。

行了八九里，前面出现了几个连绵起伏的山头。此时已经是五月，天气本来甚热，可是进入这几座山的山谷时，石守信感到阴风阵阵，不禁打起了寒战。

"骷髅山到了。"石守信回头对身后的高怀德说。高怀德正牵着坐骑，深一脚浅一脚地在山路上走着。此时，他们已经无法骑马行进了。

"是嘛，我说怎么有些阴森森的。难怪这山得了这样一个名字。"

"据说，晋永嘉中，刘聪在此举兵，在这里发生了惨烈的战争，战后死去士兵的尸体被堆积在这个山谷里。还有一说，当年秦国白起活埋赵国俘虏之前，先杀了一大批赵兵，将这些被斩杀者的头颅收集起来，掘地为坑，头颅多得竟掩埋不下，只好又挖来许多土堆积成山，所以这山又名白起台。"

"这里这么多山，也不知哪一座山是真的白起台。"

"是啊，谁也不知道究竟是哪一座。"

"如果知道，我倒想为那些冤魂唱上几曲。哈哈，想不到这里又要变成战场了。"

"有些时候，静下来想想，我觉得在世事变迁中，帝王将相，是非成败，真是过眼烟云呀。这佛家说，一切皆空，真是颇为有理呀！"

"一切皆空？！石将军，既然如此，你为何拼了性命南征北战呀？你图个啥？"

"怀德兄弟，说实话，也许是因为有好胜之心吧。随着年纪越来越大，我可是将许多东西都看轻了。"

"难道，在这世上，就没有什么值得石将军你看重吗？"

"怎么会没有呢？我觉得呀，活在世上，这钱财，可确实是个好东西。有了钱财呀，你就可以享受你的人生。有了钱财，你就可以驱使士兵们为你战斗。所以，这些年来，我努力积聚钱财，一有时间就尽量享受。许多人都说我是个财迷，可是我自有我的考虑。咱们当兵的，有哪一个晓得，能不能在下一场战斗中存活下来呀？"石守信说到这里，深深叹了口气。

高怀德听了这些话，沉默下来。

"你看看这里，就在我们的脚下，不知埋了多少冤魂呢！他们曾经拼死战斗，可是如今只不过是黄土里的一堆白骨。很多人不知道他们为何而战便死去了。瞧，那丛杂草的底下，说不定就埋着前代不知名的将士的尸骨呢！可是，他可曾想过，他究竟为何而战吗？"石守信随手指了指旁边的一丛杂草说道。

"那石将军为何还愿意效命沙场呢？"

"你又问这个问题了。其实，这个问题，我也问了自己很多次。嗯——恐怕，我是相信，我们的战斗能够换来天下的太平吧。每当这样想，我才能鼓起自己战斗的勇气。"

"天下太平……战争、杀伐已经持续了多年，究竟何时才能天下太平呢？"

"如果真的不用打仗了，我就可以好好享受生活了。哎，也不知道这把老骨头，还有没有这个机会呀。但愿我们不会步赵括的后尘啊！"

"石将军，如何说起这泄气之语？当年赵括之败，乃败在纸上谈兵。石将军身经百战，末将也是一战一战打过来的，可与那赵括不一样。"高怀德挺着胸膛，颇不服气地说道。

石守信扭头看了看高怀德，淡淡一笑，说道："怀德，你真以为赵括是纸上谈兵之人吗？"

高怀德一愣，道："石将军，莫非你对长平之战有不同的看法？"

石守信又是一笑，说道："不瞒你说，与世宗出征高平之前，我曾经找出典籍，仔细研究了长平之战。赵括之败，实在是无奈。那个背上'纸上谈兵'骂名的赵括，与白起一样，实在也是个不世之将。可是，这世上的人，这史官的笔，往往会把赞誉之词留给胜利的一方，而失败者往往会背上过多的骂名。正所谓，成者王，败者寇！赵括指挥长平之战，败在白起之手，可是并不像后世所说的那样是败在'纸上谈兵'。如果是你我处在赵括的位置，也不一定就能比他取得更好的战绩啊！说不定，咱们会比赵括败得更快、败得更惨呢！"

石守信的话，令高怀德大大吃惊。高怀德道："石将军，末将还是第一次听到这种说法，其中道理，还请赐教！"

石守信继续道："要论长平之战，还得从周赧王五十三年说起。当时，秦军通过长期努力，终于包围了韩国的上党。当时的上党郡守是冯亭。他当然不愿就此放弃上党，便想出一个借刀杀人的计划，想借赵军来抗击强秦。为了实现自己的计划，这位郡守将上党郡让给了赵国。赵国得到了上党，看似得到了一块肥肉，实际上却是一块烫手的山芋。当时的秦国，经历了商鞅变法，实力已非昔日可比。秦王任用范雎后，采用远交近攻的策略，获得了实际的利益，到了长平之战前期，秦国在国力上实际已经远远超过了赵国。为了拓展疆土，秦国不可能轻易让上党郡落入赵国手中。赵国接手上党郡，实际上将自己直接推到了强秦的对立面。一开始，赵王命老将廉颇迎战秦军的主将。廉颇是个很有经验的老将军。他在空仓岭之战失利后，丧失了西壁垒，便将防线退缩到丹水东面，并且依凭当地地势，修建了许多坚固的堡垒，以防守姿态苦斗秦军。廉颇这一守呀，就是三年。怀德！战争不仅仅是行军打仗，更是实力的比拼啊，是两军、两国总体实力、总体意志的比拼啊！两军对垒，不论将帅还是士兵，都得吃喝拉撒，都得穿衣戴帽。即便两军不动刀枪，也是一种艰难的战斗。所以，当年廉颇与秦军苦耗，不仅秦军慢慢吃不消，即便是赵国自己，也是被长期的坚守大大地消耗了国力。都说赵王中了秦国反间计临阵换将，用赵括替下廉颇。但是，若仔细想一想，即便当时秦国没有用反间计，恐怕赵王也想换上能够速战速决的主帅啊！否则，赵国自己也会很快被拖垮。廉颇老将善守，可是长期地坚守，一定是使当时的赵国也苦不堪言啊！若不是如此，秦军的反间计怎么能如此轻易地实现呢？

"周赧王五十五年，赵王中秦反间计，改用了赵括为将代替廉颇。有趣的是，秦国此时秘密起用名将白起，代替王龁担任主将，而让王龁作为白起的副将。王龁善于防守，而白起这人，则是以速战闻名的。这说明，秦国也是希望速战速决。那个赵括，后人都说他纸上谈兵。可是，只要仔细看看赵括的经历，就会发现，实际上，他一直在他父亲赵奢身边充当参谋。正是因为他的参谋，赵国才赢得一些重要战役的胜利。而且，他这个参谋，绝不是只在营帐中出谋划策，他本人也常常亲上战场的，这怎么能说赵括是纸上谈兵呢？怀德啊，你我都是上过战场的人，两军作战，彼此用计，各显神通。但是，中计的一方，并不等于就没有谋略，也并不一定就不勇敢，只不过，有时可能是对手技高一筹，有时可能是没有天时地利。当年的赵括，正是中了白起的计谋。白起假装后撤，赵括以为白起实力不济而选择撤退，便率领赵军冒险出击。赵括更是亲自率领大军突入秦军阵营。不能说赵括不勇敢啊！所谓两军对垒勇者胜，赵括的大胆进攻，不能说是完全没有道理。可惜，赵括的对手是更加老谋深算的白起，是比他更加高明的白起。面对赵括的进攻，白起反而采用了防守的战术，筑起堡垒，依山而守。赵括久攻秦军不能获胜，却被白起派兵包围。白起知道赵国国力经过长期的鏖战，定然难以派出大军作为后援，他派出了两支大军，从左右两翼迂回进军，截断了赵括大军的退路和粮道。赵括被围困，只得扎营安寨，在长平城之北，筑起长垒，坚守待援。据说艰难之时，赵军开始吃刚刚战死的士兵的尸体。

"再看秦国方面，根据史书记载，当时秦国是全国动员，很多未成年的孩子也上了战场，这可以说明当时的长平之战，真是几乎耗尽了秦国军力储备啊。当时，秦王闻知白起兵围赵括，便亲自前往河内地区征发年满十五岁的男丁，紧急参加长平之战，堵截赵国援军，断绝赵国支援赵括军的粮道。怀德兄弟，你想一想，到了这种地步，不能说赵括不善战。当时的战局，看似白起围住了赵括，实际上，是形成了赵军和秦军的再次对垒。如果，当时的赵国能够驰援赵括，或者能够在外围对白起实行反包围，那么，全军覆没的就不是赵括，而是白起了。所谓的长平之战，不是一两天的决战，实是一场艰苦的鏖战。赵括被围，显然并没有在短时间内溃败。他一定是进行了长期艰苦卓绝的抵抗和拉锯战。根据史载，当年九月，赵括将自己的部队分为四队，轮番冲击秦军阵营，但是终究未能突破。赵括亲自冲锋陷阵，被秦军乱箭射死。这说明什么？这说明，他绝不是懦夫，而是一名勇士。面对战争，只要能拿起刀剑走上前线投入战斗，不论是普通士兵，还是一军统帅，他们都是真正的勇士。用纸上谈兵来说赵括，实在是对一名勇士的侮辱啊！赵括可能不如白起高明，但是他却比那些躲在后方、在秦军面前只知道指手画脚冷嘲热讽的人要伟大得多。

"那些人，只不过是可怜的懦夫，是卑鄙的政客，是趴在英雄伤口上吮吸鲜血的吸血鬼，是在伟大与光荣面前被嫉妒心折磨和刺激的贱人。那些人，根本没有什么资格来对赵括指手画脚。可是啊，每个朝代，在真英雄的周围，总是围绕着那么一些人。他们像苍蝇一样嗡嗡直叫，自己不干任何实事，看到了勇士们的光荣，他们只知道嫉妒。勇士们赢了，他们便献上最美好的赞词，在勇士们赢得的光荣和战绩中过着他们舒适的寄生虫生活。若是勇士们不幸输了，他们便冷嘲热讽，否定他们做出的一切努力，取笑他们的牺牲，贬低他们的业绩。在最艰难的危机面前，正是这种人将牺牲者推向敌人，他们是在用牺牲者的鲜血和生命，换取他们的生存。他们不知道真正的战场，他们不知道刀枪剑戟中的血腥味。你知道吗？我为什么服陛下，因为他和我们一样，是真正的战士；他和我们一样，在敌人的刀剑之下，嗅到过死亡的味道；他和我们一样，曾在敌人的刀剑面前勇敢地迎上去，去战斗！

"战场上，形势千变万化，胜败难料。赵括是死了，可他是英勇战死的。他对强秦的进攻，并非毫无胜算的盲目冒险。赵括的失败，是一场光荣的失败。直到他战死，四十万士兵性命尚存。怀德兄弟！你说说，这说明什么？这说明，他之前的苦苦坚持，并未使赵军有生力量被秦军大规模歼灭。但是，四十余万士卒被迫降秦后，却被白起坑杀。这投降的罪责，或许不该由赵括来全部承担吧！毕竟，此时的赵括，已经英勇战死了。四十万士兵啊，他们竟然没有追随他们的将军战死。四十万士兵啊，只有年少体弱的二百多人被白起放回赵国，以起到震慑作用。这个时候，赵国余下的将军们的血性去哪里了？四十万士兵的血性去哪里了？与其饿死，不如战死。更别提投降后被白白地坑杀啊！

　　"若看秦国方面，史载秦军在长平鏖战中也死亡过半。这说明什么呢？这说明赵括与白起之间的对抗，是一场势均力敌的战斗。长平之战，准确地说，是赵国决策者的失败，而不是赵括一人的战略失误。当时赵国不是还有其他名将吗？可是，有的将军在守边，有的将军在护卫国都。赵括，实在也是赵国指挥长平之战的一时之选。时势造英雄，时势也可以毁英雄！怀德兄弟，如今你我与李筠对垒，如果我们失败了，也不知会被后人安上什么骂名啊！所以啊，兄弟，我早就看开了，没有什么比荣华富贵更重要了。有权有钱，比一切都好。什么胜利，什么英名，什么荣誉，到头来，终归是空的。你可能想要争取胜利，想要赢得英名，想要获得荣誉，为了达到目的不惜一切，甚至付出生命的代价，可是说不定后世还会送给你一个千古骂名呢！"

　　高怀德听了石守信的长篇大论，一时之间不禁黯然神伤。他现在对石守信开始刮目相看了。现在，他对于石守信不断地收敛钱财的心理，有了些许了解。"他一定认为，那些钱财，那些享受，正是他应得的吧！不过，他对于赵括的看法，对于长平之战的剖析，倒确实是有些新意啊！是啊，身为战士，能够直面敌人的刀剑，并不是一件容易的事情。蝼蚁尚且贪生，一名真正的战士，是不断战胜对死亡的恐惧而前进的啊！可是，可是，他——"高怀德的内心，总觉得还有些困惑，他并不能完全认同石守信的看法。

"要想得到荣华富贵，难道不是还有很多其他更安全的办法吗？将军如此舍生忘死地一次又一次走向战场，难道真的就是为了荣华富贵吗？"高怀德问。

石守信扭头看了他一眼，那眼神，仿佛在看一个怪物。他随即笑了笑，说道："难道荣华富贵就不值得用命去拼吗？"

"难道在将军心里，真的没有什么比荣华富贵更重要的东西吗？"

"也许，真还有些什么吧。只是，只是我们自己往往无法知道吧！"石守信若有所思地回答，眼光投向了远方。

两人在交谈中继续带兵前行，山风挟带着阴冷之气，一次又一次钻入了他们的铠甲。

他们按计划在骷髅山留下了一千人作为后备队，然后继续北进。

"太行一杆枪"儋珪已经在羊头山布好了骑兵战阵。两千铁骑静候在羊头山的山坡上，另五百骑兵在羊头山西侧的关城备战。儋珪没有带着骑兵继续南下有两个原因。一是后面李筠的大军尚未跟进，如果此时继续南下，一旦遇到宋兵主力，就可能没有援兵而陷入孤军作战的困境。另一个原因，乃在于当地的地形。在羊头山、关城以南，有一片较为平坦的山地。如果骑兵占据羊头山，非常便于从山坡往西南方向打击敌人。因此，儋珪到达羊头山之后，心里充满了对胜利的信心。他将两千的骑兵主力又分成三个层次的战阵，排在最前队的骑兵由五百骑组成，第二队有七百骑，第三队有八百骑。他准备以楔形骑兵阵给敌人以致命的打击。

在羊头山的山顶，有一个炎帝庙。这里是羊头山的制高点，站在庙前，往南望去，西南面的平坦山地一览无遗。但是，在正南面，却是一连串高低起伏的山头，这些山地，是米山的一部分。在这些山头的尽头，是高高耸立的金门山。

"为了便于行军，加快进攻的速度，敌人一定会派步兵进入太行山，并选择从平坦的山地快速进军。西南面的那片平缓山地，是敌人的必经之路。我们要在那里给敌人致命一击。"儋珪站在炎帝庙前，手指西南面对身边的副将与亲兵们说。

"将军，正南山地一片密林，敌人也有可能从那里向我军偷袭。"副将儋轩说道。

"不错，正南山地的密林很可能成为敌人偷袭我军的好掩护。但是，骑兵的优势乃是平原作战，一旦进入山地，反而不利。所以，我已经派人赶回去，力促主公派精锐步兵跟进。根据我多年的经验判断，宋兵必然会先选择西南平坦山地快速进军。他们深知我军步兵善于山地作战，且肯定以为我军这次会以步兵驱前。所以，他们绝不敢轻易进入山地来寻我步兵作战。"

"将军，为妥善起见，您看是否有必要分出五百骑兵防守正南山地？"

"现在我们不知宋军先锋有多少人马，如果轻易分兵，恐怕反而削弱了我军进攻的力度。不过，你的担忧很有道理。这样吧，赶紧传令长平关大会寨留守的五百骑与原来长驻大会寨的一千人，只要正南山地有风吹草动，就让他们迅速出击，以护卫我骑兵主力的侧翼！"

"是！"儋轩随即派人前往十五里地之外的长平关大会寨。

初五将近午时，石守信、高怀德在金门山西侧留下了一个"指挥"的人马——也即五百人驻守。这五百人，分成十小队。每小队五十人，由一个队头统率，队副一人，执旗手一人，后备旗手二人，枪十五支，弩五具，弓箭十套，陌刀手五具，拍把四具。作为预备力量，一个"指挥"的人马并不算多。但是，在战场上，人数不是衡量预备队价值的唯一因素。只要使用得当，把握时机，即便人数较少的预备队也可以产生扭转战局的作用。在金门山安置好一个"指挥"的人马作为预备队后，石守信、高怀德率剩下的八千五百人向北进发。他们渐渐进入了一片平缓山地。

因为已近中午，太阳的温度似乎一下子升高了不少。八千五百宋军将士已经进行了长距离的行军，疲惫之感侵袭着每个人。石守信、高怀德令部队依着东侧的山地停下来，一方面让士兵们都休息一下吃点干粮，另一方面也想思考一下接下去如何行动。

"这鬼地方，方才冷飕飕的，这会儿又如酷暑一般。"

"可不是嘛！"

"我看呀，是因为咱们不停地走了多时，才会觉得那么热。"

"热归热，总比下雨要好点。"

"听说潞州的军队不好对付呀！"

"你这家伙，这么说不是长敌人的志气，灭自己的威风嘛！"

士兵们吃着干粮，你一言我一语地轻声聊个不停。

石守信望着前方的那片平缓山地，眼皮突突直跳。多年的战争经验，已经使他有了一种近乎神奇的知觉。此时，他心头有着一种预感，激烈的战斗恐怕很快就要发生了。黄土地上冒着的热气，仿佛已经在蒸发出一股浓浓的血腥味。这片空旷的平坦山地，可是一个适合两军决战的地方呀！我军该不该改变路线，沿东侧的山地，在密林中前进呢？石守信在心里暗暗问自己。

"石将军，你没事吧？"高怀德见石守信神情凝重，感到有些担心。

"没事……你看，前面一边是平缓的山地，便于行军，但却遮蔽较少，另一边是片崎岖不平的山地，有密林做掩护，但是可能放缓行军速度。怀德，你认为，我军应该走哪边为好呢？"

"以末将之见，密林中恐有敌人埋伏，因此我军应走平缓而空旷的山地。这样，即使遭遇敌军，我们也可以奋力一战。"

"我也是这样想。陛下令我们加速进军，勿要让潞州军出太行。如果我军沿密林山地往北进军，很可能减慢进军速度。另外，这边的平缓山地乃是潞州主力大军南下的必经之路，即使我们与他们遭遇，至少也可遏制他们的南进行动。潞州军擅长山地作战，我军在平缓之地遭遇他们，要比在山地遭遇他们好。前军的探子回来了吗？"

"还没有。"

"再派几个出去。"

"是！"

又有三名精干的探子被派了出去。他们的任务乃是为了刺探前方有无敌人的动静。

过不多久，石守信向队伍传达了指令，在前面平缓山地地段加速行军，不得停留。于是，八千五百名将士重新启程。

部队前进了十多里，只见一条数丈宽的小河横在前方。河水流速很快，水很浑浊，根本看不出深浅。

"这条河叫什么名字？有多深？能够徒步过去吗？"石守信问一个被抓来的当地农夫。

"它呀，叫绝水。大部分地方不太深，只是河中心有些深水区形成漩涡，容易将人卷走。熟悉的人完全可以徒步涉水而过。"农夫早被吓得浑身打战，哪敢隐瞒。

原来，它就是"绝水"啊！当年秦军就是在这条河中筑造土坝，断绝了赵兵饮水的呀！石守信心中暗想，此河流名字颇不吉利，不禁皱了眉头，挥了挥手，让农夫走了。随即，他令部队迅速徒步过河。果然，在过河过程中，有数十士兵由于跌入河中心的深水区，一眨眼间，便被激浪卷走了。

八千五百人过了河，继续北进。未行出数里，石守信见前边两个人影急匆匆跑来，仔细一看，似乎是自己后来派出的三个探子中的两个。

"将军！快撤——快撤！"一个探子老远大声喊道，又跑了两步，扑地倒下，不再起身。

另一个探子也在飞速奔来，只听他大声喊道："敌人出动了——出动了——是……兵……"呼啦啦的山风将呼喊声远远刮过来，断断续续的。那探子摇摇晃晃几下，也倒了下去。

前面的队伍听到探子的喊声，似乎有些犹豫，脚步放慢了下来。

"不许撤退，继续前进！"石守信大声呼喝，激励士兵们。

他侧头又问高怀德："方才探子在喊什么？敌人出动了什么？"

"末将也未听清，似乎是……"

突然，前方扬起一片高高的尘土。

石守信突然大惊，失声道："是骑兵！是骑兵！敌人出动了骑兵！"

"这不可能，潞州军从来不以骑兵打头阵。怎么这次会先出骑兵！"高怀德亦大惊失色。

"撤退已经来不及了。诸位将士，奋力向前，不得后退呀！"石守信在马上挥动大刀，高声呼喝。

"杀！"

"杀！"

潞州的骑兵眨眼间已经出现在宋军面前，数百铁骑扬起的黄色尘土遮天蔽日。

在惊天震地的喊杀声中，八千多宋兵将士向着扬尘方向奔去。

冲在前头的宋军很快在潞州骑兵的马蹄下纷纷倒下。潞州骑兵从战马上斩杀宋军的步兵，就如同镰刀割草一样。

石守信、高怀德眼见前军虽然英勇，但是显然已经渐渐难以顶住骑兵的冲击。数百骑兵如同一个巨大的楔子插入宋军的队伍。由于骑兵速度太快，已经与宋军混在一起，后面的宋军想要放箭，却无从下手。一时之间，宋军队列大乱。

"将军，如果不能遏制骑兵的攻势，我军恐有全军覆没的危险呀！"高怀德冲石守信大呼。

"你有何主意，快讲！"

"可以令前面三千人冒死前冲顶住冲击，同时令中间三千人停止前进，与前面三千人战阵断开，然后方能用射箭稳住阵脚！"

石守信知道这是个断臂去毒的办法，犹豫了片刻，眼见又一片宋军在潞州骑兵的刀下血溅黄土，只好咬牙下令。

"好！只好如此了。中军听令，暂时停止进攻，列队成墙，弓箭准备！前军奋勇向前，务必顶住敌人冲击，多顶一刻，便是胜利！"

"将军，末将愿往前军一战！"高怀德在马上向石守信一抱拳，慷慨喝道。

石守信深知前军若无大将鼓舞，很难顶住压力，心中虽然不忍，却也只能默默点头同意。

高怀德不待多言，纵马持枪冲出中军队列，风一般向潞州骑兵的前阵冲去。

潞州骑兵的前阵十数骑正向步兵冲杀过来，杀得兴起，忽见一员大将纵马迎面冲来，稍稍吃了一惊。

高怀德在马上弯弓搭箭，只听弓弦响处，早射落两个骑兵。但是，潞州骑兵从羊头山上奔突下来，速度奇快，虽然受到激烈抵抗，前冲的气势丝毫不减。

高怀德口中狂呼，挺枪向前，眨眼间迎面冲入潞州骑兵队列，只觉得身边马匹飕飕掠过。高怀德挺枪连挑几个骑兵下马，但是胯下战马显然在群马中受到惊吓。它嘶鸣着，再也难以前冲。过了一会儿，它竟然转过了头，随潞州群马一起往南而奔。高怀德无奈，斜刺里冲去，用枪又挑落两名潞州骑兵，冲出了潞州的骑兵阵。

"诸位将士，快向两翼撤退，让出中路！"高怀德眼见前军形势危急，口中狂呼不已。但是，在混乱的厮杀声中，他的声音如同抛入怒涛汹涌中的小舟，不时被掩埋。他知道，自己不能停下来。他一边挺枪对抗身边的潞州骑兵，一边继续呼喝前军向两翼撤退。

在高怀德的呼喝下，宋军前军渐渐让出中路。

石守信见潞州骑兵渐渐奔近，大手一挥，下令中军一起放箭。上千支羽箭如雨点般飞向了潞州骑兵的前军。

顿时，有十数骑奔在前头的潞州骑兵中箭倒地。战马倒地时发出可怕的嘶鸣。人的尖叫声、呼喊声、呻吟声，战马的嘶鸣声，马蹄踏碎骨头的声音，骑兵落地摔碎骨头的声音，各种可怕的声音四处响着。它们又与灰黄的、浅红色的扬尘混在一起，仿佛是这些扬尘挟卷着它们肆无忌惮地钻入人的耳朵。断臂、断腿、碎裂的头颅、掉落的兜鍪、撕裂的战旗乱七八糟地散乱在战场上。

鲜血从伤口涌出，四处飞溅、洒落。鲜红的血、紫色的血、黑色的血、黄色的泥土、灰色绿色的杂草、赭赤的战马，各种颜色，各种物体，软的、硬的、圆的、方的、长的、短的、轮廓规则的、轮廓不规则的，战场上所有的东西仿佛都被搅和在一起，失去了形状，失去了轮廓，失去了各自独立的存在，变成了混乱的、纷杂的、恐怖的一团莫名之物。战场，瞬间成为了一个双方将士的人间地狱。

潞州骑兵前军指挥见形势发生变化，立刻下令停止冲击，群马向高怀德指挥的两翼宋军混杀过去。

石守信率领的宋军中军压力稍减，潞州骑兵的冲击也稍稍减缓。正当宋军中军稍作喘息之时，只听隆隆之声响起，一片黄色尘土高高扬起，羊头山上一千骑铁甲骑兵——潞州骑兵的第二拨攻击队——已经冲了下来。

"快！放箭！放箭！"石守信大骇，连呼中军放箭。

正在宋军中军放箭的同时，潞州军骑兵已经在马上射出了第一批羽箭。

一时之间，天空中双方的羽箭相向而飞。宋军中军前列的弓箭手一时间纷纷倒下。由于宋军此次行动属于轻装突击，因此并没有带大盾。小盾牌根本无法挡住潞州骑兵强劲的羽箭。

潞州第二队骑兵速度很快，转眼之间又已经冲到石守信率领的宋军中军阵前，硬生生突入，与宋军中军混杀在一起。

此时，高怀德指挥的两翼宋军已经与第一批潞州骑兵混战在一起。这批骑兵渐渐失去了速度，也便渐渐失去了优势。

战斗转眼变得势均力敌，异常血腥。宋军人数占据上风，以刀枪先伤马匹，待骑兵落马，便纷纷围攻。很多潞州骑兵尚未从地上站起，便被宋兵乱刀砍死或乱枪扎死。过不多久，潞州骑兵死伤已经数百。而宋军这方，死伤更是惨重，有两千多人已经倒在潞州骑兵的刀枪与铁蹄之下。

羊头山上，儋珪看着山下的血色战场，目睹着自己的骑兵死伤渐渐惨重，不禁心如刀绞。他派出的一千两百骑，看样子已经损失近半。他心里很清楚，如此混战下去，骑兵将不再占有优势。

"鸣金收兵！"儋珪毅然下令。

潞州骑兵的前军听得号令，纷纷掉转马头，回撤到羊头山。

宋军经过一场血战，亦是非常疲惫，竟然也任由潞州骑兵撤去，根本无力追赶。

石守信、高怀德令军队重新整队，草草清点了一下人数，方才知道，在刚刚结束的接触战中，已方折损了近三千人。

"如果这样硬打下去，恐怕我军支撑不了多久呀！"高怀德经过此战，已经血染战袍。

石守信深棕色的脸由于激烈战斗的刺激而涨成了暗红色，一双小眼睛中闪烁着冷峻的光芒。他低头沉吟道："没有想到潞州会先出骑兵。看样子，后面必有大军跟进。我军只能寻求速战速决，否则后果不堪设想。"

"可是，敌人占据了有利地形，我军又是步兵，很难攻上去。"高怀德说道。

"是呀，这的确是个难题！当年长平之战，赵括在金门山筑造东长垒抵抗秦军，一定也是被迫之举，往北进攻，的确不易啊！"

旁边副将王持重突然道："两位将军，末将倒有一计。"

"说来听听。"石守信道。

"我军可分兵两部，一部列阵羊头山前，先派出口舌伶俐的出阵叫骂挑衅，敌人见我军有恃无恐，必不敢轻易出击。与此同时，我军另一部可从东侧密林山地潜行至羊头山东侧，从后头袭击敌人的骑兵。"

"此计甚妙，只是不知那密林之中，是否早有步兵埋伏。"高怀德何曾没想到这点。之前，正是因为顾忌潞州军善于山地密林作战，石守信与他才选择了从平坦地带进军。

石守信抚着胡须，眼中精光一闪，沉吟道："这未尝不可一试。不过，我军目前不能分兵。"

高怀德问："为何？"

"敌人处于制高点，我军一举一动全在敌人眼皮底下。我看这样，速令骷髅山与金门山的一千五百人沿正北密林山地潜行，快速绕到羊头山的背后，从东侧翻过羊头山，占据制高点，然后从背后袭击潞州的骑兵。这里的五千多人全部列阵羊头山西侧，摆出决战架势，严阵以待。我方才见潞州骑兵主动撤去，似乎不愿与我军决战。因此，摆出决战架势，定能将敌人唬得片刻。但愿密林之中没有潞州的伏兵，否则，我军就只有全面撤退了。绝不能在此陷入当年赵括面临的僵局。"

三

儋珪将羊头山上的一千二百余骑重新集结。如今，他已经完全可以看到山下宋兵阵营。他没有料到，宋兵仅先锋就有如此之众，而且行动如此迅速。他本以为在主公的主力赶到之前，宋兵不可能纵深到长平一带。可是，如今事实却出乎他原来的估计。

在羊头山东侧的秦代关城旧址处，还有儋珪埋伏的五百骑。另外，羊头山北十五里处的长平关与大会寨还有五百骑留守。

"可是，现在应该令这两支预备队也一同出击吗？宋军先锋之后，一定还有后续的主力部队。全部骑兵一起出击，如果不能将宋军先锋击溃，恐怕局面不好收拾啊！"儋珪感到左右为难。

"主公率领的主力何时能到？"儋珪问自己的副将儋轩。

"派出的人还没有赶回来。"

"再派！"

"是！"

儋轩是儋珪的族人，已经跟随儋珪多年。他从来没有看到过儋珪的神情有今天这般凝重。在他的记忆中，自己的主将在战阵之间从来都是谈笑风生，毫无惧色。但是，今天，他从自己主将的眼中看到了一种从未有过的神色。那就是恐惧吧？！是一个勇士眼中的恐惧！在主将的眼中，他看到了勇气与恐惧的搏斗。这种搏斗，比起战阵中的刀来剑往，还要激烈万分。

儋珪曾经无数次嗅到死亡的气息，但是，这次面临战阵，源自本能的对死亡的恐惧是如此强大，他感到了从未有过的压力。他不知道，他手下的将士们，是否与他一样，也嗅到那种可怕的气息。

"你听见了吗？山下的宋兵在喊什么呢？"儋珪问身旁的士兵。

"将军，他们似乎在大声叫骂。"

"叫骂？！"

"他们在向我军挑衅！将军，我们进攻吧！末将愿誓死一战！"

"不，等等。"

"将军，还等什么？与其在此僵持，不如立即出击，与宋兵决一死战。"

"不可，即便我们此刻全部出击，恐怕也未必能够打败宋兵，而且我们有全军覆没的危险。我骑兵乃是潞州之精锐，如果首战失利，将严重损伤我军士气。另外，我担心宋军还有后续部队在附近。一旦我骑兵全部出击，很有可能无法抵挡宋军主力的下一轮攻击。"

"那可如何是好？"

"宋兵的先锋人数是我骑兵数倍，虽然他们处于不利地形，可是只要列阵死守，我骑兵的作用将受到约束。况且，如今主公的主力部队尚未赶到，我骑兵一旦全军覆没，宋军将在关城与长平关之间长驱北上。因此，我们不得不改变战略。儋轩，听令！"

"末将在！"

"你速赶往关城，督促那里的五百骑留守，不得出击！一定要坚持到主公主力赶到，要让主公派出的援军以步兵与宋军先锋决战。这五百骑兵一定要保住！"

"是！那将军您……"

"宋军的挑衅，似乎是虚张声势拖延时间。他们一定在酝酿下一次进攻。除非宋军准备攻击，我军的上策，就是在山头静候。现在，这里还有一千二百余骑，即便宋军再次发动进攻，也能顶一段时间。听着，无论战场局面如何，你那关城五百骑不得出击！"

"将军，不如你去关城督战，末将愿在此死守！"

"糊涂！此战关系重大，我作为主将，若此刻去关城，我军士气将大受影响。那还如何能与宋军鏖战？！你快快出发，休再多言。"

"是！末将遵命！"儋轩知主将心意已决，自己多言无益，含着热泪，向自己的主将一抱拳，翻身上马，往山北隐秘的小路纵马而去。

在羊头山西南侧那片平缓的山地上，石守信、高怀德将五千多宋兵分成五个方阵，每个方阵由两个"指挥"的人马组成，共一千人。每个方阵实际上都由二十个小队组成，在方阵的最前面，是二十名队头和二十名对副，二十名旗手举着各自小队的军旗，站在队长队副的身侧。在军旗后面，依次是长枪手、陌刀手，中间杂以弓弩手，两侧列着牌手。这五个方阵，以西南东北走向，朝着羊头山方向依次排列。宋军的将士们在阳光下列出了战阵，静静地等待着即将开始的战斗。此时，大风猛烈起来，吹动上百面军旗，猎猎作响。令人奇怪的是，呼呼的风声，旗帜猎猎作响，尽管声音巨大，但是却加剧了战场上所有人对寂静的印象。士兵们站在队列中，一个个沉默不语，被一种可怕的寂静压迫着。这种寂静，似乎孤立于风声和旗帜在风中飘荡的声音，塑造出了一个独立的世界——一个大战之前可怕的、死寂的世界。

石守信知道，在他们身后二十多里处就是省冤谷。当年，秦军就在这个谷中坑杀了数十万被俘的赵国士兵。这个山谷，两边山壁陡峭，中间是一条平坦而狭窄的谷地。谷地中，极不利于步兵展开作战阵势。因此，石守信决定将部队以方阵形式陈列于羊头山下以备决战。他们实际上没有什么好的退路。他们既不能往西南方向的省冤谷退却，也不能往南面的来路退却。因为，在南面，也是平缓的山地，于骑兵极为有利。

"诸位将士！面对骑兵，我们只能向前，绝不能后退。向前，才有生路，后退，必然溃败。因为，敌人是骑兵，而我们只能靠双腿。我们的双腿，快不过马匹。诸位将士听好！如果今日敌人再次进攻，我们只有勇往直前，拼死一战，才有生机！"当队列完成的时候，石守信纵马飞奔在战阵之前，以激烈的言辞，激励诸位将士。

主帅的命令很快被传给了五个方阵。宋兵们齐声高呼："前进！前进！"声音响彻云霄，仿佛地下的黄土地都在震动。

申时，太阳渐渐偏西，变成了血红色。血红色的太阳喷薄出血红色的光芒，将羊头山和周边的山岭、丘陵也染成了血红色。山岭之间的谷地，像是藏在阴影中的怪兽，正张着可怕的、黑洞洞的大口，随时准备吞饮猎物滚烫的鲜血与鲜活的肉体。

羊头山上，儋珪已经重新布好了骑兵队列。这次，他采用的队形不是楔形，而是将一千二百骑分成十二排，每排一百骑一字排开。这样的队列，乃是为了避免骑兵队被敌人从两翼包围。

在步兵应对骑兵的战斗中，步兵常用的战术乃是先以横排队列出阵，待骑兵奔近，便迅速向两翼散开。这样一来，一是避开骑兵的锋芒，二是可以从两侧夹击骑兵队列。

而骑兵为避免被步兵夹击的战术，通常则是保持足够宽的冲击面，以便于对敌人步兵进行全面的攻击。

以儋珪排出的队列而言，一百骑的冲击面大概有半里地，宋兵如果要对其进行夹击，就要冒过于分散的风险。因为，如果要对横队列是一百骑的骑兵进行夹击，与其说是将对方夹击，还不如说是被对方分割成难以呼应的两部分。

宋军步兵的布阵与潞州骑兵的布阵，实际上都做好了正面决战的准备。双方都是精锐之师，双方都满怀着牺牲精神与无比的勇气，只不过一边是步兵，一边是骑兵。

在血红的夕阳下，儋珪扶了扶自己那顶银色的铁头盔，将那名震西北的"太行一杆枪"稳稳地持在手中。"儋"字军旗在他的身后，迎着山风，顶着血色夕阳，猎猎飘扬。

宋军的第一个方阵中，竖立起"高"字大旗。在第三个方阵中，则是"石"字主帅之旗。帅字旗帜上绣着的金丝，被夕阳的光芒一照，金光一闪一闪。

在宋军每个方阵之间，都有不到一箭之地的空当。

儋珪见宋军队列渐渐成形，知道他们马上就要强攻了。现在，已经不能再等了！他牙关一咬，下定决心，率先发起了攻击。他在马上用枪往山下一指，放声高呼："冲啊——"

刹那之间，前面三百骑兵在儋珪的带领下，如万钧雷霆般冲下羊头山，直直往宋军第一个方阵冲去。当奔至离宋军一箭之地时，他们纷纷于马上弯弓搭箭，向宋军射出了第一批羽箭。几乎是同时，宋军密集的羽箭也从空中射向了他们。由于战马奔得飞快，潞州骑兵又个个铠甲坚固，因此，在宋军的羽箭之下，只有二三十骑中箭倒地，其余的都冲到了宋军的阵前。转眼之间，三百骑兵已经冲入宋军第一个方阵之中，双方混杀成一片。

宋军的第一个方阵并没有阻挡住儋珪带领下的三百骑兵。尽管高怀德在战马上左冲右突，拼死作战，但是，他麾下那些靠双腿奔跑的士兵们，却在骑兵的马前没有丝毫优势。

大约有两百骑兵在儋珪带领下很快冲向宋军的第二个方阵。在第一个方阵与第二个方阵之间的那片空地上，潞州骑兵遭受了宋军第二轮羽箭的攻击。最后，大约有一百五十骑在儋珪带领下闯入宋军第二方阵。

见到主将成功突入宋军第二方阵，羊头山上的第二个骑兵队按照既定战术，呼啸着冲下山。这三百骑兵很快风卷残云般冲过宋军第一方阵。

宋军头一个方阵的一千人此时几乎全部战死。高怀德不得不带着剩余的十余人从侧面迂回到第二方阵与潞州骑兵继续作战。

儋珪此时已经身中两箭，虽然都非要害部位，却也血染战袍。他根本没有将高怀德放在眼里，在他的心中，最大的目标乃是宋军主将石守信。

石守信立马于宋军第三个方阵的阵前。眼见前方阵地一片刀光剑影，他却丝毫不动声色。旁边副将王持重几次要求出击，他都不予同意。

看到第二方阵的宋军一个接一个地战死，副将王持重再次请战："将军，请让末将带队出击吧！"

"再等等！"

"将军！再不出击，高将军他们就顶不住了呀！"

"闭嘴！这个我自然知道！"

副将王持重愤懑地勒住马缰绳，不再说话。

片刻之后，羊头山上突然一片呐喊声。山上的六百骑兵突然阵势大乱，混乱地向山下冲了下来。骑兵背后，出现了一彪人马，个个弯弓搭箭，从背后射向潞州的六百骑兵。

儋珪正在宋军第二个方阵中苦苦力战，忽然听得背后大乱，心中大惊，往回一望，见山头骑兵大乱，便立刻知道，自己的剩余骑兵受到了来自背后的袭击。

原来，骷髅山与金门山留守的宋兵此时已经秘密潜行到羊头山背后。他们在最为紧要的关头，从背后给潞州骑兵重重一击。

羊头山的潞州骑兵并没有在宋军突然的偷袭之下丧失战斗力。他们做出了快速反应，提前向着山下的战阵冲去。只是有一件事成了事实，如今，潞州骑兵主力已经处于宋军的前后夹击之中。

当儋珪明白了自己的处境之后，他不再有丝毫犹豫，大声狂呼，睁着血红的眼睛，带着自己的骑兵向宋军第三方阵杀去。

石守信看着儋珪在战阵中来回驰骋，突然心中一热，恍惚之间仿佛在儋珪身上看到了自己年轻时的影子。不过，他很快稳定住自己波动的心情，仔细观察着战场上的变化。此时，羊头山上下来的潞州骑兵主力已经冲入了第二个方阵，在这些骑兵后面，一千五百多刚刚赶到的宋兵用羽箭射住了骑兵的退路。第二方阵的宋兵在高怀德的激励下，正与儋珪剩余的近千骑兵混战在一起，眼看就要支撑不住了。

是时候了！石守信心中作出了决定。

"第三方阵、第四方阵一起围攻敌人。第五方阵静候战机，不得出一兵一卒。"说罢，石守信大手一挥，下令进攻。

第三方阵、第四方阵两千宋军早已经蓄势良久，主帅号令一下，便在副将王持重的带领下，如虎狼一般扑向战阵。

阵地上的局面顿时发生逆转。宋军没用多久，便将一千潞州骑兵团团围住。由于在混战中骑兵很难借助速度发挥威力，因此，随着战斗的持续，儋珪渐渐感到自己的骑兵已经处于危险的境地。他几次往石守信的帅旗方向冲去，却都没有成功。眼见宋军副将王持重杀入战阵，转眼间砍落几名潞州骑兵，儋珪心中大怒，狂吼一声，连连挑杀几个宋兵，纵马直向王持重冲去。

"儋珪在此，留下命来！"

王持重见满身血污的儋珪向自己冲来，心中大骇，举起手中大刀，欲去格挡刺将过来的铁枪。未料儋珪坐骑速度奇快，铁枪又沉，王持重大刀一格，竟未格开。只听"扑哧"一声，儋珪的铁枪已经刺入了王持重的左胸。

突然之间，王持重觉得胸口一阵滚烫，接着人便飞了起来，周围的一切开始旋转，震天的呐喊声突然变得缥缈了。

周围的宋兵看到自己的副将王持重高高地飞起来，在空中翻了跟斗，便重重跌落在黄土地上。在被震起的黄尘中，王持重胸口鲜血飞溅起来，形成一团血雾。他躺在地上，身子剧烈地抽搐了几下，便再也不动了。

儋珪周围的一圈宋兵大惊，都往后退了几步。不过转眼之间，重新鼓起勇气的宋兵又将儋珪重重围住。这次，比之前围上了更多的宋兵，将儋珪包围得更密。儋珪渐渐感到体力不支，手中的铁枪也渐渐变得沉重了。

在羊头山西侧的秦关城旧址，儋轩远远望见自己的主将在阵地中陷入重围，不禁焦急万分。"将军一再叮嘱不得出击。可是，如今形势发生了变化，突然冒出了一千五百多宋兵，我该不该出击去救将军呢？"儋轩左右为难。

羊头山下的战斗变得更加惨烈，儋珪身边的骑兵已经牺牲了不少，只剩下六百余人。在他们周围，重重包围着近三千宋兵。但是，石守信布下的最后一千人方阵此时依然丝毫未动。

儋轩终于按捺不住了。他带着关城山坡上埋伏的五百骑兵呐喊着冲向战阵。"一定要将将军救出来！"他心中暗下决心。

宋兵见突然又出现一批骑兵，一时有些惊惶。儋轩率领的五百骑很快在宋兵包围圈的北面撕开了一个口子。

儋轩带着数十骑苦战，杀出一条血路，慢慢靠近主将儋珪。

儋珪见儋轩来救，勃然大怒，喝道："混账！谁令你出击的！"

"将军，末将怎能见死不救呀！"

"糊涂！糊涂呀！"儋珪心知，关城与长平关彼此呼应，方成要隘，如今儋轩为救自己出击，本无可厚非。但是，关城一失，长平关大会寨便成了孤绝之地。宋兵只要围住长平关大会寨，便可长驱北上。

"快！突围返回关城高地！"儋珪知道多说无益，于马上大呼一声，挺枪奋力挑杀数名宋兵，招呼儋轩，带领众骑兵向北面突围而去。

当儋珪、儋轩突出重围带着剩余的一千余骑冲向关城所在的山头时，迎接他们的却是漫天而来的羽箭。

儋珪往关城山上望去，只见"石"字军旗在夕阳中迎风招展。原来，石守信已经指挥最后一千人方阵迂回占领了关城所在的山头。

骑兵从山上冲下来容易，要上山却难。加上宋军以箭阵压迫进攻，儋珪带领的骑兵占不了任何便宜。转眼之间，儋珪又损失了一百余骑。

眼见已经无法攻取关城所在的山头，儋珪长叹一声："罢了，罢了，随我突围北撤吧！"说罢，招呼众骑兵沿关城山西麓往北绝尘而去。

此时，已是酉时，日近黄昏，夕阳如血。

石守信不待士兵休息，迅速整队往东北急进。

酉时将尽时分，宋兵围攻长平关大会寨，以火箭猛攻，逼迫寨中守军出战。

儋珪留守的五百骑与原来驻军一千人出寨迎战，不敌士气高昂的宋军。短短半个时辰，五百骑与一千步军几乎全部战死，宋军方面也折损一千多人。

夕阳渐渐落下了地平线。黄昏来临，篝火燃起。战场归于沉寂。

石守信令人统计了一下死伤情况。

长平一日之役，潞州方面，骑兵战死两千余人，驻守大会寨的步兵战死一千余人——这几乎是原来驻军的全部。

宋兵方面，死伤更加惨重，大约有三千人死于潞州骑兵最初的一轮攻击，最后在阵地决战中又约两千人战死，在攻取大会寨之战中，又折损一千多人。一万精锐先锋，一天战斗下来，总共牺牲了大约六千人。

"把双方将士就地安葬吧。"石守信吩咐士兵们，随即默默看着熊熊燃烧的篝火，陷入了沉思。

"这真是惨烈的一仗呀！"高怀德蹲在石守信身旁，叹了口气。

"给陛下写战报吧！"

"怎么写？"

"如实写吧。"

"我军损失巨大。"

"胜败是很难说清楚的。"

"石将军，你是说我军毕竟占领了战略要地吗？"

石守信沉默了片刻，方才淡淡说道："怀德兄弟，你还年轻……如果我军最终取得平叛的胜利，将来的史书上也许会这样写：'石守信与高怀德破筠众于长平，斩首三千余级。'至于我军的损失，估计是不会有的……王持重将军，还有我军战死的六千人，恐怕会在历史中无声无息地消失，再也不会有人想起他们。如果他们地下有灵，恐怕反而要羡慕被他们杀死的敌人了。"

熊熊燃烧的篝火中发出"噼里啪啦"的爆裂声，仿佛是死去将士的幽灵在发出嘈杂的议论。高怀德听了石守信的话，一时无语。

夜色将他们重重包围起来，堆堆篝火在无边的夜色中仿佛萤火虫的闪光，飘忽而微弱。

卷
三

四

赵匡胤从守能和尚处回到皇宫，大概是未时。此时，羊头山上，宋军先锋在侍卫副都指挥使石守信与殿前副都点检高怀德的率领下，正准备与"太行一杆枪"儋珪展开面对面的决战。

由于这天是端午节，赵匡胤将早朝改为下午朝议，上午则要求文武百官自行于家中安排拜祭屈原。这一做法，并非只是为了给文武百官放半天假。赵匡胤做出这个安排，实在怀有深远的谋略。

他决心在朝野上下树立尊崇忠义的风气，借端午节令文武百官各自于家中拜祭屈原，而不由朝廷出面组织，乃是欲观察他们是否能于内心自发产生尊崇忠义之心。因此，在上午，他向主要的文武大臣的府邸中派去了使者慰问。名为慰问，实则是观察文武大臣在家中拜祭屈原的举动。

自封禅寺回来后，赵匡胤在朝议之前简单听取了使者的汇报。这些使者上午被派往大臣府邸，回来后将所见所闻一一作了记录。皇帝的召见与询问，更令这些使者对这位新登基的皇帝增添了敬畏之心。赵匡胤听完汇报，未加任何评论。

下午申时，赵匡胤与文武百官在崇元殿议事。

赵匡胤宣布，为庆祝端午节，文武百官每人赏赐常居服一袭。

文武百官得了赏赐，自然是皆大欢喜。

"王溥，宿州赈灾之事查清楚了吗？"正在文武百官被欢喜的情绪包围之时，赵匡胤突然提起了宿州之事。

"陛下，事情已经查明。只是陛下最近忧心于平叛之事，老臣不欲给陛下添乱，本打算过些时日再作汇报。"

"民生之事，事事不可缓。为什么要平叛，不就是为了让天下百姓过安稳日子吗？宿州大火，朕派使者带了钱粮前去抚慰，本以为，灾民可以重新过上个安生的日子。可未料，灾民竟然还是流落到京城来了。如今，将士们正在沙场上苦战，不正是为了老百姓能够安居乐业吗？如果忘记了这个根本，打仗又有何意义？牺牲那么多将士的生命，难道只为了赢得所谓的胜利吗？所以说，宿州灾民的苦难，与战场打仗之事，都是一样的大事。各位爱卿，都听好了。自此后，凡是关乎民生的大事，随时可向朕通报。好了，王爱卿，你说说吧，究竟是怎么回事。"

赵匡胤的一席话，说得学富五车的王溥心服口服、满心惭愧，听到皇帝要自己汇报，赶紧回答道："陛下，朝廷使者李承亭确实将一百万贯交付当地官员。其中八十万贯由当地刺史王处严支配，本该用来组织力量帮助民户重建庐舍的。可是，王处严只用了大约十万贯来帮助民户修建房屋，其余七十万贯全部私吞了。赈灾款项中的二十万贯也应由王处严组织吏员直接分发至受灾严重的人户手中。但是，大部分也被吏员克扣。"

"这些事，李承亭是怎么说的？"

"李承亭拒不承认自己知道内情。宿州刺史王处严也一口咬定乃是他个人贪图钱财，所以才盗吞赈灾之款。根据他自己的供词，一共侵吞了七十万贯。但是，抄了王家之后，却只发现了三十万贯官钱。大理寺查明，最近王处严私修府邸花了十万贯，其余三十万贯难以查明去向。"

"李承亭与王处严这两人如何处置了？"

"王处严暂时已经交付大理寺了，被判为弃市。李承亭失察有过，但无证据显示其侵吞赈灾款项，因此暂时于其私邸软禁。"

"魏爱卿，你过问此事了吗？"

"王处严现于大理寺收监，尚待复查。"兼任刑部尚书的宰相魏仁浦近日得病，身体虚弱，见皇上问自己，赶紧颤巍巍地步出班列，脸色惨白。

赵匡胤见魏仁浦一副病态，不禁心中一惊，问道："魏爱卿，你这是怎的了，怎么脸色如此难看！？"

"谢谢陛下关心！老臣年纪大了，最近着了点风寒，未想竟然病成了这样……"

"这是朕的过错呀，最近给你安排了过多的事务。这样吧，朕看呀，有些事情，爱卿以后可适当交付下面的人去办好了。爱卿要好好保养身体，你乃是我朝元老重臣，朕少不了你呀。"赵匡胤对于三位老宰相，心中虽有用新人取代之意，但是对于他们的关心，却是出自真心。

"谢谢陛下！能为大宋朝鞠躬尽瘁，乃是老臣之幸呀！"

"魏爱卿，你病得不轻，还是赶紧回府邸休养一阵。朕有空去看望你。"说着，赵匡胤对内侍李神祐道："你立刻陪魏宰相回府去，顺便赶紧叫个最好的太医，去他府上。"

"是！陛下！"李神祐应诺后便去扶魏仁浦。

魏仁浦感激涕零，再拜之后，方才退下。

魏仁浦离去后，赵匡胤又对王溥道："王爱卿，这件事是朕责你亲查的，就由你着人去将李承亭与王处严都带上来吧！"

"是！"王溥随即令人前往李承亭府上宣带李承亭，同时派了人往大理寺提取王处严。

赵匡胤借传李承亭与王处严的时间，插空向王溥询问了一下疏浚蔡河与汴河的情况。

过了两三盏茶工夫，李承亭与王处严先后被带上崇元殿。

"王处严，你可知罪？"赵匡胤冷冷地对跪在殿内的王处严喝道。

"臣知罪！臣贪拿朝廷的钱。臣罪该万死！"王处严虽然神色惊慌，但是一上来便承认自己的罪行。

"好！你还知道这是朝廷的钱。可是，你可知道，朝廷的钱是来自于何处吗？难道它们能从国库中自己长出来吗？它们，可都是天下百姓的血汗钱呀！如今，宿州百姓受了火灾，这些钱就是他们的救命钱呀！你连这钱也贪，可真是昧了良心呀！你说说，朕该治你何罪？"

"臣请以死谢罪！"

"说得倒痛快！你那府邸修得倒挺好，一次修葺便花了十万贯，十万贯！你可知道这十万贯本可帮助多少灾民暂时糊口吗？你还真行啊！侵吞了七十万贯，修府邸花十万贯，三十万贯还存着，其余三十万贯究竟去了何处？"

"陛下，臣实在不知道那三十万贯去了何处呀！"

"不知道，还是不敢说？"

"臣实在是不知道呀！"王处严连连磕头。

"李承亭，你可知道那三十万贯官钱在何处吗？"赵匡胤突然转问李承亭。

"臣失察有罪，请陛下开恩呀！不过，臣实在是不知道呀！"

"好！既然不知道，那就罢了。不过，朕最近听说，你常常往判吏部官告院李秉那边跑，据说还给李秉送了不少大礼，可有此事？"

"这个……"

"李秉在否？"

"臣在！"李秉战战兢兢走出了班列。

"他可经常给你送礼？"

"是……不，不是。陛下，他是我的远房亲戚，平日来看望臣，只是送些寻常礼物。"

"寻常礼物？！好，楚昭辅，将你调查的说一说吧。"赵匡胤突然对班列中的楚昭辅说道。

楚昭辅于是走出班列，不紧不慢地叙述起来。

"那日，陛下令我去京城各城门巡查。当日傍晚，大约是酉时，有人来报说，城东丽景门外发现几辆可疑的马车。当时，马车正想进城门，他们发现每辆马车上都有几只可疑的大箱子。这些箱子似乎都很沉，因为每辆车的车辙都深深陷入土中。押车人自称乃是进京卖绢的大商人，箱子里装的，全都是绢。守城门的兵士开箱检查后，发现箱子里面果然都是绢。当臣赶过去的时候，那几辆马车正准备离开。但是，臣总隐隐约约觉得其中有些蹊跷。那些马车离开了，臣才意识到，是那押车的言谈举止令臣产生了特殊的印象。那个人有着明显的官腔，绝对不是寻常的商人。臣后来才反应过来，那可疑之人一定是某个官府中当差的。可是，那马车已经离去许久，早已没了踪影。过了几日，李承亭被软禁后，为复查案件，魏大人令我去李承亭府中探看情况。我当时意外发现，李府中有一个人非常像那天马车上的押车人。我当即便起了疑心。我想，李承亭不是刚刚赴宿州了吗，莫非那些箱子里面就是从宿州运回来的钱物？"

李承亭听着楚昭辅娓娓说来，额头渐渐冒出了豆大的汗珠。

楚昭辅继续说道："于是，我暗中盘查李府中的下人，收集了些情况，终于发现了蛛丝马迹。原来，那日进城的马车，的确是从宿州回来的。每只箱子上面放了数层绢布，箱子下面却有隔层，隔层里装的是官钱。当晚箱子被运送到李府后，连夜由人搬到了李府的地窖之中。凡是参与搬运的下人，都得到了丰厚的赏赐，并且被要求不得透露半点风声。臣为了获得详情，以重金收买了一个参与搬运官钱的人，并答应了为他求情免罪，如此才得以查明内幕。因事情重大，臣暂时没有报告给魏、王两位宰相。"楚昭辅乃是直接听命皇帝进行调查，有权便宜行事，不向主管此事的上司汇报。他说的最后一句话，完全为了维护朝廷重臣的威信。

"李承亭！你可听清楚了?！"赵匡胤冷然道。

"……陛下，臣知罪了。陛下！请陛下开恩呀！"李承亭早已经像蔫了的花草，在皇帝的一声喝问下，"扑通"一声跪倒在地，连连磕头求饶。

"朝廷令你为使者赴宿州赈灾，乃是对你的信任。没有想到你会与地方官联合侵吞官钱。朕待尔等不薄，如果钱不够，尔等可向朕要。为何要侵吞赈灾官钱呢！如今，潞州正在进行平叛之战，尔等不知为国分忧，却在为国添乱。你们两个都是先朝之官，朕照用不误，乃是希望尔等知道，朕是信任你们的。你们辜负了朕，也辜负了天下的百姓呀！"赵匡胤说着说着，神色渐渐缓和。

李承亭、王处严二人此时伏在地上，悔恨交加。

"你们两个，不仅侵吞官钱，款项巨大，而且还官官相护，捏造证词。朝廷有尔等之蠹虫，乃是朝廷之不幸，乃是天下百姓之不幸！朕欲以仁政治天下，但是求'仁'并非等同于可以法治不严。李承亭、王处严罪不可恕，该当死罪。李秉身居要位，却受贿肥私，责尔交出受贿之资，停俸禄三个月。"

赵匡胤说完，挥挥手，令人将李承亭、王处严带出殿去。大殿之内，文武百官一时之间肃立无声。其中一些曾有不法之举的官员更是如坐针毡，大气儿也不敢出一声。

打破沉寂的是殿中侍御史王伸。

"陛下，臣有一事启奏。"

"但说无妨。"

"近日，向京城各仓输卖粮食的百姓多有抱怨，臣巡查多日，发现主管京城各仓的吏员以权谋私者甚众。"

赵匡胤听了，心中一惊。最近为了备战，他刚刚下令增加对京畿各地粮食的收购力度。没有想到，没过多久，便会在粮食征收这个环节出问题。这可是关系到战争能否胜利的大事，也直接关乎京畿之地的稳定。赵匡胤心中暗暗着急，脸上却不流露出来。

"究竟是怎么个以权谋私了，爱卿请仔细说来。"

"是！臣微服而访，发现一些吏员在粮食征收时常常做手脚。有的吏员私自制作大斗。名为一斗，实则可收一斗一升，有甚者竟可多收三升。有的吏员虽用标准官斗收米，却在装米时故意令米满过斗面，然后将刮出之米据为己有。因此，百姓输米越多者，吃亏越大。还有些吏员，在簿记环节上做文章，明明收了十斗，偏偏记成九斗。京城各仓吏员的这些做法，甚为普遍。臣请陛下严令明查，细加监督。"

"看来小聪明竟然都用在搜刮百姓上了。如今，潞州战事刚刚开始，正缺粮食。征收粮食事关重大。因缘为奸的吏员如此之多，足见朝廷之政治多需整治。当下征收粮食颇为急要，绝不能激起民愤。王伸，朕令你负责调查与监督京城各仓收粮事宜。有问题随时奏报御史台，朕自有决断。如果涉及朝廷重臣，尽可弹劾，届时再作廷辩。"

"陛下！臣……"王伸神色有些为难，吞吞吐吐起来。

"怎么，有什么难处吗？"

"陛下，恕臣直言，此事牵连甚广，仅凭臣一人之力，恐难以完成陛下交付之重任。"

"哦?！爱卿有何建言？"

"臣请陛下自御史台等部门调拨多位精干官员，与臣共督此事。"

宋初，御史台主管纠察官员的行为，负责肃正朝廷纲纪。遇到大事，御史台可要求廷辩，小事则可以弹劾。御史台下设三个机构：一为台院，设侍御史；一为殿院，设殿中侍御史；一为察院，设监察御史。御史台的长官直接向皇帝负责。

赵匡胤本欲好好查办此事，听了王伸之言，正中下怀，便道："爱卿之言甚合我意。这样吧，待朕考虑后再任命其他人选。你可先行负责督办之事。"赵匡胤其实心中已经有了两个人选，但是，为了表示对此事之慎重，他并没有立刻说出自己的决定。

隔了一日之后，也就是初七，赵匡胤命令监察御史王祐、户部郎中沈义伦协同王伸共督征粮之事。至于其余人选，他对王伸说："你可自己再选数人，以分领诸仓，行督办之责。"

自王祐、沈义伦协同王伸共督征粮之后，京城诸仓吏员大为收敛，民间怨愤也暂时平息。

卷三

五

五月初五的子时，赵匡胤收到石守信自大会寨发来的加急战报。

他在书房的火烛之下，将简单的战报反复读了数遍，心中悲喜交加。喜的是先锋与潞州精锐骑兵对抗中，通过苦战夺取了战略要地。悲的是第一战便有六千将士战死沙场。对这场战役胜利与失败作一定论已经没有必要，关键乃是下一步棋如何走。

"李神祐，快叫几个人，分头去将范质、魏仁浦、吴廷祚、赵普四位大人请来。等等，魏仁浦还是不要请了，朕担心他的身体。"

自战报传来，李神祐便已到书房侍立一旁。此时，他见皇帝半夜要传大臣，仍然吃了一惊。

"赶紧，就说朕有十万火急之事与他们相商。"赵匡胤催了一句。

"遵命！臣这就赶去！"李神祐不敢多言，提了只灯笼，匆匆出了御书房。

大约过了两炷香的工夫，范质、吴廷祚、赵普三位前后脚赶到了。赵匡胤将长平之战的情况大致说了一遍。

"这下一步如何走，你们三位有何看法？吴爱卿，你先说说吧。"

"陛下，从这场战役双方死伤的人数看，我方还是吃了大亏的。潞州虽然损失了一大半骑兵精锐，但是由于造成我方巨大伤亡，其士气未必受到影响。这乃是对我方极为不利之事。"

"不错！这也是朕最担心的一点。战场上，士气非常重要。在京城与各地，有很多人是李筠旧日部属。万一潞州得势，难免有人会见风使舵，局面恐怕将难以控制。你们可有什么好对策吗？"

"臣以为，陛下明日即可将我军消灭叛军三千的消息在朝廷上宣布，至于我军的损失，可以暂时保密，以免引起人心浮动。"

"嗯……朕本想将我军的损失一并公布，以此来说服文武百官支持朕的亲征。"

"不可！万万不可！陛下，方才吴大人所言极是，一旦我军损失重大的情况引起人心异动，于陛下亲征那是更为不利啊。"赵普一听皇上打算将己方重大损失公布出来，便赶紧提出自己的反对意见。

"可是，朕担心，万一潞州方面将我军之损失大肆宣扬，岂非令我们更加被动？"

"陛下的担心很有道理，不过，臣以为，即便潞州方面真的那样宣扬，我方可以指称潞州方面散布的消息全都是谣言。所谓兵不厌诈，他为叛军，我为王师，天下之人自然先会怀疑潞州方面。"吴廷祚担任枢密使多年，决断之快，亦非一般官员可以比拟。

赵匡胤微微沉吟，说道："好！范爱卿，你有何看法？"

"臣建议陛下明日立即宣布削夺李筠官爵，并且诏告天下。孔子曰：'名正则言顺。'夺其官爵，乃使天下之人知其为叛，以此争取人心。"范质沉吟道。

"好！说得好！在这场平叛战争中，必须争夺人心。这对于我大宋今后之长治久安至为重要。不过，削夺李筠官爵还不够。为了振奋士气，不论反对之声有多大，朕已决定要进行亲征。为了试探天下节度使对朝廷的诚意，朕决定明日即宣忠正节度使杨承信来朝觐见。如果杨承信来朝后，天下各方节度使没有异动，朕更可放心亲征潞、泽。万一真有节度使有异心，朕便借亲征潞、泽之名，趁潞州没有成气候之前，迅速出师将其剿灭。是毒瘤，总是会冒出来。"

"陛下真乃深谋远虑！"赵普道。

"三位爱卿，关于接下去的具体作战策略，朕还想听听你们几位的意见。"

范质、吴廷祚、赵普三位见皇上说得谨慎，相互看了一眼，沉默着等眼前这位在马背上成长起来的皇上先说话。

赵匡胤站起身子，走到书架前，从书架上取来一幅地图在书案上展开。

"来，三位请看。石、高二位将军如今率幸存的四千精锐占据长平关、关城、羊头山一带，其殿后部队则驻留在怀、孟一带。慕容延钊、王全斌与石、高二位会合后，主力在泽州东南地区屯军。位于他们与石、高率领的四千精锐之间的，则是被潞州军占领的泽州。你们说说，现在是让慕容延钊、王全斌进军好呢，还是令石、高二位将军驻留在怀、孟的部队继续北进好呢？"

范质、吴廷祚、赵普三位各自低头思索，谁都没有立即发言。

旁边几支巨大的羊脂红烛静静燃烧着，仿佛在看着这几位究竟会作出什么样的决策。

四个人都沉默地看着地图，也不知过了多久，范质突然开口说道："陛下，将在外君令有所不受。是否应该尊重几位将军自己的意见呢？"

"爱卿说得没错，不过，这次石将军确实在信中提到，希望听到朕对战略安排的看法。朕的决定会直接影响到前方几位将军的作战策略。"

赵匡胤说着，将石守信随战报写的一封信转给三人传阅。

"石将军在信中提到，根据从受伤俘虏的口中得到的消息，李筠亲自率大军三万出了上党，已经对我军先锋部队构成了巨大威胁。朕提出要亲征，一部分原因也是迫于目前的严峻局面。"

"也就是说，与其说石、高二位将军现在截断了潞州与泽州的联系，还不如说他们实际上也是被李筠叛军于潞州与泽州一南一北夹围在中间了。"范质道。

"可以这么说。"赵匡胤用手指戳了戳地图上的长平关一带。

"情况也没有坏到那种地步，毕竟在泽州以南，石、高二位将军还留下了殿后部队。另外，慕容延钊、王全斌将军在泽州东南方向也对叛军构成了威胁。目前，可以说是敌我处于互相钳制状态，一时之间，形成了僵局。在这种情况下，恐怕谁也不敢率先轻举妄动。"吴廷祚道。

"不错，朕也是这样想的。此时，如果石、高二位将军的殿后部队继续北进，恐怕会促发泽州与上党方面的叛军主力南北联合夹击石、高二位将军的先锋部队。慕容延钊、王全斌将军如果继续北进，同样可能令在泽州叛军狗急跳墙围攻石、高二位将军。因此，这两处军队暂时驻军泽州之南，徘徊于怀、孟之间，实有牵制泽州叛军之作用。"

"陛下的担心颇有道理。可是，石、高二位将军带着先锋部队轻装先行，所带干粮必然不多，形势是十分危急的。"吴廷祚道。

范质突然道："以退为攻！"

"以退为攻？范大人是何意思？"赵普追问道。

"以退为攻？"赵匡胤一时也觉得奇怪，不明白范质究竟是何意。

范质从容道："以老臣之见，可以令石、高二位将军装作担心被包围，迅速放弃长平关、大会寨，往泽州方向撤退。这样一来，上党叛军必然以为石、高二位将军欲与我军南面部队联合围攻泽州，自然会匆忙进军。这样一来，石、高二位将军的殿后部队与慕容延钊、王全斌将军的部队就可以逸待劳，在泽州南面等待叛军到来。石、高二位将军回撤后，可以暂时驻军在泽州西南面，这样便可形成对泽州的半包围之势。同时，陛下从京城亲征，以为后盾，我军便至少可以立于不败之地。至于上党叛军主力尾随石、高二位将军到泽州，出来容易，回去却难了。这样，我军正好也达成了诱敌深入的目的。"

"好！说得好！"赵匡胤一听，不禁拍手叫好，赞道，"没有想到范大人是文武双全。呵呵，谁说文官就不可带兵？朕看一点都不差。"赵匡胤此时所说，可谓是随感而发。他还没有意识到，自己关于文官也可以带兵的这个想法，此后会深刻影响着宋朝三百二十年的国运。不过，此一时彼一时，将大宋王朝后来的做法，记在赵匡胤头上，显然也是不对的。

"陛下过奖了，老臣也是误打误撞，突来灵感，实在是吴大人方才那句话令我想到了这以退为进之策。"

吴廷祚见范质如此谦逊，微微一笑，投之以感谢的目光。

赵普素忌范质的刚直，见其对策受到皇上首肯，心中暗暗不悦，但是，表面上却是不动声色，也随着赵匡胤点头称是。不过，赵普心中，同时也感到了实现自己伟大政治抱负的机会正在慢慢来临。

"武人统治天下的局面必须改变，如此方能实现天下长久之太平！皇上既然注意到文人的价值，我赵普定须因势利导，以为大宋开创盛世之局面。"赵普如此想着，暂时将对范质的嫉妒与忌惮放在了一边。

次日，初六，甲辰日。赵匡胤下诏削夺了李筠的官职与爵位，传告天下。

《削夺李筠官爵令诸道会兵进讨诏》曰：

> 周文圣德，尚伐于崇侯。汉祖神功，亦征于英布。不有戎臣之叛乱，曷彰王业之艰难。其有素蓄奸谋，不知天命。将定一戎之略，须兴九伐之兵。诞告六师，其陈名罪。昭义军节度使、检校太师、中书令李筠，出于贱隶，列在公侯。长兴中事秦王从荣，不能死难。天福末随燕王延寿，姑务自全。既侥幸于乱离，每包藏于诡谲。昔周祖在位，已萌不轨之心。世宗临朝，益露无君之状。朕以天人合庆，历数在躬。念同事于前朝，每曲形于厚礼。推赤心而示信，指白水以申盟。而不体明诚，自怀反侧，觊觎神器，干犯天常，囚辱使臣，虐刘民吏，结刘筠于并垒，害张福于高平，窃弄干戈，谋犯京阙。罔顺两阶之舞，爰兴六月之征。止罪渠魁，无治逼胁。宜削夺李筠在身官爵，令诸道会兵进讨，戮兹大憝，吊我疲民。况上党成师，黎成旧俗，素推效顺，必自改图。苟去危以就安，即转祸而为福。立功名于当世，保富贵以终身，勿怀迷复之凶，自取覆亡之咎。凡尔士庶，当体朕心。（见《宋大诏令集》卷第二三〇）

赵匡胤同时派人于四处散布言论，将李筠之反说成是逆天而动的愚蠢行为，更将他描绘成一个杀人不眨眼的凶神恶煞。

初八，赵匡胤决定去宰相魏仁浦家中探望一下，也顺便想与魏仁浦谈谈天下的局势。魏仁浦的病况，比他想象的还要差。

当赵匡胤到府的时候，魏仁浦正在床上躺着，根本无法起来。屋子里，到处弥漫着浓浓的汤药味道。

虽然之前在崇元殿上听到赵匡胤说要抽空来探望，但是魏仁浦从来就没有将这话当真。赵匡胤的突然来访，实在大出魏仁浦意料。

魏仁浦见皇帝亲自前来探望，慌忙从病床上挣扎着坐起，欲下床参拜。赵匡胤一把按住，道："爱卿身体有恙，不必拘礼了，快躺下吧。"

"陛下，老臣惭愧呀，不能为陛下分忧，却还给陛下添了烦扰。"皇上的看望令魏仁浦心中感动，两句话说完，便已然老泪纵横。

"何出此言呀！今天是我打扰爱卿养病啦。最近你的病可好些了？"

"多谢陛下派了太医，老臣按照太医开的方子，吃了药，确实是好多了。不过，太医说，微臣这病，恐怕一时还不能恢复。"

"那便好好休养。今日我来，一是探望，二是有事向你请教。"赵匡胤看了一下左右，打住了话头。

魏仁浦沉浮宦海多年，早已经领会，使了眼色，示意左右侍候自己的家人全都退了出去。陪同前来的李神祐不待赵匡胤开口，也自动退了出去。

"陛下有何事，请尽管说，老臣只要知道，一定尽言。"

"好。朕想问你，潞州起兵后，如果李重进也同时起兵，朕应该如何应付才好？"

"陛下，李重进为人犹豫不决，陛下当以安抚为主，力争使他不与潞州同时作乱。"

"不瞒你，为了对付李重进，我已经有所安排了。我问的是，如果李重进真的起兵，我朝是否有财力，能够同时打好另外一场战争。我关心的是我朝的财用实力啊！"

"这个问题，陛下问得好啊！世宗在位时，国库已经有所积累。在潞州、泽州之后，再与淮南打一仗，财力方面是可以维持的。不过，如果两方同时起事，以朝廷之积储恐会捉襟见肘，除非，有若干节度使能够先全力为朝廷支撑一阵……"

"哦……是这样，"赵匡胤低下头，沉吟起来，自言自语道，"看样子不得不再走一步险棋了。"

"陛下，什么险棋？陛下说什么？"魏仁浦吃惊地问道。

赵匡胤眼皮一抬，眼光闪烁了一下，随即淡然道："哦，没有什么，你接着说。"

"多年来，节度使掌管地方财政，各自都有不少积储。如果能够争取一两个节度使以防备李重进，那么朝廷的压力就会大减。"

"是，你说得非常对！"

"除此之外，陛下还要注意南唐之动静。南唐带甲数十万，其主早先就有统一天下之志。只不过其时运不济，加之战略有误，他们先对南部各小国开战，结果空耗国力。因此，近年来无意于中原。但是，如果我朝由于内乱国力大大损耗，南唐必然重起进取中原之心。"魏仁浦接连说了许多话，顿感气虚，连连咳嗽起来，额头不断渗出豆大的冷汗。

"多谢爱卿提醒，之前，靠明德楼上国宴，暂时将南唐给镇住了。不过，这潞州的战事一起，南唐那边，我们确实是要小心应对啊！"

赵匡胤见魏仁浦身体实在虚弱，便岔开了话题，又问起他的病情，闲聊数句后，便告辞而去。

魏仁浦在病床上望着赵匡胤转身出去，心中浮起一个疑团："陛下究竟是要走什么险棋呢？"

六

为了向天下百姓说明自己对先朝帝王的尊重，显示大宋的宽仁，赵匡胤不久前下令加紧建造西京的后周六庙。

在朝廷的催工之下，五月十一日，后周帝王的六庙提前建成。

赵匡胤郑重其事地派遣光禄卿郭玘护送后周各帝的神主牌位迁往西京。此举为赵匡胤争取了大量原先对李筠抱同情态度的人。

五月十七日，忠正节度使杨承信赶到京城来朝觐。自从潞州起事之后，杨承信渐渐感到来自朝廷的压力。因此，当朝廷的使者一到，他便立即收拾行装，随使者赶往京城。

这日酉时，赵匡胤在广政殿摆了宴席，让几位近臣陪同，招待前来朝觐的杨承信。这次宴席，开创了一个重要的成例。此后，凡是节度使来朝觐，宋朝皇帝都在广政殿召见并设宴招待。

"最近潞州、泽州战事已起，朕请爱卿来京城，乃是有要事请教。"赵匡胤语重心长地对杨承信说道。此言一出，陪同在席的范质、吴廷祚、赵普等人无不大感意外。他们本以为皇上召杨承信觐见，只不过是向天下节度使示威，以刺探人心。他们根本没有想到，赵匡胤却一上来便以潞州、泽州的战事向杨承信讨教。当然，最为吃惊的还是要数杨承信。

"陛下言重了。朝廷有事，臣自当效命。"杨承信不知道皇上这句话究竟何意，忐忑不安地回答。

"潞、泽叛乱，你与那李筠乃是旧日同僚，素有交往。所以，朕想请你谈一谈对李筠的看法，以定平叛之策。"

杨承信闻言，顿时冷汗湿透了后背，惶恐言道："臣与李筠之前同事周室，确有交往。可是，如今我既为宋臣，自当效忠陛下。他既为反贼，便是臣的敌人。臣绝不敢有二心。"

"好了，好了，朕何时说爱卿有二心了？爱卿多虑了！"

"是！臣方才失言了。"

"如今，石守信、慕容延钊与李筠相持，朕心下不安，所以请爱卿来，想听听爱卿有何高见。"

"陛下，潞州之步兵，善于山地作战。其铁甲骑兵则善于转战千里，锐不可当。石将军首战便重创叛军之铁骑，乃是对潞州的巨大打击。李筠为人，性急少谋，相持日久，必想寻求决战。我朝当立刻聚集重兵，以备其发起全面之攻击。如果逡巡不前，必为其破！"

赵匡胤面无表情，杨承信所言，与他心里的判断完全一致。"看来，我亲征潞、泽的想法并没有错。而且，亲征之事，不能再拖延了。"赵匡胤暗暗下定决心。然而，他并没有当场把他的想法说出来。

"吴爱卿，辽国最近有何动静？你认为辽国会发兵吗？"赵匡胤突然转变话题，扭头向吴廷祚问道。

"从边界探子回报的消息看，其军队的调动方面似乎没有什么大动静。不过，前几日辽主耶律璟拜谒了怀陵，那是辽太宗的陵墓。"

"此举可有深意？"

"臣原以为辽国在此之后即要兴兵。但是，现在看来，它根本没有什么动静。"

"哦？"

"陛下，要不要往辽国派个使者？"

"不！暂时不用。朕估计辽国乃在观望。今后的战局将左右辽国的决定。如果潞州反贼得势，辽国恐怕会趁机出兵我朝。好了，暂且还是不谈这个了。杨大人今日刚刚到京，诸位可要好好与杨大人喝几杯。"

当下，众人心中不停揣度皇上的意图，自然也没有人再提正事，而是尽拿些风俗、民情、趣事作为谈资。

宴会结束后，赵匡胤似乎意犹未尽。

"杨爱卿，朕还想请你到御书房小坐片刻，如何？"又对几位近臣道："你们几位都早点回去歇息，朕也想单独与杨大人叙叙旧呀！"

"这……是！陛下！"杨承信心中惊疑，口中却只能答应。

范质、吴廷祚、赵普等人不知皇上葫芦里卖的是什么药，一时之间面面相觑，不知如何是好。

赵匡胤不待各位回答，哈哈大笑道："好了好了，既如此，杨爱卿就随我来吧！"

在侍卫的护送之下，杨承信跟着赵匡胤，一道前往福宁宫的御书房。

进福宁宫时，赵匡胤令随同侍卫于宫外警卫，只带了李神祐一人陪同前往御书房。杨承信则跟随在侧，心中惴惴不安。

到了书房门口，赵匡胤扭头对李神祐道："你就在门口侍候吧，朕有事与杨大人谈。"

"陛下，这……"李神祐心中不放心，吞吞吐吐神色难堪。

"有事朕自然会叫你。"

"是！"

未等话音落下，赵匡胤已经抬脚进入了御书房。杨承信只得跟随而入。

御书房的火烛早由内侍点上了。几支羊脂蜡烛燃烧着的火苗，在巨大幽暗的御书房中制造出了几个光团。

赵匡胤站在书房中间。他背对着杨承信，却沉默着不说话。红色的烛光在黑暗中勾勒出赵匡胤身子的轮廓。

当一个人在黑暗中向光而立，别人往往只能看到他黑暗的一面。

杨承信盯着皇帝高大幽暗的背影和背影周围那圈亮光，心中早已经七上八下，不知道皇上究竟有何机密要与自己单独交谈。他静候着，见皇上只是站着一言不发，心中更是惊疑不定。

良久，赵匡胤踱步到书房一边。那面墙上，挂着一把宝剑。赵匡胤抬起手，从墙上缓缓摘下宝剑，轻轻放在书案上。

"杨承信，现在这里就你我二人，如果你想当皇帝，现在就可在此取我性命！"赵匡胤突然一字一顿地说出了一句令杨承信震惊万分的话。他的眼睛，如山中的豹子盯着猎物一样，一动不动盯着杨承信。

杨承信闻言，顿时如五雷轰顶，"扑通"一声跪倒在地，颤声道："陛下何出此言，臣忠心效命陛下，不敢有丝毫二心！"说话间，冷汗如雨般从他的额头滚入他的脖颈。

"朕知道你与那李筠都对先帝情深义重。其实，朕又何尝不是如此？只是，诸位将士强以黄袍加我之身，我又怎能退却？并非我想做这个皇帝，可是如果我不接受诸位将士的要求，先帝开创的和平基业将会从此崩溃，中原大地就可能再次四分五裂，天下百姓将陷入永无终止之战乱……你可知道，我的心中有多难！可是，天下又有几个人真正能够体会我内心的感受呢？！"赵匡胤说这话的时候，想起自己当初确实动了兵变之心，不禁心下暗暗惭愧。他自己心里很清楚，若不是手下将士行动比他预料的更快，他迟早也会发动兵变，实际上，兵变之前，他已经数次向赵光义、赵普、石守信、王审琦等人暗示过。从兵变那一刻以来，他无时无刻不促使自己相信，当时的黄袍加身，自己是处于被动之中。这种心理，无非使自己减少一些良心的折磨。但是，无论他如何暗示自己，无论他如何将黄袍加身归之于手下将士，他都清楚地意识到，他的心，在这个问题上，已经永远被囚禁在了内疚的牢狱之中，而且，永无解脱之日。

"……"

"朕知道，如今有无数人想做皇帝，你也许就是其中的一位。不错，皇帝君临天下，威风无比，荣耀无穷，可是，谁又知道，皇帝的肩膀上，也担着天下呀！正因为如此，自古以来，昏君好做，明君难为。今日，朕在此对你说出这些话，皆是交心之语。你可知道，朕为何要在这个时候与你说这些话吗？"赵匡胤发自肺腑地说着，声音不禁微微有些颤抖。

"这……恕臣愚钝，还请陛下明示！"

"朕不仅仅担心李筠，如今，朕还担心淮南的李重进。朕早已经知道，他已心怀反心。朕不日将亲征潞、泽，如果他趁朕亲征之际于淮南起兵，我大宋必陷入腹背受敌之境地，前景不堪设想。如果他邀你共同起事，则天下必将重新陷入大乱。届时，南唐一定会趁机图谋中原，辽国必然出兵，侵入我境内，杀戮我百姓。所以，朕现在说，如果你有心取我性命，与其等朕出征后行动，不如就在今夜杀我。如此，你于京称帝，凭着你与李筠和李重进昔日的交情，天下形势将发生大变，他们两人也许就没有必要再起兵犯京了。也许，这样还可以免去天下百姓重陷兵灾之苦！"赵匡胤滔滔不绝地说着。如果说最初他还只不过借这样的话来刺探杨承信，讲到后来，他几乎自己都被自己的话感动了："这难道不是我的意愿吗？如果上天真正相信我，就让杨承信今天真心臣服于我吧！"

果然，杨承信听了赵匡胤一番话，大为所动。一方面，他心知即使此时真的杀了赵匡胤，自己也恐怕难以登上皇帝之位。难道皇帝就不会在书房的壁板之后暗藏伏兵吗？即便没有伏兵，难道杀了赵匡胤，他就能走出这宫城大内吗？另一方面，赵匡胤的话也给他造成了一种印象，"也许，眼前的这位，正是能开创天下长久太平的真天子吧！"想到这点，杨承信心中对面前这个皇帝的惊疑，开始慢慢向敬畏与崇拜转变。

"陛下仁心感天动地，臣誓死效忠大宋！"杨承信大声回答道。

"爱卿既有此言，朕便以重任相托！"

"陛下请说。"

"好！朕令你回寿州后，小心留意李重进之动静，防备其趁朕亲征之际出兵袭击京城。另外，朕还令你仔细防备南唐之举动。近些年来，虽然南唐年年进贡，但是一旦中原局势不稳，恐怕其对我中原王朝的臣服之心就会发生变化。南唐，迟早都会成为我大宋的一个对手。但是，在当前的局面之下，朕希望它不会有任何轻举妄动。自即位以来，朕方知为君之难。天下未定，黎民未安，朕常常夜不能寐。爱卿，你所镇守之寿州，乃我大宋之腰腹，关系我大宋之全局。朕的苦心，希望你能够体谅！"赵匡胤说这些话时，心里还想着一人，那人便是翟守珣。赵匡胤虽然相信翟守珣必然会尽力稳住李重进，但是，目前潞州战局的发展却令他对翟守珣的游说能否成功产生了怀疑。因此，杨承信现在是他牵制扬州、防备南唐的一颗必不可少的重要棋子。

在御书房中，赵匡胤将自己的心思向杨承信和盘托出，的确是在冒一个天大之险。然而，他相信自己能够成功。

杨承信静静听着，不敢放过皇帝的任何一句话、任何一个词。他细细琢磨着皇帝的心思，琢磨着皇帝的情感。这时，他的脑海中再次浮现了正月丙午日皇帝颁发的《即位赐诸戎帅诏》中的字句。那份诏书，他曾经看了一遍又一遍，琢磨过其中的每个字句。他相信，许多节度使与他一样，想从这份诏书中探索圣意，为自己未来的命运找到方向。那份诏书曰：

> 朕祗膺外禅，奄宅中区。知为君之难，集于寡昧；责致主之效，属在勋贤。卿任重总戎，功高卫社，体天人之合庆，保带砺之殊庸。肃尔封疆，副予倚注；永惟通变，当体眷怀。（见《宋大诏令集》卷一八七）

"知为君之难，集于寡昧""肃尔封疆，副予倚注"！杨承信一边听着赵匡胤说话，一边与那份诏书中的话相对照。"听今日陛下之语，方知陛下之前的诏书，确实是发自内心，并非是形式性的安抚之语啊！既然陛下能与我真诚相见，我还有何担忧的呢！"杨承信的心渐渐安定了下来。

实际正如赵匡胤所料，杨承信在惊惧之后，被皇帝赵匡胤的诚意大为感动，几乎是感激涕零地接受了赵匡胤的重托。

在杨承信离开御书房后，赵匡胤一个人瘫坐在椅子上，再次陷入了沉思。巨大的火烛燃烧着，将他那孤独的身影投在背后的墙上。烛光照在了他的脸上。然而，这光明而孤独的一面，却没有人看到。

此刻，他的神情，沉着冷静，同时又有一种深沉的压抑。他宽广的额头在烛光下闪着光，出神的双眼如两颗在黑暗中收敛光芒的星星，蕴藏着高贵而不外露的尊严。

"是的，一切都准备好了，是亲征的时候了！"他在心中默默地说着，倦意渐渐袭入他的头脑……

七

五月十九日，赵匡胤下诏宣布亲征。

十八日晚上，赵匡胤去了一趟坤宁宫。他已经有一段时间没有回去过了。不过，他这晚回去的主要目的，并不是想要与皇后如月相聚。他心里的打算，乃是准备在亲征之时将儿子德昭带在身边，以让他自小于战争中得到磨砺。他知道让一个孩童从小就接触战争，实在有些残忍。孩子们本该有欢乐无邪、无忧无虑的童年。可是，世事如此，德昭又是当今皇帝的儿子，他怎能长期待在女人身边养尊处优呢?!尽管他在心里觉得对不起小德昭，但是，他还是用这种想法说服了自己。

"明日，德昭将随朕亲征潞、泽，你要在家好好侍奉母亲。"晚膳之后，赵匡胤对如月直截了当地说出了自己的想法，没有丝毫商量的余地。他冷冰冰的口气，让如月感到伤心。

"陛下，德昭年纪还小……"

"朕意已决，你休要多言。身为皇子，怎能不自小加以磨炼?!"

"可是……"

"可是什么? 天下已经被武人的刀剑左右多年，随时都可能重新卷入无边的战乱。世宗的志向乃是统一天下，可惜英年早逝。

朕继承世宗遗志，早已下定决心以统一天下、开创长久太平为己任。不过，人难胜天，谁又会知道，老天究竟会给我多少时间呢？朕盼着德昭早一天长大成人，成为顶天立地的男子汉。"

"那也不一定要现在就上战场呀！"如月眼中闪烁着泪花，忧伤地说道。

赵匡胤看着如月，心里一软，叹了口气，语气变得柔和了："如月，你忘了我是怎样登上这皇位的了？人常常难以左右时局。恭帝年小幼弱，所以天下之人难以服从，故有陈桥兵变之事。我可不希望他日德昭再赴周帝的命运。如果我能在有生之年将德昭磨砺成一个堪为君主的男子，将来就没有人敢轻视他。我何尝不想让德昭享受他快乐的少年时光。可是，战乱不休，危机四伏，这就是我们身处的世道。如月，你还不明白吗，这是个弱肉强食的世界。德昭如果是绵羊，他就会被豺狼给吞食掉啊！"

"臣妾只是心中不忍啊，陛下……若是德昭有个三长两短……"如月说话间已经泪光盈盈。

"好了，不要再说了，我心里有数。"

夭折的几个儿女已经成了赵匡胤与如月心中的疙瘩，也长期影响了他们之间的关系。难道我们命中相克吗？两人经常各自心里这样想。尽管如月温柔贤惠，多才多艺，但是赵匡胤心中有时会难以遏制地对她产生拒斥。她让他感到有一种难以言说的压抑。如果不是她对他母亲杜夫人非常孝敬，赵匡胤恐怕会休了她。赵匡胤也深知，自己对如月的排斥没有道理，因此常常也因心怀愧疚而亲近于她。

见到如月对德昭如此关心，赵匡胤心中感动，温言道："我明日就出征了，今晚你就陪着我吧！"

如月已经久未得赵匡胤亲近，闻言之后，不禁脸上一热，点了点头。

赵匡胤看着如月低垂的眼帘，心中突然浮现出柳莺的样子。他心神一动，双手不禁将椅子的扶手牢牢地攥紧了，眼睛却发起呆来。

如月恰好抬起头来，见赵匡胤愣愣出神，柔声问道："陛下，您没事吧？"

"哦……没事，"赵匡胤回过神来，停顿了片刻道，"时间尚早，你不如为我弹一曲吧。"

"陛下想听什么曲子呢？"

"什么都成。"

如月应了一声，走向那架赵匡胤从扬州带给她的古琴。

乐声一刹那间在屋内盘旋起来，如梦如幻，如痴如醉。烧着沉香的熏炉中，细烟袅袅而起，仿佛随着乐声舞动。

恍惚间，赵匡胤听如月唱道：

楚女不归，

楼枕小河春水。

月孤明，

风又起。

杏花稀。

玉钗斜篸云鬓重，

裙上金缕凤。

八行书，

千里梦，

雁南飞。

赵匡胤听得"楚女不归"与"楼枕小河春水"，不禁心头怅然，心想，那柳莺姑娘现在也不知道身在何方，这词写得如此贴切，仿佛便是在写柳莺姑娘的可怜身世。"莫非如月知道我在想着别人？"赵匡胤心中一痛，往如月看去，却见她神色沉醉，并无借词讥讽之意。这一瞬间，赵匡胤不禁暗暗惭愧。

如月一曲唱罢，凝神而坐。

"这是你新近所写之词吗？"

"臣妾哪写得出来。这是晚唐诗人温庭筠写的词，名为《酒泉子》。这个词牌名的词，他一共写了有四首，方才臣妾唱的是其中第三首。"

"哦……写得好呀，你唱得也好，可否再唱一曲呢？"

"好！"如月见皇上喜欢，脸上露出欣喜之色。

赵匡胤看在眼里，心中仿佛被石头重重压了一下，心想："她也是个可怜的女人呀！有那么一丁点安慰，她便能够知足。可是，她却不知道，我此时心里却是想着别的女子呀。我为什么就不能够好好待她呢？难道，是因为将儿女夭折的罪过加在她的身上，是对她的报复吗？！"他胡思乱想起来。耳边的乐声却又再次响起来了。

罗带惹香，
犹系别时红豆。
泪痕新，
金缕旧，
断离肠。
一双娇燕语雕梁，
还是去年时节。

绿阴浓，

芳草歇，

柳花狂。

　　这时，不论是赵匡胤，还是如月，均已经沉醉在乐曲之中。只不过，他们各自有各自的沉醉。

　　"这便是人世呀！究竟是应该悲哀呢，还是值得庆幸呢？！"这个问题的答案，赵匡胤自己也不知道。

八

还在四月底时，为了查问军粮筹备情况，赵匡胤召见张美，仔细询问。当时的情形令张美事后想起来心还"扑扑"直跳。

"十万大军的军粮筹备得如何了？"当时赵匡胤这般问张美。

"陛下！自陛下亲令官员监督京城各仓的收粮情况以来，京城粮食可用为军粮的大为增加。清明节前，第一批粮船已经到达京城。另外，近日怀州刺史马令琮上报，说早料到潞州要反朝廷，因此长期以来，已经储备军粮达二十万石，随时等候朝廷大军出征。"

"哦？他已经储备了二十万石粮食？！"

"正是！"

"他倒是很有远见啊。"赵匡胤说完这句话，低头沉吟起来，心中暗想："这个马令琮暗自储备如此多的军粮，偏偏到这个时候才说。石守信、高怀德出兵之时，他却隐而不报，看来也是个有心机与野心之人。说不定，是为了见风使舵，假如潞州得势，他即向李贼献粮。朕绝不可令此人在怀州积蓄势力，以免养成日后之患。可是，他于此时向朝廷献粮，的确是解朕的燃眉之急。朕也无理由处置他。不如，且给他加个官，调任他州为好。"

当下，赵匡胤略略沉吟片刻，接着说道："二十万石，不是可以供应十万大军维持五六个月吗?!"

"陛下说得不错，以每个官兵每日口粮一升计算，这些粮食，确实可以帮助十万大军维持半年。"张美答道。

"哈哈，这真是帮助朝廷解决了大问题！马令琮真是立了大功呀！这样吧，朕升他为团练使，以为嘉奖。"

周围文武官员听了不禁一愣。

"陛下，可是怀州还不是团练州，无法设此官呀！"张美道。

"这个朕知道，马令琮在这件事情上表现出非凡之才干，朕决定将他转迁到团练州任职。"

张美心中一惊，联想起方才皇上的片刻沉吟，心想："皇上果然对马令琮起了防范之心！真是好险。如果皇上知道私下积蓄军粮乃是我令马令琮所为，恐怕皇上将会对我大起疑心。看来夫人真是救了我一命。"

张美正自思想，突然听宰相范质奏道："陛下，万万不可！如果大军北伐，还有赖马令琮于当地组织调度。临时调到他地，恐影响军粮调度。大军一动，粮食调度如果出问题，后果不堪设想呀！"

赵匡胤心中一凛，心知范质所言不假。"看来朕差点因疑心而坏了大事！惭愧呀！惭愧呀！"他心中暗暗自责。但是，他已经将加封马令琮的话说出，再收回自然不合适。当下灵机一动，顺水推舟道："范爱卿所虑颇有道理，这样吧，朕升怀州为团练州，这样不就可以有团练使了吗！"

张美一听，不禁心中暗暗感叹："皇上真是君子豹变呀！不过，皇上从谏如流，果然是难得的明君。这也是马令琮之幸呀！"

军粮问题解决，也是赵匡胤敢于决心亲征的重要因素之一。

从四月底至五月十九日，赵匡胤为亲征做好了各方面的准备。五月十九日，赵匡胤正式宣布亲征，诏书曰：

> 朕仰应天睠，肇启皇图。念可畏之非民，敢无名而动众。李筠不知天命，犯我王诛，弃带河砺岳之恩，为干纪乱常之事。已行攻讨，即俟荡平。当九夏之炎蒸，念六师之劳苦。深居宫阙，情所难安。当议省巡，用申慰抚。朕取此月内暂幸军前，所司借顿，务从俭约。郡国长吏，不得擅赴行在。两京留守，起居表章，传置以闻，勿令劳扰，以称朕意。（见《宋会要辑稿·兵七》）

在这一诏书中，赵匡胤说明了自己起兵平叛乃是不得已而为之，正是因为李筠不知天命，所以才导致了这场战争。他要求在他亲征过程中，一切官府接待要从俭，附近官员不得擅自前往皇帝行营参拜。

从这份诏书中，可以看到赵匡胤的一片苦心。他并不希望即将进行的战争影响太大。初建不久的国家经不起大规模战争的折腾呀！因而，他通过诏书告知天下官员，在他亲征期间，除非他发出召见的命令，否则所有官员都不得擅自行动，从而尽量避免打乱正常的秩序。

赵匡胤任命枢密使吴廷祚为东京留守，端明殿学士、知开封府吕余庆为副留守，皇弟殿前都虞候赵光义为大内都点检。同时，派遣侍卫马步军都指挥使韩令坤率大军屯于河阳。

在任命赵光义为大内都点检之前，赵匡胤犹豫再三。"点检作"的阴影依然深深留在他的心底。

"难道真有所谓的宿命？哼，朕难道要在这句话的阴影中活一辈子吗？朕偏要试一试。光义多年来与我出生入死，又是我的亲弟弟，除了他，又能任命谁为都点检呢？光义必不负我。"赵匡胤克服了心中的阴影，作出了对赵光义的任命。这一任命，令他内心也产生了一种快感。赵匡胤将自己对赵光义的这一任命，视为对命运的抗争与嘲笑。

当赵光义知道自己被皇兄任命为大内都点检时，心中大为感动。然而，当他得知兄长准备带年幼的德昭随同亲征的时候，他的心仿佛被毒蛇咬了一口，感到一种难言的疼痛。是嫉妒，是失落，还是愤怒？赵光义自己也说不清楚。那一刻，他突然察觉到，自己内心深处已经将年幼的德昭视为了对手与敌人。因为，在那一刻，他终于清楚地意识到，自己对于皇帝的位置有着一种潜在而深刻的渴望。多年来跟随兄长南征北战，是他引以为荣的事。可是，在那一刻，他终于发现，自己已经不是从前那个赵光义了。

五月二十一日，赵匡胤自开封出发，率领左右厢禁军十万，亲征潞泽。

赵匡胤出京城时，宰相范质率吴廷祚、吕余庆、赵光义等人于城门送行。

看着前来送行的文武大臣，赵匡胤想起了正月里出征的情形。可是，短短数月，已经今非昔比。几个月之前，他还不过是一个统率后周禁军的大将，如今，他却是君临天下的大宋皇帝。命运真是奇妙呀！不过，赵匡胤此时的心情，既非欣喜，也非得意，竟然更加接近于惆怅。逝者如斯呀！他于心中暗暗感叹。

在赵匡胤的周围，诸位将领衣甲鲜明，如众星拱月一般。其中，内侍李神祐骑马而立，他的背上，背着皇帝的大印；他的鞍前，则坐着皇子德昭。小德昭虽然平日也习些武艺，却从来没有正式跟随部队上过战场。此时，他正在李神祐怀中东张西望，对威武雄壮的队列颇感兴趣。

"李神祐，你带德昭过来！"

"是！"李神祐策马到赵匡胤之侧。

"德昭，你可知道为父为何要亲自出征吗？"

"是为了平定反贼！"

"说得好！那么，平定反贼是为了什么呢？"

"这个……是为了赢得胜利！"小德昭颇为兴奋。

"不错！胜利固然重要，可是，你要记住，我们打仗的真正目的，是实现天下太平与百姓的安居乐业，如果忘记了这一点，胜利也会失去其意义。兵者乃是凶器，不得已而用之。止戈为武，动武乃是为了赢得和平。你要记住这一点！"

"是！父皇！"小德昭似懂非懂。

赵匡胤神情肃穆地点点头。

突然，小德昭在马上用手指着前来送行的赵光义说道："皇叔的衣服好威风呀！父皇，等我长大了也要穿这样威风的衣服！"

赵光义未料到小德昭会出此言，大惊失色，一时之间僵然而立，不知所措。小德昭有可能成为未来的皇帝，如今却说等长大了要穿都点检的官服。这赵光义听了，如何不心惊胆战。

周围的文武群臣也同样被小德昭的话给吓呆了。就在这一刻，众人似乎连战马的嘶鸣声也听不见了。

范质见气氛紧张怪异，赶忙出来打圆场，呵呵一笑道："等皇子长大了，自然有许多威风的衣服可穿，什么样的都有！"

赵匡胤看了赵光义一眼，不动声色道："光义，童言无忌，你不用放在心上。"这句话，赵匡胤既是说给赵光义听的，也可以说，是说给自己与周围文武百官听的。

赵匡胤率领大军到达了荥阳，便驻扎下来。

一日早晨，突然下起了不大不小的雨，赵匡胤担心雨中行军会挫伤士气，便令大军于荥阳暂时停留休整。

西京留守向拱正好奉召从西京赶来，当日便匆匆赶到中军大营求见赵匡胤。河阳节度使赵晁正好也于当日奉召赶到荥阳。在后周时，赵晁曾与赵匡胤父亲共事，两人关系亲密，友情深厚。所以，赵匡胤对赵晁一直非常尊重。

赵晁是真定人，早年跟随杜重威。杜重威被杀后，赵晁归于郭威麾下，跟随郭威镇守邺州。后来，郭威建立后周，赵晁被擢升为作坊副使。慕容彦超占据兖州叛乱，郭威派兵平叛，以赵晁为行营步军都监。兖州平定后，赵晁转升为作坊使。但是，赵晁对这样的升迁并不满意。所以，平日里常常快快不快。当时，枢密使王峻执掌朝政大权，赵晁怀疑是他故意倾轧自己。一日，赵晁喝得大醉，借着酒兴冲到王峻府上，大骂王峻。王峻也没有责备他。世宗嗣位后，任赵晁为控鹤左厢都指挥使、领贺州刺史。周世宗出征北汉，转赵晁为虎捷右厢都指挥使、领本州团练使兼行营步军都指挥使。周世宗率大军至河内后，意在速战，下令赵晁倍道兼行。赵晁私下与通事舍人郑好谦说："北汉眼下士气正在高涨的时候，不宜迎其锋芒，而应持重以挫其锐。"郑好谦将赵晁的话告诉了世宗。世宗担心这样的话动摇军心，当即大怒道："你怎么会说这样的话呢？一定是有人指使你这样说。你告诉朕，这是谁说的！如果你不说，朕就杀了你！"郑好谦大惊，只好以实相告。周世宗当即下令，将赵晁囚禁在怀州的狱中。在打败北汉获胜回军后，周世宗才释放了赵晁。后来，周世宗征淮南，改赵晁为虎捷左厢、领阆州防御使，充前军行营步军都指挥使，又为缘江步军都指挥使。李重进在正阳打败敌军，将降卒三千人交给赵晁，赵晁一晚上将三千人全部杀尽。这次，周世宗却没有责罚赵晁。后周拿下寿春后，拜赵晁为检校太保、河阳三城节度，孟、怀等州观察措置使。周恭帝即位，加检校太傅。赵匡胤建宋后，加赵晁为检校太尉。

"陛下，大军在此不可停留呀！"向拱一见到赵匡胤，便大声说出自己的想法。

"为何？"

"如今刚刚下起了雨，如果雨连下不停，黄河水涨，便更加难以渡过了。为今之计，只能从速进军，冒雨抢渡黄河。"

"哦？"

"陛下，如今李筠亲率上党精锐三万驻扎于泽州以北。他同时也四处调集兵马，似乎准备在泽州附近与我军决战。石、高两位将军已经回撤到泽州西面。依臣之见，陛下应该率大军迅速渡过黄河，翻越太行山，趁着反贼没有将各处兵马全部集结，就主动发起攻击。如果陛下大军在此地滞留，拖延十天半个月，反贼的势头就会更加猛烈，到那时，恐怕更加难以打击了！"

赵普不待向拱话音落下，大声道："向大人所言极是！陛下，臣也认为应该从速渡过黄河，主动给予反贼猛烈打击。反贼认为我大宋国家新立，不能立发大军征伐，如果陛下日夜兼程，出其不意，攻其不备，定然可以一战克敌！"

"哦？赵学究也如此想！"

他接着又侧头问赵晁："你的看法呢？"

赵晁略一皱眉，沉吟片刻，说道："臣同意两位大人的看法。其实，臣与韩令坤将军早就期盼着陛下渡河了！"

赵匡胤听了，心中不禁略感一丝得意。他很快意识到，这种得意其实是因为内心将自己与世宗相比。六年前，周世宗决定亲征北汉。当时，赵晁认为不该在北汉士气正盛的时候出战。周世宗怒其私下说出动摇军心的话，将他囚禁在怀州。"今日，赵晁认为我应该早日渡河，这么说来，在他心里，我并不比世宗差啊！或许，也是他学聪明了吧。"赵匡胤这样想着。

但是，在赵晁说出看法后，赵匡胤并没有回答，只是低下头，用靴子蹭了蹭脚下的黑泥。黑泥有些潮湿，不过，由于在大帐之内，未淋着雨，所以还不至于粘脚。

片刻之后，赵匡胤抬起头，眼中精光一闪，说道："好！就依两位之见，即刻发兵渡河！"

为了鼓舞士气，赵匡胤亲自率领禁卫亲军赶往队前，率先乘大船冒雨渡过黄河。

渡河之后，赵匡胤马不停蹄，率军向河阳疾进。

二十六日申时，赵匡胤所率领的前军赶到了河阳。

韩令坤早已经率军驻扎河阳，他见皇上冒雨率大军前来，真是又惊又喜。

赵匡胤不待休息，便向韩令坤询问泽州附近的形势。

"陛下，石、高二位将军已经移师泽州西南。慕容将军与王全斌所部则处于泽州东面与东南部，与石、高所部遥相呼应。上党李筠的主力已经尾随石、高两位将军到了泽州以西地区。陛下率大军到达河阳，使我军形成了对上党之军的包围态势。"

"石、高二位将军的先锋部队与潞州骑兵已经有过一次激战。不过，朕倒不太担心。石、高二位将军所率人马乃是征战沙场多年的精锐，除先锋一万人之外，其余两万人也非弱旅。朕担心的是，北汉会在潞州之兵南进时有所动作。你务必派探子仔细打听清楚。"

"是！陛下！"

"在摸清北汉军队的动向之前，我军要避免与潞州之军决战。"

赵匡胤的中军大帐设在河阳城外。多年的征战生涯，使赵匡胤早已经对野外安营扎寨习以为常了。他并不想进河阳城。作为皇帝亲征，他不能给十万将士留下贪图安逸的印象。这关乎士气！

赵匡胤与韩令坤谈后，令其同楚昭辅、李神祐二人跟随自己四处走走。他想去营内看看，以巡查部队的备战情况。

雨虽然已经停了，但是天空阴暗，布满了乌云，显然雨并没有下透。阴沉的天空仿佛预示着大战即将开始。

赵匡胤在韩令坤、楚昭辅、李神祐陪同下，往韩令坤所部的营地走去。地上满是泥泞，赵匡胤却毫不在意。他走得很快，韩令坤等三人几乎是匆匆疾走才跟得上他。

在韩令坤所部的营地大门处，赵匡胤停住了脚步。他看到门口两个士兵正一动不动地站着，眼盯前方，神色异常肃穆。左边那个显得非常年轻，脸上几乎还带着几分稚气。赵匡胤看着这个年轻的士兵，心中颤然一动，仿佛被蜜蜂蜇了一下。年轻的士兵令他想起了过去的自己。他几乎感到有些嫉妒。在他眼前的这个人，虽然是个小兵，但是却正在享受着宝贵的青春，朝气蓬勃，令人感到生命的活力。可是他呢，多少年来，在沙场上已经经历了太多的风雨。荥阳、高平，都不是他陌生的地方。六年前，他作为后周禁军的一员将领，曾经跟随周世宗出征。他为自己在那次战争中的表现感到骄傲。在当时最危急的关头，他与张永德配合，身先士卒，浴血奋战，各率两千人顶住了北汉军的攻势，最终扭转了战场局面，为后周对北汉的胜利立下汗马功劳。

"多少人都死去了，我身经百战，却依然活着。可是我却永远不能再有一次年轻了。那些死去的年轻将士，也再没有机会享受他们的老年了。他们可能还没有妻子、儿女，那些有儿女的牺牲者，则再也无法看着他们的儿女长大成人了。他们是否想过，自己的儿女长大了是什么样子呢？这可恶的战争！这可怕的战争！"赵匡胤盯着那名年轻的士兵，思想的风筝却已经飞出去老远。跟随在他身旁的人，谁也没有注意到他思绪的飘飞。

"年轻人，你多大了？"

"俺十八了！"那年轻的士兵从来没有见过皇帝，以为向自己问话的是一个大将军。他也并不感到害怕。

"呵呵，可以娶媳妇了！"

那年轻的士兵憨憨地笑道："俺家里穷，俺还没娶呢！"

"着急了吧，打完这仗，就回去娶媳妇吧！"

"俺指着军饷能多发些，还不敢想那事呢！"

"为啥当兵呀？"

"当兵能管吃饭呀，还能挣军饷。参军时，俺们村来了十几个呢！我也跟着他们来的。"

"你叫什么名字？"

"俺叫高德望，排行老二。家里穷，吃不上饭，大哥在家种地，俺便出来当兵了。村里人都叫俺飞毛腿二狗子，呵呵，就因为俺跑得快！"

赵匡胤听了，突然感到一阵心酸。"我与他谈这么多，难道只是为了表示我对他的关心吗？"他对自己有些虚伪的想法嗤之以鼻，"朕的关心，难道能够成为这个即将上战场的年轻人的护身符吗？"于是，他转而问道："以前上过战场吗？"

"还……还没有过呢。"

"害怕吗？"

"说真的，这心里还真是常常突突直跳呢。不过，既然来了，俺也不能在别人面前丢脸呀！"

"好！有志气。你可知道这次是为什么而战斗吗？"

"这俺知道，为了平反贼呀！"

"不错！说得好！知道就好！好好战斗，杀敌报国才是好男儿！"

"俺看你与韩将军一起，你一定也是个大将军吧？"

赵匡胤闻言大笑："也许你以后也可以成为大将军呢！"

说罢，赵匡胤用力拍了拍那年轻士兵的肩膀，随后便往前走去。走了两步，他像是想起了什么，回头道："小兄弟，上了战场，要机灵一点。"

"是！"那年轻的士兵冲他露出憨憨的笑容。

赵匡胤不再说什么，继续往前走去。"究竟是什么引起了战争呀？！是李筠？是我？还是那看不见的老天爷？！老天爷，你可是知道我的。我是不得不进行这样一场战争。可是，一场决战即将开始，又将会有成千上万个将士战死沙场。大宋王朝恐怕只有在血泊中才能立起来。老天爷呀，如果你还眷顾大宋，就请保佑我能尽早打赢这场战争吧！"赵匡胤心中祈求着战事能够顺利。但是，他并不相信仅靠祈求就可以获得胜利。为了充分视察部队备战情况与士兵们的士气，他一连走了两个多时辰，几乎转遍了整个大营。

在即将开战之前，队伍服装整齐，大多数士兵精神饱满，士气昂扬。但是，仔细看这些士兵，赵匡胤却能看出许多不同。有些士兵沉默无语，有些士兵无忧无虑，有些士兵则神色紧张。他们当中有些是老兵，经历过残酷的战斗。这些老兵，通常不是变得沉默寡言，就是变得嬉笑怒骂，一副天不怕地不怕的样子。那些新兵，则大多怀着满腔的热情。也有一部分，因为紧张而四处找人说话，或是忙来忙去，完全不愿意安静下来。

赵匡胤看着漫山遍野的帐篷，心中突然冒出一个奇怪的想法。"大战之前，所有的营地都是如此地相像。尽管军旗不同，服装不同，但是总是有那么多士兵，总是有那么多帐篷……如果彼此的将帅都聚在一起，一个对一个，用打一架来定输赢，就不需要死那么多人了呀！"他为自己这个想法感到好笑，不知不觉间摇了摇头。这一刻，他闻到了空气中泥土的味道。

虽然已是黄河之北，但是在河阳城外的这片山野，却如江南一般绿色正浓。再往北，就是大山的青灰色的影子。那些大山，仿佛一下子从平地中升起来，连绵横亘在河阳的北面。"那里，将会是这次战争的主战场！"赵匡胤自言自语道。

九

这些天，李筠都没有睡好。他的心情处于一种奇怪的状态。他对即将发生的大战既充满了恐惧，又怀着强烈的渴望。

他在梦中，已经不止一次地将未来可能发生的战争描摹出来。在那虚幻的战场上，他骑着汗血宝马，带着精锐的骑兵，风驰电掣般奔驰在广阔的原野。赵匡胤就在前面策马而奔，可是不知道为何，李筠发现自己总是追赶不上前面那个对手。他觉得自己总是在一个地方绕着圈子骑马狂奔。他被自己的梦困扰了。

阿琨怀着他的孩子，决意要跟随他出征。他同意了。这让他感到无比欣慰，也让他感到一种刻骨铭心的内疚。他不止一次地问自己，如果时间倒流，让他重新作出选择，他依然会起兵反叛朝廷吗？也许还会这样吧！

这一夜，阿琨在他的枕边已经静静入睡了。可是，李筠却怎么也睡不着。

是阿琨太笨了？还是我太蠢了？为什么我们会陷入这样的一种境地呢？李筠再次陷入思想的混乱。"究竟是什么导致了这场战争呢？为什么我李筠能够臣服于周世宗，却无法臣服于赵匡胤呢？中书令也是个听起来有头有脸的头衔了，难道我真的该顺从朝廷？不，这样想才蠢呢。那赵匡胤绝不会放过我。即使他不杀我，也一定会慢慢压制我的力量。生不如死，非大丈夫所为！"

世间万事就是如此，任何一个人都站在自己的角度来思考问题，揣度他人的想法。当一件重大的事发生了，促成这一事件的原因可能有很多。也许，只要其中任何一个原因不存在，此后的事件就不会发生，或者，更准确地说，事件会向另外一个方向去发展。

对于一个人来说，在人生的道路上，也许有许多岔道口。但是，人生之路却非常独特。在路途中，你选择了岔道中的一条去走，当你觉得走错了，还有可能回到原来的岔道口去选择另外一条路。尽管时间也过去了，原来的另一条路却可能还在那里。毕竟，有形事物的改变需要一定的时间和条件。但是，对于人生来说，却完全是另外一回事。

人生之路，是无形的。既然在某个时刻选择了一条路，就永远不可能再回到从前去选择另外一条人生路了。

时间无法逆转。你的生命不可能重来一次。

李筠的人生岔道是在哪里呢？对于这个问题，后人很难作出回答。在赵匡胤登基之时，他便可以拒绝新朝廷的成立，但是他没有，他尽管痛哭流涕，但还是接受了那个无关紧要的"中书令"头衔。在儿子李守节被加封皇城使之时，他也有机会向朝廷真心臣服，但是他却没有那样做。如今，与宋军针锋相对，李筠还有向朝廷投降的机会吗？

躺在大帐之中，李筠在黑暗中愣愣望着空中。那里是黑漆漆的一片。现在可是五月天呀，可是他却感到寒意一阵阵袭来，唯有阿琨的体温，让他感到一丝温暖。

他偶尔可以听见帐外传来一声一声战马的嘶鸣。那些战马，那些精锐的骑兵，是他引以为豪的。可是，在羊头山一战中，他最为精锐的骑兵，竟然折损了三分之二。他为两千骑兵杀敌六千而感到骄傲。这些将士，的确没有辜负他的厚爱。然而，在这个漆黑的夜中，他为那先死的两千将士感到悲哀。因为，在他心底，他知道，一个小小潞州，根本没有足够的兵源长期补足兵力。潞州不可能长期与朝廷对抗！他是一个有经验的将军，还不至于愚蠢到以为仅靠潞州的力量，就可以与朝廷进行长期的战争。

"必须尽快寻求与宋军的决战！成败在此一战了！"

李筠躺在帐内思前想后，不禁越想越觉头痛，突然亲兵在帐外高声报告："将军，有两个人一定要见您，他们口口声声说有破宋军的妙计。"

李筠一听，心想，这个时候谁会来给我出妙计呢？

"让他们去军帐等我。"李筠大声对帐外的亲兵吩咐道。由于激动，他感觉自己的声音有些发颤。帐外的亲兵应诺，带了两人走远了。

李筠匆匆前往中军大帐，定眼看去，不禁又惊又喜。原来，眼前两人，其中一人是他老友韩通的儿子韩敏信。几个月前，韩敏信曾经潜出京城，向他通报了韩通被杀的消息，并劝他早作打算。在韩敏信身后那人，他却不认识。只见那人长着一张马脸，颧骨高高凸起，两眼炯炯有神。

"李叔叔别来无恙！"韩敏信向李筠打了个招呼，想起这些日子自己经历过的曲折，不禁热泪横流。

"小人陈骏叩见将军。"韩敏信身后那个人自己报了名，正是韩通的门客陈骏。

在大战之前，见到故人之子，让李筠倍感激动。他快步走到韩敏信面前，紧紧将他拥抱在怀中。在危难时刻，激情往往会打破本性率直之人的矜持。这一刻的李筠，将自己内心的情感毫无保留地流露了出来。

李筠从头到脚好好看了看韩敏信，过了好一会儿，方问道："这几个月来，贤侄音讯全无，叫人担心啊！"

韩敏信当即言简意赅地将自己几个月以来的经历说了一番，李筠听了，不禁好一番感叹。

"你们有什么计谋，可以帮我打败赵匡胤呢？"李筠待韩敏信情绪稍稍稳定，便着急地询问计策。

韩敏信此时已经收了眼泪，冷静地环视了一下左右。

李筠心领神会，低沉着嗓音说："你不必担心，这里没有外人。尽管说来。"

韩敏信点一点头，说道："我与将军一样，欲杀赵匡胤破宋军而后快。将军，若要杀赵匡胤，还得你许诺一些东西。不，不是向我许诺，是向京城内的一个人。只要他答应了将军，宋军将不攻自破。"

话说到这里，韩敏信不再言语。

"贤侄说的是谁？"

"赵光义。"

"他？贤侄怎会有此想法？"李筠很是吃惊。

"有人欲用离间计除掉赵普的传言，已经在京城坊间流传。将军，你想，谁会是背后的主使呢？除掉赵普，就仿佛除掉了赵匡胤的一只手臂，谁会得利呢？我一直在猜想这个背后用计的人是谁。直到有一次，陈骏跟我提起，将军入京时，赵光义和王彦升曾经私下拜会过将军。王彦升乃是一介武夫，谅他想不出那个计策。赵光义作为皇弟，在那个节骨眼上竟然冒着被皇兄赵匡胤猜忌的风险，私下拜会将军，恐怕不会只是出于礼貌。这样想来，赵光义一定对将军你是有所图的。赵普被诬与契丹串通，恰恰发生在赵光义拜会将军之后。这几件事，都是我后来在宫中零零碎碎听到的。将军，你知道，宫中是个小道消息满天飞的地方。另外，陈骏后来说的一些事，也帮助我拼凑出这些事件的来龙去脉。将军一定好奇，陈骏怎么会知道赵光义的行踪吧？"

"是，贤侄猜得不错！我正想问。"

"陈骏，你来说说吧！"

"李将军，不瞒你说，当年韩通将军在世时，赵光义曾经多次私下拜会过韩通将军，与他兄长不同，他一直想要笼络韩通将军。在下正是在当年认识了赵光义。韩通将军被王彦升杀害，我有幸逃脱，在朝廷为韩通将军下葬后，我私下里也曾拜访过韩将军生前的几位好友求助，想要让他们帮忙，杀王彦升复仇，但都被他们婉言相拒。人走茶凉，世态炎凉，这也是没有办法的。那时，我突然想到赵光义当年曾经笼络过韩将军，这说明，赵光义并非与赵匡胤是完全一条心的。于是，我便想从赵光义身上找到复仇的机会。有一天晚上，我想夜访赵光义，到了他府邸门口，碰巧看到他骑着马，头戴一顶风帽，只带了一个随从出行。当时我很好奇，为何大晚上他还戴着风帽，那日晚上几乎没有风啊！于是，我便暗中尾随着。原来，他是私下前往驿馆去了。当时，赵光义一个人进了驿馆，将随从留在驿馆外的阴暗处。赵光义留下的那个随从，显然是暗中放风的。赵光义没有想到，我其实在他们身后远远跟着。当时，在驿馆的对面，有个馄饨铺，是对老夫妻在卖馄饨。在赵光义进入驿馆后，有个胖子好像去馄饨摊买碗馄饨吃，可是馄饨摊就在那时准备打烊了。紧接着，那个卖馄饨的老汉匆匆离开了馄饨铺，往西大街方向去了。这也让我觉得有些蹊跷，为什么卖馄饨的老汉要撇下老妻，在即将打烊的时候一个人离开呢？当时，我便想，莫非，这个老汉，是朝廷安置的密探？我藏在暗处，直到赵光义离开驿馆回府，我注意到，与赵光义先后出来的还有一人，竟然是王彦升。我将所见所想，告诉少主人，当时，我们两人都没有想到，这件事背后可能隐藏着巨大的秘密。直到后来，赵普差点被诬陷为私通契丹，我们才意识到，赵光义也许并不完全和他兄长是一条心的。但是，这些都是猜测，对我们的复仇计划，没有实质性影响。少主人还是决定潜入皇宫寻机下毒。可惜，计划几乎成功，只差一步啊！"说到此处，陈骏用不解的眼光看了看韩敏信。

韩敏信并没有向陈骏说明自己下毒计划失败的细节，只告诉陈骏，当时他不想连累很多无辜之人，因此放弃了计划。他并没有透露，自己爱上了赵匡胤的妹妹长公主阿燕。

"原来如此，不过，你们有一点没有猜对。"李筠听了陈骏的叙述，说道。

"哦？"韩敏信盯着李筠，期待他的解释。

"离间赵普和赵匡胤的计谋，并不是那个晚上定下来的。在那之后，赵光义专门为赵普之事，再次拜访过我。"

"这么说，赵光义确实将赵普看作了潜在的对手？"韩敏信道。

"不错！但是，他似乎并没有暗害兄长的意思。现在找他帮忙对付他兄长，能有机会吗？"李筠说。

"可以一试！也许，当时赵光义觉得时机未到。此一时，彼一时。如今，情况不同了。所以说，只要将军现在给出许诺，也许他就会帮忙。"

"许诺什么？"

"拿下中原，平分天下。你与他各自为君！"韩敏信斩钉截铁地说。

李筠不语，沉吟片刻道："好！那就再试一试！可是，如何能够接触到他呢？"

"这个请将军放心。将军可能不知，赵光义近来经常光顾一处地方去找一个女子，他似乎置下了一处别宅。这也是我近来发现的。"陈骏笑了笑。

李筠听了，说道："好，那就要拜托两位了！来人，带两位去好好安顿下来。"这后半句，他是冲着一个亲兵说的。

韩敏信和陈骏跟着一个军校出了李筠的大帐。韩敏信向那军校询问了闾丘仲卿的营帐所在，便让陈骏一个人先跟那军校去歇息了。他自己却匆匆前往闾丘仲卿处。

闾丘仲卿对韩敏信的到来也感到有些意外。韩敏信让闾丘仲卿屏去左右后，简单讲述了自己的经历，以及来见李筠的意图。正当闾丘仲卿尚处在惊愕之中时，韩敏信郑重其事地从贴身衣袋里取出一张叠了数叠的纸。

"这是什么？嗯，一张地图！"闾丘仲卿不禁睁大了眼睛。

"不错，正是一张地图！一张西域地图！一张画得非常详细的、非常珍贵的西域地图。"韩敏信说道。

闾丘仲卿眼睛盯着那张地图，问道："这可真是难得啊。你从哪里搞到的？"

"我干掉了赵贼安插在宫内的一个秘密察子，在他的铺盖底下找到的。"

"这么说，赵贼已经派人暗地里在考察西域各国，准备起兵往西开疆拓土？"

"不，不是，这图是那个秘密察子在投靠朝廷之前，根据自己的经历私下绘制的。"

"那韩公子给在下看这个——"

韩敏信指了指说道："我本想将它献给李将军，可转念一想，还是先与间丘先生商量一下为好！"

"贤侄究竟是何意思？"

"李将军出于大义而起兵，与赵贼逐鹿中原，胜负实在难定。尽管说谋事在人，成事在天，但是我们不能不做好各种准备。战争就是战争，不是斗气。万一此战失利，这张地图就是我们与赵贼做长期对抗的希望所在。"韩敏信眼皮也不眨，冷静地说着。

"贤侄的意思是，万一此次兵败，要我劝李将军率兵突围，往西域寻找一地暂避，以图他日东山再起吗？"

"正是！如有可能，便在西域找一处立国。天下之大，或超过你我想象。只要能站稳根基，就有东山再起的可能。"

"那为何贤侄不直接与李将军说呢？"

"我怕大战之前，向李将军说这些，对出征不利。与间丘先生说，是为了以防万一。如果咱们胜利了，此图照样有用。届时，可以借此图打开通往西域的商道。不论是中原，还是西域，或是更遥远的西方国家，都可以借助通商而繁荣起来。"

"即便如此，贤侄也可在必要时自己与李将军说啊！"

韩敏信听了，凄然一笑道："我观李将军非隐忍之人，万一出兵不利，恐怕只有间丘先生能够劝服他西行。我是后辈，万一为情势所逼我们必须劝李将军时，恐怕他会以此为辱啊！"

间丘仲卿一听，叹了口气，抱拳道："贤侄，还是你思虑周全。既然如此，在下恭敬不如从命了。"说完，他抚摸着地图，看了一会儿，便小心翼翼地将图叠了起来，郑重地放入怀中。

数日后，一个身着黑衣的夜行人出现在汴京城内。那人蹿上屋顶，借着夜色，在屋顶上飞奔，在一亮着灯光的屋顶停下，一

卷
三

219

个腾跃跳到窗下，轻轻在窗棂上敲了几下。

屋内，赵光义正在灯下抱着一个半裸的女子耳鬓厮磨，听到声音，他神色一凛，推开怀中女子，厉声道："什么人？"

那半裸女子受到惊吓，也是花容失色。

"赵将军，是我，陈骏。"窗外一个声音幽幽传来。

赵光义脸色一变，对女子说道："你先去后面，我有要事！"

说罢，赵光义慌忙起身去开门。与此同时，那年轻女子匆忙收拾衣裳，快步躲到内室去了。此女子不是别人，正是柴守礼献给赵光义的婢女小梅。

陈骏一闪身，进入屋内。

"你怎么知道这里的？你疯了吗？现在还敢回京城？"赵光义压低声音，怒喝道。

陈骏笑了笑，说道："若要人不知，除非己莫为。我如何找到此处，将军就不必关心了。这次，我受李筠将军之托，来与赵将军共商大计。"

赵光义脸色铁青，压低声音说道："哼，李筠现在是我大宋的敌人。"

"这次不一样，现在他身在河阳，而你留守京城。只要将军一声号令，李筠将军与你里应外合，天下就是你的天下了。"

"愚蠢！你们以为我皇兄与你们一般蠢吗！天下人都知道，他黄袍加身前担任的职务就是大内都点检。出征前，他封我为大内都点检，是有深意的。这个加封一是显示对我的信任，同时也是对我的警告。"

"将军，可是现在京城的军权不是在你手中吗？"

"非也，在京城我虽有一定的军权，但调兵的兵符却不在我手中。他同时任命吴廷祚为东京留守，吕余庆为副留守，另外，还任命张令铎为京城旧城内都巡检。一切都已安排得井井有条了。你们的办法行不通，你请回吧。"

陈骏听了赵光义的话，不禁发愣，恨恨地沉默片刻，扭身往门口走。

眼见陈骏走到屋门口，突然一个女子的声音响起："慢着，小女子有一计！"

赵光义闻声大惊，扭头一看，只见小梅站在自己的身后，一双美丽的眼睛放射出妩媚的光芒。

"大胆！"赵光义喝道。

"将军，饶恕小女子无礼。只是，将军真的不愿听小女子的计谋吗？"

赵光义愣了愣，低声说道："好，你且说来！"

"将军，小女子记得，你曾经说，下个月是太后的寿辰，陛下在月初会派人将德昭皇子送回京城。回京城的路可不近呀，什么事都可能发生。"小梅一双妙目冲着赵光义闪了闪，送出了荡人心魄的秋波。

赵光义一听，淡淡一笑说道："不错。你倒记得清楚，不必再往下说了，背叛兄长的事我是绝不做的。至于天意如何，非我凡人所能预料。陈骏，你走吧！"

陈骏听了，暗暗心惊，心想，这赵光义可真是阴损，而且心有惊雷面如平湖，真是可怕的人物。陈骏不敢多想，当下"扑通"一声跪拜，说道："谢将军指点迷津！"说罢，倏然立起，一闪身出了门。

陈骏走后，赵光义走到窗边，推开窗棂，望着屋外黑黢黢的夜色，冷笑了一下。

"小梅，今晚你可要好好陪陪我哦！"赵光义转过身，对小梅说道。

"将军，只要你开心，我愿意为你做任何事情。"小梅笑意盈盈地柔声说道。

卧室内，一支羊脂蜡烛静静地燃烧着。

"让它燃着吧！"赵光义说道。

小梅害羞地笑了笑，听从了他。

在进入小梅身体的那一刻，赵光义感到了前所未有的快感，同时，这种快感中也夹杂着一种巨大的恐惧。耀眼的红色与混沌的黑暗在这一刻在他脑子中交织在一起。他感到自己的额头上、脊背上、腰间、胸前、腹下——全身上下都是热汗淋漓，他感到自己身子下那具柔软的身体滚烫发热不停地扭动着，仿佛要将自己完全卷入吞噬。他有些眩晕，但是他喜欢这种快感。这种快感，直接来自于肉体，但是却超越了肉体，令他感到安全，感到被她所接受，被她的爱所包裹。因此，从某种程度上说，这种快感与其说是肉体上的，还不如说是心理上的更加精确。在这滚烫炽热的交合之际，一个念头如同冷澈的泉水流入滚烫红热的熔浆，进入了他的头脑。在这个念头的驱动下，他慢慢将双手放在了小梅的脖子上。他感到小梅呼吸变得愈加急促，不停地发出快乐的呻吟。他慢慢扼紧了小梅的脖子，他感受到了那快乐躯体的脉搏的跳动。他睁着眼睛，看着小梅凌乱的乌发散在自己的眼前。他盯着那温软的发丝随着自己身体的抽动而微微颤动。他的心快碎了。他收紧了双手。

"将军，你是要杀我吗？"小梅闭着眼，呼吸带着兰麝之香，温柔地问道。

"你真是个尤物啊！"赵光义喘着粗气，温柔地说道。

"也许，我对——将军还——有用呢。"小梅一边呻吟，一边断断续续地说着。她依然闭着眼睛。

"你会永远忠诚于我吗？"

"为了你，我死一万次——也愿意！"

赵光义身子僵在了那里，他感受到从自己体内涌出一股热流，冲向小梅体内。他从小梅脖子上松开了双手，紧紧将小梅抱在自己的怀中。他感到，自己的两行热泪从眼中流了出来。他将头贴在小梅的脖子后面，任由热泪流淌到她的脖子上。

就在赵光义与小梅忘情云雨时，小符在两位丫鬟的服侍下，正在香汤中沐浴。她在热气腾腾的香汤中泡了很久，方才从浴盆中出来。丫鬟帮她擦干身体上的水，又帮她扑上了香粉。她穿上一件红绸小亵衣，半裸着躺在了床上。两个丫鬟悄悄退出了内室，只留下她一人静静地躺在床上。光义已经好几日没有入她房内了。自从皇帝亲征之后，她就很少看到他的影子。她不知道他是怎么了，也不知道他今夜又去哪儿了。她躺在床上，心中思念着他，感觉着体内的欲望燃起。她渴望着他此刻能出现在她的房中，用他那粗壮的臂膀搂着她的腰。可是，无论她如何渴望，他还是没有出现。莫非他有了别的女人？当她想到这点时，心中便感到一阵绞痛。"不，他不会不要我的！即便他有了其他女人，可是，他不能没有我。我知道他，知道他的志向。他一定需要我父亲兄弟的支持。他不会离开我的。"她这样安慰自己，感觉到心里稍稍好受了些。"可是，他还爱着我吗？"她转念又这样想着，心猛地抽了一下，仿佛被一根刺狠狠地扎了一下。

卷
四

一

　　沁水东南岸平缓的山坡上，长满了一片片高大的黄栌以及一些一人多高的荆条。深绿色、灰绿色的荆条放肆地生长着，有的已经开出了浅紫色的花。在荆条灌木丛的附近，伴生着一些黄刺玫。它们长着高高的枝条，但是数量不多，如果不注意，在繁密的荆条丛的中间，几乎看不到它们。在这片山坡上，还长着少量的山蒿，它们大多只有一尺半高。如果士兵行进其间，这些山蒿就会像三四岁的孩子一样，不时磨蹭着他们的膝盖，拉扯着他们衣甲的下摆。同山蒿数量相当的，是苍术，它们比山蒿要矮一些，大多只有一尺来高。在山蒿丛与苍术丛的中间，零零星星地长了些星星草和白茅草。有些地方，长着柴胡、早熟禾。在没有被太阳光照到的阴处，山坡上覆盖着厚厚的苔藓。有些地方堆积着厚厚的枯枝败叶，它们有时甚至可以漫过人的脚踝。在覆盖着枯枝败叶的土地上，长着一些橿子栎。如果士兵们此时脱了衣裳，躺在这片山坡上，会感到软软的苔藓带给他们湿润的、温柔的感觉，就仿佛他们心爱的女人偎依在他们身边。即便他们不停下来，只是踩着这些苔藓往前行军，他们也会感到脚下传来的湿润与温暖。在这一刻，也许会有许多年轻的将士无比留恋这带着生命气息的温润。他们多么想停留下来，不要再奔向那残酷的战场。

有时能够晒到阳光的半阴坡，是黄栌灌木丛的天下。少量的野皂荚与黄栌伴生，不过，它们比黄栌长得还高，几乎都在一丈以上。三裂绣线菊和荆条灌木丛也零散分布在黄栌和野皂荚之间。这片山坡上，也少不了披针叶苔草，荩草、紫花地丁、白羊草、委陵菜零星点缀在大片的苔草之中。在稍高一些的半阴坡上，立着许多两丈多高的橿子栎，伴生着一丈多高的侧柏。它们并不孤单，它们彼此相伴。

如果士兵们顺着沁水东南岸的阴坡，往海拔更高的山坡上走去，他们会看到大片大片的油松，他们也会不时看到一些与油松同样高大的小叶鹅耳枥，比油松稍矮一些的白皮松，以及比小叶鹅耳枥稍矮一些，又名大叶波罗的榭树。如果在阳坡，榭树会长得非常高大，它们会挺起高高的树干，在狂暴的大风中傲然挺立，在阳光下尽量生长出高大宽广的树冠。秋天，它们会用金黄色的树叶将山林尽情渲染。在沁水东南岸阴坡的这片林子里，榭树的幼苗很多，远远超过了油松的幼苗。这预示着，油松的生长地域已经慢慢让渡给了榭树。在更高的山坡上，将会有更多的榭树出现。就与动物界、人类一样，在品种丰富的植物界，各种植物都需要有适合自己生长的环境。为了生存，它们不断适应着环境，环境也在不断改变着它们。不同的植物，彼此之间不断争夺着适宜的生存空间，也在同一空间中尽量学会共存。只要注意观察，我们就能在自然的生存空间中寻到它们彼此之间争夺与共存的现象与痕迹。它们体现着生命的力量，争取生存的艰难，以及在彼此共生中所表现出来的令人感动的丰富多彩。在这片山坡上，不同的灌木丛也很多，黄栌比榭树还矮一些。这些士兵们会发现，那些黄栌，有的就与他们之中最高大的将士一般高。黄栌灌木丛周围，伴生着荚蒾、连翘、三裂绣线菊、黄刺玫、枸子。走在这片山坡上，行进的士兵们会踩到披针叶苔草、地榆、苍术、山蒿、白头翁、龙牙草和紫苜蓿。他们当中细心的人、感情细腻的人，可能会蹲下身子，温柔地抚摸着这些野草，仿佛是向他们亲爱的孩子做无声的告别。

经常沐浴在阳光之下的平缓起伏的沁水阳坡上，一丈高的野皂荚和半人高的荆条仿佛构成了一个近岸群落。与它们相伴生长的是大片大片的披针叶苔草，还有数量很少的冰草、远志和荩草。阳坡的有些地方，则是白羊草在那里静静地、一片片地肆意生长，荩草反而成了它的伴生。与这些荩草一起伴生着白羊草的，还有苦荬菜。在更高一些的阳坡上，伫立着一片片高大的油松。最高大的油松足足有两三丈高，它们如同高大威猛的巨人，守护在沁水的岸边。在大面积的油松覆盖的阳坡上，还生长着一些灌木丛，它们是毛梾、黄刺玫、小花扁担杆、金银忍冬、连翘、绣线菊。毛梾长得高高的，仿佛要与油松一争高下。黄刺玫有一人多高，但是由于阳光的照射，它们在这里要比在阴坡上长得更加高大一些。小花扁担杆、金银忍冬大多只有三尺来高，它们像是油松、毛梾的兄弟，与它们相伴相生。在高大的乔木和繁密的灌木丛下面，是大片大片的草地。各种各样的草中，最多的是披针叶苔草，还有一些山马兰、独枝黄花。在这片山坡的许多地方，平时人迹罕至，枯枝败叶在春去秋来中慢慢在山坡上累积起来，经过空气和雨水的加工、酝酿，形成了厚厚的腐殖质层。它们以谦逊沉默的方式，记录了生命的盛衰，储藏着流逝的时光。

十万宋军，在沁河岸边、泽州的南面和东部聚集着，在这片生长着万千种植物的丰饶土地上聚集着，等待着即将到来的新的战斗。他们中的很多人，将在战斗中死去，成为大地的一部分。

他们的躯体，将会腐烂、解体、消亡，成为大地与各种各样植物的养分，重新回到天地之间。有人可能愿意将这种物质的回归看成是一种轮回。但是，即便这种轮回确实发生在这世间，那些死去的曾经鲜活的生命，是再也见不到他们的亲人了。可是，对于那些即将逝去的将士啊，难道后人能说，他们是了无痕迹地在世上消失了吗？

楚昭辅这天接到了一个任务。任务由赵匡胤亲自下达。赵匡胤命令他带几个亲兵，前往石守信、高怀德所部的阵地。他的使命，一是送去皇帝的亲笔信，一是受皇帝之托观察随后的战事并及时汇报。

在出发之前，赵匡胤特地让韩令坤将那个叫高德望的年轻士兵传了来。他记住了那个年轻人的绰号：飞毛腿二狗子！"也许会派上用场的。"

赵匡胤没有再次召见高德望，他不是看不起这个年轻人，只不过不想再次受到那种愧疚的折磨。他这是亲手将这个年轻人送上了战场。他想给飞毛腿二狗子一个晋升机会，但是，这种机会只能通过军功才能获得，他不能坏了这个规矩。

楚昭辅亲自与高德望进行了一番交谈，讲清楚了此次任务。那高德望听说任务如此重要，不禁又惊又喜。

根据赵匡胤的意思，楚昭辅转赐给高德望一副明光精钢甲、一个甲袋，另外还有一把黄桦制作的刚刚上了黑漆的新的"床子弩"，以及两件普通军士平时穿的土布衫。那"床子弩"所发射之弩箭能射近百步，犀利异常，乃是宋军步兵作战中的重要武器。

高德望抚摸着那光亮闪闪的精钢甲，别提有多么兴奋了。那可是精锐步兵才能穿上的好钢甲，虽然说没有绸布衬里，穿在身上容易磨蹭皮肤，但是，在战场上的确可以挡住一般的刀箭。

当时，京城制造兵甲器械的作坊每年主要打造两种军士所穿的盔甲：一种是涂金脊铁甲，每年打造大约三万两千副，主要给禁军中的高级军士穿；另一种盔甲则是明光精钢甲，主要给精锐步兵作战时穿，每年打造的数目要比涂金脊铁甲稍多。高德望是一个新兵，从来没有想到自己这么快就能得到一副明光精钢甲。

高德望一拿到明光精钢甲，便兴奋地马上要穿起来。楚昭辅笑道："等到上战场的时候再穿不迟。"

高德望被楚昭辅说得不好意思了，将那副明光精钢甲抚摸再三，方才收入到甲袋之中，还不时去摸两下，仿佛它会溜走一般。

但是，赵匡胤突然改变了主意，任命楚昭辅为京城巡检，并令他迅速赶回京城。被派往石守信、高怀德营地的人，换成了李处耘。李处耘由于拥戴有功，此时已经晋升为客省使，同时兼任枢密承旨、右卫将军。客省使的工作是负责接收各方进奉，接待外国使者；枢密承旨是差遣官，从五品，主要工作是负责枢密院的有关事务；右卫将军为从四品，属于环卫官，无职事，是进身阶秩或是对武臣的加官、赠官。李处耘的升迁，算是很快的了。这次，他也随同赵匡胤出征泽、潞。

楚昭辅没有问皇帝为什么突然令他回京。"皇上已经任命吴廷祚为东京留守，吕余庆为副留守，赵光义为大内都点检。另外，还任命张令铎为京城旧城内都巡检。一切都已安排得井井有条了。难道皇上对京城的有些事还放心不下？"他虽然没有将问题说出来，但是，心里的想法却如跳蚤一样不让他安宁。

真是天威不可测！楚昭辅怀着对赵匡胤的敬畏，在接到任命的当日即动身赶回京城。

二十三日巳时，李处耘带着包括高德望在内的五位亲兵骑快马赶往泽州西南部。在那里，驻扎着石守信、高怀德率领的两万四千多宋军。而在他们驻地的百里之外，也就是泽州西面，驻扎着三万上党叛军。

当李处耘等人赶到石守信、高怀德所部驻地的时候，正是黄昏时分。

黄昏的营地上，士兵们正在起灶做饭。炊烟袅袅升起，金色的夕阳将原本白色、青色的炊烟照射出一种难以用语言精确形容的梦幻色彩。可是，李处耘发现，士兵们的士气似乎并不高昂。很显然，先锋部队的重大伤亡给整支部队蒙上了浓浓的阴影。但是，他并不太为此担心。这不一定就是坏事，所谓哀兵必胜嘛！谁又敢说，在接下来的决战中，这支部队会再次失利呢？在沙场上，永远没有绝对的常胜将军。谁能够坚持到最后，顽强地生存下来，谁就有可能成为最后的胜利者。

在中军大帐之外，李处耘等人见到了正准备去巡营的石守信。李处耘将赵匡胤的亲笔信郑重地递给了这位久经沙场的老将。

"李筠必寻求速战，这亦是朕之所望。请速速备战，早日破贼。机要军情，可由处耘奏报于朕。"在信中，赵匡胤明确又简单地说明了自己的意图，也说明了为什么要派李处耘前来。

"陛下没有对具体作战方略提出看法吗？"石守信问道。

"石将军，临来之前，陛下嘱咐臣说，具体作战方略，可由两位将军见机定夺。陛下认为，李筠绝不会与我军僵持太久。他必然寻求与我军进行大规模决战，以求一战击溃我主力。因此，陛下要求，只要叛军出战，两位将军应立即率所部与李筠决战，并且，应该尽量想方设法歼灭其有生力量。届时，陛下将自河阳出兵，以为接应。同时，陛下已经下令慕容将军自泽州东南率所部向西推进。"

"陛下的意思，是对反贼进行大规模的包围战？"

"正是！但是，陛下并未对具体的决战战术作出指示。"

"有了陛下同意决战的命令，我们已经知道该怎么办了！"石守信神色肃穆，看了李处耘一眼，便将视线转向了山野之间的士兵营帐。"该决战了！"

石守信、高怀德下定决心准备决战的密报和他们所部的具体安排很快由李处耘的一个亲兵送回了赵匡胤的御营。

赵匡胤一接到密报，迅速召集了作战会议。大将们以及重要的谋士们很快被召集到了御营的中军大帐中。当赵匡胤看到众将士聚集在帐内时，他有一种血脉偾张的感觉。他感到了自己所拥有的巨大力量，仿佛将一切都牢牢攥在了手心，为此不禁感到颇为得意。但是，大战的压力很快使他冷静下来。他为自己方才的想法感到羞愧。"怎么在大战之前有如此之心呢？！这乃是大宋朝的力量，并非我一人之力呀！"

御营的中军大帐中汇集了本次出征的主要将领与谋士，一些重要的将领为了参加这次作战部署会议，专程从驻地赶来。

参加御营作战部署会的重要将领和大臣包括：

慕容延钊，职衔：殿前都点检；

韩令坤，职衔：侍卫马步军都指挥使；

张光翰，职衔：侍卫马步军都指挥使；

王审琦，职衔：殿前都指挥使；

王晏，职衔：凤翔节度使，赵国公；

赵晁，职衔：河阳节度使；

赵彦徽，职衔：侍卫步军都指挥使；

罗彦环，职衔：控鹤左厢都指挥使；

马仁瑀，职衔：虎捷左厢都指挥使；

刘廷让，职衔：行营先锋使；

马全义，职衔：控鹤左厢都校；

韩重赟，职衔：龙捷左厢都校；

郭廷谓，职衔：左右厢都监；

蔡审廷，职衔：殿前散都头指挥使；

刘廷翰，职衔：散指挥第一直都知；

崔翰，职衔：御马直副指挥使；

向拱，职衔：西京留守；

赵普，职衔：枢密直学士；

赵逢，职衔：中书舍人；

边光范，职衔：前军转运使；

高防，职衔：潞州东北路计度转运使；

……

　　帐内还有一个身份特别的人，这人便是年幼的皇子德昭。他由李神祐带着，坐在帐内前排的角落列席。

　　慕容延钊是专门从营地赶来的。赵匡胤令他为这次亲征的行营都部署，并任潞州行府知府。大战初始，赵匡胤便给大将封了掌管未得之城的官职，一为鼓励士气，二来则是未雨绸缪。对于潞州，他是志在必得的！

　　此前，赵匡胤已经任命猛将王审琦为本次亲征的御营前洞屋都部署，负责亲征过程中的战地与营地工程。王审琦在出征前，先得到了消息，知道了儿子王承衍已经安全护送长公主和雪霏姑娘回宫，着实高兴了好一阵子。可是，赵匡胤的秘密信使随后带来的消息，却让他忧心忡忡，饱受煎熬。这是一个父亲对自己爱子的担心。他知道，儿子率兵自熊耳山进入了地下的石洞庭去探索通往上党抱犊山的地下暗道，能不能到达上党地区的抱犊山，谁都说不准。至于地下石洞内有何凶险，更是无法想象。所以，这次接到出征的命令，王审琦是带着急切的心情出兵的。他希望在见到赵匡胤的时候，能够获得自己儿子的一些消息。但是，当他看到赵匡胤的第一眼，他就知道，皇帝与他一样，也没有自己儿子的消息。

在这次作战会议之前，赵匡胤将王审琦拉到一边，私下对他安慰了一番，这多少令王审琦感到一些欣慰。

作战部署大会上，赵匡胤再次强调了御营前洞屋都部署所负职责的重要。

"太行山地，地势险要，御营与战地工事的安排至为重要，关系到整个战局。还请王审琦将军务必亲自督促，不得有丝毫闪失！"赵匡胤在诸将面前激励王审琦。

"陛下放心！臣赴汤蹈火，在所不辞！"王审琦拍了胸膛作答。

"好！朕还欲令你为中军先锋，敢当否？"

"如何不敢？陛下是瞧不上臣吗？"王审琦被赵匡胤的激将之语刺激得涨红了脸。

"军中无戏言。你既敢当，朕便令你为御营中军先锋！"

"谢陛下！"

众将见王审琦夺了头彩，纷纷摩拳擦掌，跃跃欲试。

在众将群情激昂之际，赵匡胤却出人意料地保持平静，他沉吟了片刻道："诸位将军，我军虽然兵多将广，却绝不可轻敌，所谓骄兵必败！况且，历史上以少胜多的战例颇多，赤壁之战、淝水之战，都是兵力强大的一方反而败给了弱小的一方。前车之鉴，不可不察！"

众人听赵匡胤如此一说，不禁个个神情凛然，大帐内顿时安静了下来。

只听赵匡胤话题一转，道："这次，李筠一定会寻求与我军进行决战。石守信将军、高怀德将军所部必然首当其冲。只是石、高二位将军所部已经征战多日，死伤众多，兵马疲惫。朕对此甚为担心。朕想听各位说说，我军应以何种战术应对即将到来的决战。各位尽管畅所欲言，不必按职衔高低发言，哪个有想法，哪个就说。"

赵匡胤说完，众人却是不语。

赵匡胤目光扫向老将王晏。王晏会意，往前迈了一步道："陛下，老臣以为，当抓紧从各方调集粮食。既然我军有广大腹地，只要有充足之粮食来源，我军就可以围攻，完全不必理会叛军之挑战，数月之后，叛军军粮难以为继，必然不战自败。"王晏乃是前朝宿将，当年周世宗北伐之时，他曾经担任益津关路马军都部署，当时韩令坤是他的副手。他为将多年，具有丰富的作战经验，说起话来从容不迫，在军中颇有威信。

可是，王晏话音未落，边光范便道："王大人所言极是。叛军军粮难以维持多时，这的确是他们的致命弱点。不过，小臣以为，我朝国家初建，于此之际，长期作战对于稳定局势也颇为不利。况且，目前从郑州、洛阳、汝州、孟州、怀州大量征集军粮，民间已经颇有微词。如果不能迅速结束战争，老百姓无法承受征粮之苦，恐生变乱。"

赵匡胤知道边光范平日为人谦和平易，从不喜当众发言，今日发言如此之快，赵匡胤颇感意外。边光范虽然言辞并不激烈，但已经说明了他主张速战速决。

赵匡胤听了边光范的话，不动声色，只拿眼光扫射众人。

罗彦环憋了好久，早想发言，但是毕竟资历较浅，还是忍了一会儿，此时，终于按捺不住，道："我看，由陛下亲率十万大军，直接掩杀过去，料那李筠也抵挡不住。"自拥戴赵匡胤登基之后，罗彦环便颇为自得，常常居功自傲。如今的言辞，竟然丝毫不将李筠放在眼里。

赵匡胤微微一笑，并不回应，却侧头问起慕容延钊："慕容将军，你有何高见？"

"这个……臣以为，陛下既然亲征，当以御营军为主力从正面进击叛军，借此可令石、高二位将军稍事休息。臣则从东侧冲击叛军。如此一来，叛军必往西逃窜，石、高二位将军正好以逸待劳，迎头痛击。"

"这倒有些新意。"赵匡胤点了点头，终于发话了。

忽然，班列中站出一人，口中大呼"不可"。

赵匡胤等定睛看去，只见那人风姿伟秀，英姿勃发，正是御马直副指挥使崔翰。

赵匡胤知崔翰颇有谋略，当下微微一愣，道："如何不可？"

崔翰道："陛下，李筠为人勇猛急躁，如果下定决心决战，必然死战不退。陛下如果以御营大军正面疾进，恐怕正中李筠下怀。李筠必然不顾一切欲置陛下于死地。即使我军最终赢得这场战争，也必然伤亡巨大……"

"放肆！有我部从东面策应，反贼如何能伤得陛下？"慕容延钊见一个小小御马直副指挥使竟然当面驳斥自己的战术，颇为不悦，插话反问。

"慕容将军，你固然可以攻击叛军，但是如果叛军牺牲一部与君死战，另由精锐猛攻我御营中军，你又能奈何？更何况，上党骑兵名震天下，泽州南面地势相对平坦，非常有利于骑兵作战。我御营大军一动，人数虽多，运动之中受到攻击，极易发生大混乱。一旦上党骑兵趁机冒死突袭，我军防不胜防。"

"有些道理。"赵匡胤垂下了眼帘。

慕容延钊毕竟是沙场宿将，听崔翰这么一说，也觉得有些道理，心中虽然不悦，却也不再反驳。

"那你有何主意呢？"赵匡胤又问崔翰。

崔翰两道剑眉微微一扬，慨然道："陛下，依末将之见，陛下御营，暂且原地不动。令石、高二将军率所部先行进攻叛军，一旦接触，便迅速引兵往南。待叛军至泽州南部，可令石、高二位将军率所部佯装往西溃逃。叛军因惧陛下大军从后掩杀，必然不敢往西追击。如此一来，叛军实处于三面包围之中。于此之时，陛下仍然按兵不动，而令石、高自西面迅速杀个回马枪。叛军一时之间无防备，必为石、高二位将军所败。"

"好！这样一来，我军三支大军，从头到尾，只动一支，却能取得决战之胜利。用兵用其势，动静结合，的确为妙计！"赵普久未发话，此时却鼓掌称赞起来。

"王将军、慕容将军，你们认为怎样？"赵匡胤问王晏与慕容延钊。

"崔翰之计确为上策！"王晏抱拳说道。

"臣同意赵大人的意见。"慕容延钊跟着王晏表了态。

赵匡胤嘴角动了一下，闪过一丝冷冷的微笑，除了赵普之外，几乎无人注意到他表情的细微变化。赵普跟随赵匡胤多年，自然比他人更明白赵匡胤神色细微变化所隐藏的意义。他很清楚，在这一刻，赵匡胤在内心已经毫不留情地决定将对手置于死地了。

只听赵匡胤大声道："既然如此，诸将听令！"

二

决战的部署完成后，赵匡胤依然心事重重。

他本是一个极为谨慎之人，自通过禅让登基成为皇帝，就变得更加多疑了。他自己也清楚地意识到了这种变化。他甚至开始痛恨现在这个自己。但是，有一种无法遏制的力量在告诉他："必须尽可能消除一切隐患。"尽管这令他感到自己已经变得有些疑神疑鬼了。

"战争中的偶然太多了。无论你如何做出自以为充分的准备，战争发生后的一切因素都可能影响战局。决战的部署已经作出，为什么我还感到忧心忡忡呢？难道我忘记了什么？"当这日夜晚降临的时候，赵匡胤一个人在御营帐内发愣呆想。

突然，帐内一支火烛燃烧中"噼啪"一响，赵匡胤猛然想起了一件事，心中暗道："我果然是忘记了一件事情。西京！西京！柴守礼虽然在洛阳牡丹会上承诺不帮助李筠，但是我毕竟不能不加以防备。如果他趁我军与李筠决战之际拥立郑王复辟，将是对我的巨大威胁。我竟然会如此粗疏！竟然会因为柴守礼的承诺而忽视了防备。"

想到这一层，赵匡胤便再也坐不住了。他披起一件大氅，走出大帐。"得赶紧去找那向拱问问西京的情况！我竟然到这时才对此事做出安排，实在是一个巨大的疏忽！"赵匡胤在内心暗暗责骂自己。

片刻之后，赵匡胤在侍卫陪同下来到了西京留守向拱的居帐附近。赵匡胤一刻不停地直驱向拱的居帐，没想到黑暗中竟然被人喝住。

"什么人？站住！今晚向大人吩咐，任何人都不见！"

赵匡胤未料到会被拦住，不禁微微一愣。

旁边的侍卫早已经喝道："放肆！陛下驾到，尔等莫非眼睛瞎了！"

那向拱的卫兵大吃一惊，当即愣在原地。

赵匡胤觉得奇怪，"为何什么人都不见，莫非西京真有事……"如此一想，赵匡胤更不答话，快步向前。

到了向拱的帐前，赵匡胤向侍卫一使眼色，旁边的侍卫会意，抬手掀帘子便往里闯。

只听得里面响起女人惊惶的尖叫声。

赵匡胤往里一望，只见帐内卧榻之上，两个人赤裸着身子，正在慌忙扯被单子遮体。那男子正是西京留守向拱。侍卫掀帘子时，向拱的身上正骑着一个全身赤裸的女子，两人正行云雨之事。

赵匡胤见状，心中顿生无名之火。"大战在即，他竟将女人带入军营！"可转念一想，顿时心中一宽，"总算比在帐内搞阴谋诡计要好！"

当下，赵匡胤哈哈一笑道："向爱卿，朕没有想到大战之前，你还挺能放松享受的呀！"说话之间，他拿眼斜睨了那女子一眼，只见那女子容貌甚美，乌发散乱地披在白若凝脂的肩膀上。此时她用被单子遮着半个身体，正缩在卧榻一角瑟瑟发抖，丰满的乳房半露在被单子外微微颤动。

向拱羞愧难当，恨不得马上找个地洞钻下去。原来，那女子乃是西京妓院内的一名妓女。向拱一向好色，竟然大胆到趁面圣之机，将自己相好的妓女带到了御营，真真是叫作色胆包天了。他本想此举可以躲开家中妻子，却没有料到竟然被当今圣上撞了个正着。

"快快收拾一下，到我帐内来，朕有话问你！"赵匡胤冷冷抛下一句，带着侍卫转身就走，亦不多说责备之话。

出了向拱的居帐，迎面一阵冷风吹来，赵匡胤打了一个哆嗦，突然觉得一片空虚，不禁对向拱暗生嫉妒之心。柳莺的影子不知为何一下浮现在赵匡胤的脑海中。这一瞬间，赵匡胤心中燃起了熊熊的欲火，只想一下子将柳莺揽在怀中……

赵匡胤于胡思乱想中不知不觉已经走回了自己的营帐。当他一个人坐在卧榻上，看着烛火在静静燃烧，不禁又被羞愧之心所折磨。"我如此想那柳姑娘，与那向拱又有何两样！？"他稳了稳心神，身体内的欲望之火渐渐变成了又酸又甜的思念。"等这场仗打完了，我何不找机会令人去寻她……"

不一刻，向拱战战兢兢来到了赵匡胤的御帐之内。

"你可知道朕为何让你来此？"

"臣罪该万死！"向拱心中羞愧，以为皇帝要惩罚他的丑行，吓得浑身颤抖。

"行了。今日之事，朕暂且不究，你好自为之！"

"谢陛下不杀之恩！"

"朕有一事问你，郑王近来在西京可好？"

向拱心中一惊，立即意识到眼前这个皇帝对后周的退位之帝依然还是不放心。当下他不敢怠慢，小心措辞道："陛下，自从洛阳牡丹会后，郑王很少出府邸。微臣按照陛下的意思，从民间请了个博学之士，让他陪在郑王身边侍读。臣也隔三岔五地前去探望。"

"嗯，郑王年纪尚幼，一定要好生照料！对了，周太后还好吗？"

"还好，只是……"

"只是什么？"赵匡胤神色一凛。

"近来臣去探望时，见她神色日渐憔悴，恐怕是身体不好。"

"要找好大夫去看看她……"赵匡胤心中一缩，感到胸口仿佛被压上了一块石头，不禁叹了口气。这种情绪，并不是他装出来的。他的确为那个女人和她孩子的命运感到悲哀，在内心也对他们抱着深深的怜悯。但是，他知道自己必须硬下心肠。他绝不允许有任何意外来损害这个刚刚奠基的新王朝。卧榻之旁，岂容他人酣睡！

"最近有什么人前去探望他们母子吗？"

"据臣所知，除了臣去之外，还没有人前去探望他们。"

"哦……"赵匡胤微微垂下头，不知道说什么好，沉默了片刻，道，"你要常常去看望他们母子，多带些香药宝货去。你退下吧！明日就赶紧回西京，令西京守军加强戒备。不要让西京出什么岔子。"说完，头也不抬，朝向拱摆了摆手。

向拱哪敢多言，不声不响退了出去。

三

建隆元年六月二十九日，一场大战不可避免地爆发了。

这日清晨，卯时，高怀德一起来，便大步冲出寝帐。他昨晚睡得很香，一早起来便披上了明光精钢甲。

"快！让将士们整队！别让石将军的人看了笑话！"高怀德冲副将大喊。

大约同一时间，石守信也开始部署自己麾下的人马。

李处耘带着高德望等几个亲兵跟随在石守信的旁边。

高德望此前从来没有真正上过战场，此时，他身披明光精钢甲，高高挺着胸脯，满怀年轻人独有的豪迈之情，蔑视即将开始的血腥战斗。然而，滚滚黄尘开始腾空而起的时候，他突然感到对死亡的恐惧飞快地袭上了心头。

就在石守信、高怀德军发起攻击的三日之前，李筠心情异常沉重，他已经感觉到大战即将来临。

应该如何应战呢？李筠心里还没有完全想清楚。朝廷的军队在数量上占有绝对优势，这个事实无论如何无法改变。

但是，战争从来就有很多不确定性。李筠是个军人，多年的戎马生涯使他很清楚，即使人数再庞大的军队，也一定有它的弱点。古语说得好：千里之堤，溃于蚁穴。只要找到对方的弱点，即使一只蚂蚁也能将它击垮。

李筠苦苦思索着，他希望能够在对手的阵营里找到一个"蚂蚁的洞穴"。

闾丘仲卿、李筠的先锋大将"太行一杆枪"儋珪，北汉派来的河阳节度使范守图、宣徽使卢赞等人齐聚于李筠帐内，商议应对大计。

"宋军如今在数量上占有绝对优势。"闾丘仲卿低头道。

"赵贼会以哪部率先进攻呢？对此，各位有何见解？"李筠期待着众人能够提出好计谋。他并没有回应闾丘仲卿的话。

"在下担心各路宋军同时发起进攻。如果赵匡胤亲自率军从正面进攻，同时东西两翼夹击，我们恐怕难以抵挡。"儋珪道。

"不可能，宋军绝不会以正面赵贼所统率的主力先发进攻，东西两翼的军队是最大的威胁。"闾丘仲卿淡然表示不同意见。

"为何？"范守图问。

"西翼石守信、高怀德部与东翼慕容延钊等部都不是吃素的。赵贼以天子自居，亲征之意，多为借机震慑天下，必不会自己去做先锋。"闾丘仲卿道，说话间挠了挠耳后的头发。他貌似平静，内心却是忐忑不安。在这种时候，他总是下意识地去挠耳后的头发。他的确担心即将发生的战争。他几乎怀着绝望的心思追随着他的主公。胜出的机会太少了！但是既然已经决定了，便当用十二分的心思来谋取胜利的机会。至少，应保证自己一方不战败。《孙子兵法·军形篇》中早说了："昔之善战者，先为不可胜。"

可是，如何能够做到这一点呢？难道劝主公现在逃回上党不成？或者，劝主公这时便逃往西域？"少则能逃之，不若则能避之"(《孙子兵法·谋攻篇》)。

孙子的建议，倒是很适合应对当下这种局面。

但是，闾丘仲卿深知，依照主公的个性，事态发展到这个地步，已经不可能再退回去了。这就是人的宿命。

因此，必须寻找更加现实的突破点！闾丘仲卿再次陷入深深的思索。

"我看，也没有什么好怕的！有我主为后盾，有契丹为牵制，宋军绝不敢大举进攻。"范守图噘着下巴傲然道。

儋珪不屑地瞥了一眼范守图，却没有说话。

"卢大人，你有何高见？"李筠问卢赞。虽然李筠与卢赞之前已经闹得非常不愉快，但是作为主帅，考虑到今后还需要北汉的支持，关键时刻，终于还是决定对卢赞表示出应有的尊重。

"将军，在下暂无主意。"卢赞神色冷淡，不知道是依然在赌气，还是真的没有主意。

"主公，请再给我五千步兵精锐，我愿率所剩骑兵与五千步兵趁夜偷袭赵贼中军。"儋珪突然起身慨然道。

李筠一愣，低吟不语。

"主公，休要犹豫！"儋珪道。

"我怎忍心让将军身陷死地！"李筠无奈地摇摇头。

"主公何故此时竟发此语！在下所率将士们已经血溅黄沙，难道我可偷生不成！主公既知有此日，又何必当初！"儋珪勃然大怒。

李筠闻言大惭，摇头道："罢了，罢了……"

话未说完，闾丘仲卿道："且慢，在下有一计。"此话一出，众人都屏了呼吸，以期待之眼神看着闾丘仲卿。

"诸位可听说过崔彦进这个人？"闾丘仲卿道。

众人闻言，都不语，不知道间丘仲卿葫芦里面卖的什么药。

"之前，我曾派亲信之人潜入石守信军中，获得了一些对方将官的情况。崔彦进乃石守信的部下，据说非常贪财……"

"先生是指……"李筠道。

"聚人可以以财，此《周易》所言也。主公，我看，可以派细作潜入石守信军，用重金收买崔彦进，并允以高官厚禄，届时令他于石守信军中起事。对方内乱，我军则乘机直击宋军中军赵贼所部，力争一战挫其锐！"

"诸位觉得如何？"李筠问帐内诸人。

众人此时正是一筹莫展，便都点头默许。在这种情形下，估计每个人都心怀侥幸心理，希望这个计谋能够成功。

间丘仲卿说完此计，神情却变得更加严肃，话题一转，道："主公，是否再次派密使前往扬州找李重进将军？要力促他起兵才是！"

"好，先生赶紧安排此事！"李筠心中也对李重进寄予厚望。这些天来，李重进那边一直没有消息，这让李筠有茫然无助的感觉。他现在是多么希望李重进能够同时在扬州起兵。可是，事到临头，李重进究竟会作何反应呢？

会议后，间丘仲卿立即令细作携重金偷偷潜往石守信军营。第二日，细作返回，告知崔彦进收下了重金，并答应届时带亲信偷袭石守信。间丘仲卿闻言大喜："鹿死谁手，还未可知也！"在听到报告时，他的嘴角抽动了一下，露出了一个不易察觉的微笑。

此前，六月二十八日，石守信派部将张勋带领五千人自阳城东、沁水西岸渡过沁水，到达东岸，控制了泽州西面地区。张勋在攻克大会寨中立了大功。此人性格残忍，在攻克大会寨后，割食了数十人的耳朵。石守信本欲治其罪，碍于战时正要用此人，故只好睁一只眼闭一只眼。

同日，石守信派部将控鹤右厢指挥使、果州团练使崔彦进带五千人驻扎在沁水与渡水汇流处。

崔彦进到驻地后，分兵两千，令田绍斌率领，将驻地往东推进了十里。田绍斌乃一员猛将，在攻克大会寨中立了大功，刚刚被升为龙捷指挥使。

石守信、高怀德各自率主力，在孔山东北方扎营，与赵匡胤所率大军相呼应。这样一来，沿沁水一线，石守信、高怀德军由北至南，分三部对着东面的泽州虎视眈眈、严阵以待。

此时，王审琦已经率领中军先锋部队将阵线推至怀州以北。

慕容延钊这日已经返回本营。他与王全斌迅速按照部署，将所部移至太行山南麓，位于赵匡胤所率大军的东北侧。

至六月二十八日，宋军三大主力——赵匡胤亲征大军、石守信和高怀德部、慕容延钊和王全斌部，已经在泽州城南区域形成了一个巨大的半弧状包围圈。

在这个巨大的包围圈北面，李筠的三万大军以及北汉的部分军队，如同一支巨大的箭镞，正对着宋军的"布囊"大阵。

影响局面的另一件大事情，发生在数千里之外的扬州。大约同一时间，李重进正在接见刚刚返回不久的翟守珣。

"听说李筠将军已经起兵了？"李重进问道。

"不错。李筠将军恐怕即将与朝廷大军正面交锋了！"

"好！好！这样一来，京城必定空虚，我军趁机可以直取京城。"李重进颇为兴奋。

"不可，万万不可！此时万不可起兵。"翟守珣神色严峻，大声说道。

"为何？"

"此时起兵为时尚早。朝廷三大主力，正压向泽州，兵锋尚未交接。将军此时如急于起兵，朝廷大军抽出一支对抗我军，实属绰绰有余。不如等朝廷大军与上党军两败俱伤时，将军再振臂一呼，那时自然天下响应。"

"可是，如此一来，岂非对李筠将军过于不义？"

"将军何以有这妇人之见！"翟守珣厉声喝道。由于担心李重进真会起兵，翟守珣紧张得口舌发涩，心中祈祷着自己的意见能够将李重进唬住。

李重进显然被翟守珣斩钉截铁的态度镇住了。他呆了一呆，面露惭色，摆摆手道："容我再作考虑。"

"将军，目前还有一因素不利于我。"

"哦？"

"将军，你可知道，忠正节度使杨承信已经在寿州厉兵秣马。将军，难道你认为这是偶然之事吗？"

李重进眉头皱了皱。

"杨承信，实乃朝廷布下的一颗棋子。只要将军一起兵，朝廷大军未到，恐怕寿州大军已经对我下手了！"

李重进一惊，却不言语。

"所以，现今形势，只有等朝廷大军与李筠将军两败俱伤之后，将军起兵方有机会。其时，杨承信见胜负未定，必然不敢轻易起兵。那个时候，将军率军直驱开封，天下则非将军莫属了。"翟守珣越说越大声，几乎连他自己都相信了自己的迷惑之词。

"到时，朝廷如果真的失利，我助李重进也未尝不可。帮助已经成为皇帝的人，还不如帮助即将成为皇帝的人。且看形势了！"翟守珣心中暗想。他几乎忘记了自己的初衷。人有时就是这样脆弱，很容易因为形势的变化而改变自己最初的想法。这恐怕也是许多人的宿命。

李重进闻言，依然没有说话，但是，他的心思已经慢慢发生了变化。他没有意识到，他的心思之变，也影响了中国历史的进程。

四

战争的密云，已经不可避免地在泽州一带慢慢聚集了。

六月二十八日傍晚，太阳已经下山。天空中，从太阳落山方向，漫射出一道道宽大的白色光芒，白色光芒之间，是青色的天空。

赵匡胤站在中军大帐前，看了看天空，喃喃道："天现青白道，看来，明日是个好天气啊！"这是他在多年征战中积累起来的观察天气的经验。他心里很清楚，明天，就在明天，双方的决战就要拉开序幕了。

六月二十九日，赵匡胤起得很早。按照作战部署，他知道石守信、高怀德部将向上党军发起进攻了。他让李神祐将小德昭带到了自己的帐内。

即将开始的大战，令赵匡胤心情难以平静。但是，他知道自己不能显出心神不定的样子。作为主帅，作为大宋的皇帝，必须镇静！他在心里默默地警告自己。近来，孤独的感觉就像影子一样缠上了他。可是，事情就是这么怪，他发现，越是感到孤独，就越喜欢一个人独处。他与大臣们面对面的、轻松的谈话已经越来越少了。

在他登基后的最初一段时间内，范质、王溥、魏仁浦三位宰相向他奏事的时候，按照前朝惯例都是赐座的。可是，在某一天，他突然觉得这种方式应该改变一下。于是，他暗自吩咐侍卫，当宰相起身给他递奏折的时候，趁机撤去座椅。

这天，赵匡胤不知为何又想起了当时撤椅之事。范质尴尬的面容突然在这一刻浮现在他的眼前。他为自己耍的这点小手段感到羞愧，不禁自个儿默默地摇了摇头。

"也许，爆发这场战争，也是因为我犯了某些过错吧！"赵匡胤心中暗暗鞭笞自己，"可是，我究竟错在哪里呢？难道我的心真的是容不下李筠吗？"

当小德昭来到这位新皇帝面前的时候，他尚在发愣。

"父皇，今天咱们做什么？"小德昭瞪着一双大眼睛天真地问。

"哦，今天可是一个重要的日子。"

"是要打仗了吗？"

"你害怕吗？"答非所问。

"不，我不害怕！我想上战场去杀敌！"

"好！真是勇敢的孩子。可是，你可知道打仗要死人吗？"

"父皇，我知道，打仗不好。你告诉过我了。"

赵匡胤笑了笑，说道："是，你这小家伙，记性不错。打仗当然不是好事！"

"父皇，今天你叫我来，又是有什么要叮嘱孩儿吧？"

"是啊！是啊！别怪为父唠叨。为父之所以叫你来，是要让你看到这世界的残酷。这个世界从来就是一个战场。你以后长大了，就会投身于这个世界。你必须学会面对这个世界的血腥。你要学会保护自己。”

“是！父皇！”

“可是，你可知道，为父带你来，不仅仅只是这么一点想法。你知道吗？为父最大的愿望乃是结束乱世的战争，为你，为后来的人开创一个没有杀戮的世界，开创一个人人安居乐业的太平盛世。所以，你要记住今天。今天会死很多人。为父希望你长大的时候，再也不用让许多人战死沙场。如果为父有生之年不能结束这乱世的杀戮，你就要继续为父的愿望，哪怕要拿起刀剑亲自走向战场。记住了吗？”

“记住了！我记住了。一定要结束乱世的杀戮，开创太平盛世。”小德昭点了点头。看着孩子水灵灵的眼睛，赵匡胤心中一阵温暖。“我的愿望会成为现实吗？”他想要去拥抱一下小德昭，可是最终还是铁着心肠，沉着脸，坐在那里没有动。

站在赵匡胤身侧的内侍李神祐将这对父子的对话听在心里，泪水不禁涌出眼眶。

这时，侍卫在帐外通报赵普与中书舍人赵逢求见。

“进来！”

赵普这日打扮颇为奇怪，身上穿着文官的袍衣，头顶上却戴着一个铁头盔。

“陛下，一切都按照部署在进行。李筠那厮兔子尾巴长不了了。”不等皇帝开口，这位自负的幕僚已经先开口了。

“掌书记果然还是能够戴盔甲的哦！不过，现在说这话尚早了些。”赵匡胤知道，赵普戴着这头盔乃是为了“反击”先前遭受到的嘲弄。

“也只有你这掌书记敢这样干呀！”赵匡胤心中暗叹。

“陛下，臣戴上这头盔可还算英武否？哈哈！”赵普偏偏还要拿头盔刺激当今皇帝。

"好了，朕今天向先生口头道个歉，先前的戏语实是轻率了！"

"不错，陛下先前乃是犯了大错！正所谓'士可杀不可辱'，陛下乃代天行道，如何能够轻浮若此？请陛下以后自重！"赵普一瞬间收敛了笑容，神色凛然。

出征前，赵匡胤曾经嘲笑赵普是戴不了甲胄、上不得战场之人。当时，赵普闻言哈哈一笑，并未当一回事。赵匡胤没有想到，在这个节骨眼上，赵普竟然朝皇上先前的一句戏言"开炮"了。

赵匡胤闻言一惊，心中暗悔先前失语，慌忙站起来，正色道："先生说得是！朕这厢正式向先生赔不是！"

"普天之下，莫非王土；率土之滨，莫非王臣。君有君道，臣有臣道。陛下欲令天下归心，当敬对天下之士。何以知国之将乱也？以其不重贤也！臣没有读过多少书，只知道这些浅显的道理。陛下见笑了。"赵普神色肃然，退后一步，屈身作揖。

"德昭，你也要将今天赵先生的话记在心里，不得忘记！"赵匡胤扭头对小德昭说完，方转身落座。

"是，父皇！"

未过多久，韩令坤、张光翰、王晏、赵晁都遵照赵匡胤的命令来到了皇帝的中军大账。帐内顿时充溢了紧张的气氛。

第一份战报于午时传来。这份战报，并非书面的形式，而是从李处耘的一个亲信口中说出来的。

"今日卯时，石、高两位将军率领主力一部自孔山东北部向北移动。同时，石将军命令张勋将军带领五千人先行向潞州军发起了冲击。按照原来的计划，张勋将军所部只要一接触敌军就马上向崔彦进将军所部与石、高两位将军埋伏的地方撤退。可是，事情并没有像原来设想的那样顺利……"

"怎么了？"韩令坤忍不住问。

"潞州军本来将步兵作为前阵。可是，当张勋将军所部进攻时，其步兵突然两边散开，冲出了一支骑兵。为首一员大将手舞一杆长枪，率骑兵直冲入张勋将军步兵阵中，连连挑飞了十数个我方将士。据说那大将号称'太行一杆枪'，真是非常之厉害！张将军所部本得到命令该佯败，因此立刻回撤。未料到敌军来势凶猛，张勋将军所部的佯败几乎成了真的败退。许多士兵被敌军的骑兵冲翻在地，后面的马飞踏过来，即使未被刀枪刺死砍死，也被马蹄踏破了肚皮，肠子流满了山坡，真是惨呀！前头两三千步兵相互践踏，状况惨不忍睹……"

听那个亲兵的诉说，帐内众人无不心下凄然。

"'太行一杆枪'，的确是一员猛将啊！朕是见识过他的厉害的。"赵匡胤感叹了一句，回想起不久前在汴京驿馆中发生的一幕。他正是在那里见识"太行一杆枪"儋珪的。

只听那士兵继续道："幸好，石、高将军所部提前从侧面发起了进攻。潞州的骑兵经过一番苦战，也已经元气大伤。当石、高两位将军的伏兵发起进攻后，潞州骑兵的进攻态势被遏制住了。那'太行一杆枪'为了保护属下撤退，被我军围住，就他带着亲兵二三十号人呀，足足厮杀了近半个时辰。最后，还亏高怀德将军一箭射中了那位大将的腹部，即便如此，那大将尚苦战不息，声势实在骇人！"

"那位大将后来怎么了，快说！"张光翰催促道，不禁心中对敌方的那位大将起了敬畏与钦佩之心，关心起他的命运来。

"那大将带伤苦战半个时辰后，高将军欲令他投降，可是他却高声呼叫……"这个转述战况的亲兵突然停住了，怯生生地看了看赵匡胤。

"他说什么？尽管说来！"赵匡胤道。

"小的不敢！"

"说！朕恕你无罪！"

"他，他高声呼叫什么'与窃国之……之贼势不两立'！"

赵匡胤闻言，咬了咬嘴唇，一言不发，大帐内顿时寂然。

沉默了片刻，赵匡胤淡然道："继续说，后来怎么了？"

"后来，张勋将军大怒，令数十名弓箭手向那大将攒射。那大将身中乱箭，被活活射死了！听说，被射成刺猬一般，还兀自立在马上不倒。他死时，头也是昂着的。不过，也有传言说，是因为有几支箭交叉着穿过他的脖子，所以他的头想垂也垂不下来。他的首级，是被张勋将军取了。"

"好一员大将呀！"赵匡胤说罢面无表情地叹了口气，众人不知道他究竟是在赞扬"太行一杆枪"，还是在赞扬张勋。

可是，赵匡胤自己心里知道他在称赞谁。身为一名武将出身的皇帝，赵匡胤几乎对"太行一杆枪"这种死法心怀嫉妒。"将军百战死，马革裹尸还。他也算死得其所呀！人总归有一死，重要的是因为什么而死。当他生命消失的那一刻，他一定很满足吧？可是，作为皇帝的我，今后又将会如何告别这个世界呢？天下之人会记住什么样的我呢？"赵匡胤突然觉得一阵头晕，眼前一黑，仿佛要往后倒将下去，于是缓缓闭上眼睛，勉强使自己坐稳。

似乎过了非常漫长的时间，赵匡胤听到"陛下！陛下！"的呼声仿佛从很远处传来。他猛地睁开眼睛，大声道："好一员大将！好一员大将！继续说吧！"

那名汇报战况的士兵战战兢兢继续道："'太行一杆枪'战死，敌人暂时撤退，我军也没有追击。李处耘将军便令我火速赶来向陛下汇报战况了。”

“好！你下去歇息吧，不必再回战场了，朕另行派人前往。”赵匡胤说罢，看了一眼坐在一边的德昭。小德昭仿佛已经被残酷的战场故事震惊了，正瞪着水灵灵的大眼睛……

“什么？！儋珪战死了？”当一名骑兵将官浑身血淋淋地站在他面前向他汇报时，李筠一下子跌坐在榻上。

“我对不起儋珪将军呀！他的尸身呢？”

“儋将军首级被宋军一员大将取了。至于尸身，骑兵撤回来后，没有人知道……”

“去找！去找！一定要带回来！”李筠有些歇斯底里地冲那名将官吼道。

“是！末将一定回战场寻回儋将军的尸身。”那名将官慌忙答道。

“现在宋兵作何行动？”李筠问。

“在我们撤回时，间丘仲卿带了一彪人马扼住了一个山口，宋兵不敢进前，暂时按兵不动了。”

“与间丘仲卿对阵的可是石守信、高怀德部？”

“正是。”

“宋军崔彦进部现在何处？”

“似乎在石守信、高怀德部的西南侧，但也是按兵不动。”

“好！好！”

听自己的主帅如此反应，那名骑兵将官不禁大为困惑。

在石守信、高怀德部的西南侧，崔彦进令自己的部队暂时按兵不动。他将潞州李筠方面派人送来的财宝，除了给几个亲信分了一些，其余的已令人暗中封存，直待大战结束带回家中。

做这种事情，崔彦进并不感到有什么羞愧。以前他并不是这样一个贪恋财物、残忍冷酷的人。长期的战争与杀戮改变了他。出生在大名府一个普通农民家庭的崔彦进，在他人生的最初阶段，甚至可以说得上是一个纯正质朴的人。他在后汉年间投奔到周太祖帐下。广顺初年，他成为了卫士。这对于一个以武力谋取前程的人来说，是一个巨大的荣耀。周世宗镇守澶州时，他率领禁军作为随从。显德初年，崔彦进担任控鹤指挥使，随周世宗征伐淮南。由于勇猛善战且富于谋略，他在这次战争中立下大功，因此升为散员都虞候。随后，他又随周世宗平定瓦桥关，改任东西班指挥使，领昭州刺史。赵匡胤黄袍加身成为皇帝后，崔彦进认清了形势，宣誓效忠新的大宋王朝。这次，随皇帝出征，崔彦进知道他立功升官的机会又来了。

如今的崔彦进，已经从一个纯正质朴的农家子弟，成为了一个彻底的职业军人。多年来，他不断地目睹死亡的发生。那些生命，消失了，没影了，他们曾经的梦想，曾经的生活，不论平淡还是坎坷，不论宁静还是喧嚣，在生命被剥夺的那一刻，一切都没了，化为虚无，化为看不见摸不着的虚空。

正如不少经历了殊死战斗已经将生死看淡的军人一样，他们看淡了生死，却陷入对金钱的迷恋。崔彦进也已经成为了这样一种人。他知道金钱可以带给他山珍海味，可以带给他如花美女，可以让别人为他卖命。他开始疯狂地追求金钱，只有这样，他才能稍微感受到人生的真实与生命的实在。正是这个原因，当李筠想用财物贿赂他的时候，他心中暗暗笑了。这是一笔天降横财呀！他又有什么理由不收下呢？因为，他有一个计谋，当这个计谋实现的时候，送钱的人便会在这个世界上消失，他呢，将立下大功，至于那笔钱财，完全可以是对他立下这次大功的额外奖赏。

崔彦进就这样心中带笑地想着，不断完善着自己的计划。

"令部队向石守信、高怀德所部靠拢！"崔彦进向传令官下令。

"是！"

崔彦进待传令官出去后，对身边亲信说道："你悄悄去李筠营地一趟，让他酉时发兵攻击石守信、高怀德部，届时本将军将在西南侧与他们呼应。不过，条件是，李筠他若得了天下，今后潞州由本将军任节度使！"

"将军，咱们真的要帮李筠？"身旁的亲信这样问他。"愚蠢！我怎能帮李筠那反贼！这叫兵不厌诈！"崔彦进心安理得地回答，嘴角露出了冷笑。

这日酉时，间丘仲卿打前阵，李筠亲自率主力紧随其后，大军浩浩荡荡向石守信、高怀德部杀去。对于崔彦进，间丘仲卿并没有十分把握。但是，他知道己方已经没有什么选择余地。他甚至怀疑，自己拉拢崔彦进，只是下意识地为了拖延战争的进展，或为了帮己方提高点士气。离对手越近，间丘仲卿的这种感觉越强烈，他开始意识到，自己很可能会进入一个圈套。当离对手大营还有三里地的时候，间丘仲卿派出侦探的亲信回来了。

"宋军崔彦进部可有动静？"

"他们依然是按兵不动。"

"哦？"间丘仲卿咬了咬牙，略微一沉吟，道，"你速去主公大营，就说当我向石守信、高怀德部发起进攻时，请主公全力攻击宋军崔彦进部，不要对崔彦进存任何希望。要力求击破崔彦进部，突围返回上党。我将率军与石守信、高怀德部死战。你就与主公说，这是我们最后的机会。"

"是！"亲信应诺，转身便走。

"等等！"

亲信听到间丘仲卿的呼喝，停了脚步转过身来。

"就说我力请主公突围后回上党死守。所谓攻常不足，守恒有余。回到上党，主公就有东山再起的机会。一定要将这话带到。"间丘仲卿说道。

间丘仲卿凭着敏锐的洞察力，突然意识到，崔彦进之前的承诺，只不过是个纯粹的谎言。但是，他知道，自己没有理由去恨崔彦进。这就是战争，残酷的战争。背信弃义，在战争中，并不是什么稀奇的事情。"不能再存任何侥幸了。对于我，剩下来可做的事情，只有战斗！"间丘仲卿心中已经抱了必死之心。

戌时，当赵匡胤正在大帐内与诸将议事时，高德望筋疲力尽地跑了进来，向众人诉说了近几个时辰的前线情况。

原来，当日下午未时左右，间丘仲卿率军主动攻击了石守信、高怀德部。这次攻击，倒是有些令宋军感到意外。但是，由于实力悬殊，间丘仲卿率领的潞州军在宋军的猛烈反击之下，迅速溃败。与此同时，李筠率领的潞州主力也没有击败崔彦进部，只有汾州团练使王全德所率一彪人马在乱阵中走脱退入潞州。

结果，李筠无奈之下与间丘仲卿合兵后退入了泽州。

此一战，宋军前后共歼灭李筠两万余人。李筠自此元气大伤。北汉派出援助李筠的河阳节度使范守图也被石守信部下擒获，而卢赟则在乱军中被杀。

赵匡胤听了战况汇报，大大松了口气，冲高德望道："你今后就跟着朕做亲兵吧，不用再回战场了。"

高德望直到此时，才知道原先跟自己说过话的"大将军"竟然就是当今皇帝，不禁又惊又喜，当即连连点头。

但是，赵匡胤的喜悦心情并没有保持多长时间。他很快被新的问题所困扰。因为，他深知，泽州城池坚固，易守难攻。如果要攻下泽州，恐怕又要牺牲不少将士的性命。"事到如今，李筠是绝不会归降的了，少不了又有一场恶战。"赵匡胤感到自己头痛的老毛病又要犯了。

五

围城以来，泽州久攻不下，赵匡胤心情沉闷。他是六月初一率中军主力到达泽州城外的。

之后，赵匡胤便亲自督促诸将率军攻城。无奈李筠凭借城池坚固，组织军民死守。宋军一味猛攻，却丝毫找不到突破口。眼看自己的将士几日之内为了攻城，已经白白牺牲了两三千人，赵匡胤连吃饭都没有了胃口。

这日，赵匡胤将赵普与王审琦召入中军大帐内讨论破城之策。

"战前，边光范的话常常在朕的耳边响起。的确如他所说，我朝初建，长期作战对于稳定局势颇为不利。从南方经由汴河运往京城的第二批粮食还没有到吧？目前从郑州、洛阳、汝州、孟州、怀州大量征集军粮，长久战争难免令民心浮动。老百姓无法承受征粮之苦，恐生变乱。"赵匡胤盯着王审琦，语气沉重地说道。

"只是，那泽州城墙高大坚固，我军实在想不出什么法子。末将有愧于陛下重托呀！"王审琦满脸愧色地回答。

"好了，好了，朕今天叫你们来，不是为了怪罪哪个。关键是要想法子呀。掌书记，你有何高见呀？"

赵普道："陛下，《孙子兵法》说，十倍则围之。围死泽州，的确是个办法。只是，我方目前的局面，最好要避免持久战。南唐、淮南，随时可能生变。况且，如果北汉真的拉上契丹，派大军来援助叛军，事情就更不好办了。"赵普并不知道，李筠出于对契丹力量的担心，已经拒绝北汉去请契丹主力来支援。

"继续说。"赵匡胤道。

"目前局面，对我们不利，对叛军则更加不利。上个月末，永安节度使折德扆将军攻破北汉沙谷寨，虽然只是斩首五百级，但是此一役，折将军作战神勇，已令北汉胆寒。目前的情况下，他们绝不敢贸然进犯。依臣之见，陛下最好令诸将不惜一切代价，加紧攻城即可。"赵普心里很明白，这样的办法，对于将士来说，实在是非常残酷，但是，若非如此，牺牲可能更大，一旦无法剿灭叛军，王朝内部的诸雄可能纷纷自立，而周围的大小王国可能借机开疆拓土，刚刚建立的大宋王朝可能会土崩瓦解，天下可能重新陷入各方争霸的战争泥潭。正因为这个原因，他以冷酷的语气，说出了他的见解。

"这……"

"陛下，请勿再犹豫。现在需要的就是硬攻。崔翰的策略实际上已经实现，陛下的禁卫军几无损失，现在该是派上用场的时候了。"赵普的话紧追不舍。

"王将军，你意下如何？"

"赵大人所言极是。"泽州久攻不下，王审琦已经脸上无光，心中羞愧，虽然对赵普这一介书生提出的狠招暗暗不满，但是自己又没有什么好办法，在这当口，也只能点头表示赞同。

赵匡胤沉吟片刻，决然道："既然如此，王将军就加紧组织攻城吧。对了，警告诸位将士，一旦破城，对投降者不得滥杀，对城内老百姓更不得骚扰！"

泽州城内，粮食已经越来越少。李筠知道死守下去终归不是办法。他心中倒是期望着与赵匡胤来一场决战。扬州李重进那边还是一点没有消息，李筠也暗暗感觉到李重进那边出了问题，已经不能再对扬州抱有多大希望了。

阿琨陪在李筠身边，心中充满了愁苦。可是，她已有身孕，除了陪着自己心爱的人，也不能帮他做些什么。

"将军，现在城内还有多少匹马呀？"阿琨抚摸着渐渐挺起来的肚子，柔声问李筠。

"你怎么问起这个来了？"李筠有点焦躁地问。不过，他尽量使自己的语气听起来柔和一些。他非常爱这个女人，心里觉得对不起她。

阿琨察觉出了李筠的焦躁，却并不介意，还是柔声道："现在宋军攻城急切，咱们恐怕支撑不了多长时间了。如果有数百马匹，在马尾上绑上束帛灌油点燃，蒙住马眼，一起赶将出城，马匹受惊，宋军阻拦不住。那时，将军带人跟在马群后，一定可以突围而出的。"

"这倒是一个好主意，"李筠未料到身边的阿琨竟有如此急智，不禁大为敬佩，温言道，"我这就与诸将商量商量。"

然而，当李筠将这个主意告诉诸将时，不少将领反对，认为宋军已经将泽州重重包围，一旦出城，即便突破一道防线，也难突破外围宋军，那样，士兵们恐怕难以节制，说不定会劫持将领投奔宋军。这些将领将希望寄托在北汉，盼望着北汉能出兵援助。北汉的宰相卫融也反对李筠突围冒险。他依然真诚地相信，北汉主一定会在合适时机发兵前来解泽州之围。

"仲卿，你的意思呢？"见诸将中多人反对，李筠便又问间丘仲卿。

这次，满脸憔悴的间丘仲卿默然不语。

对于主公的这种想法，间丘仲卿未说赞成，也未说反对。他这几日反而心情平静了许多。当一个人真正将生死置之度外时，还有什么再值得担心的呢！这几日，他已经安排了数拨死士带口信与信物潜出城前往扬州，希望李重进能够立即在南方起事。但是，所有他派出之人，都被宋军扣押了。由于带的都是口信，宋军没有证据，只能将那些人当作嫌疑百姓尽数扣押。这样一来，联合李重进实际上已经成了虚幻之事。间丘仲卿心知，事已至此，即使李筠突围而出，朝廷也不可能就此罢休。如果战火烧到潞州，恐怕连少主李守节都难以保住。这就是他在这个问题上不表态的真正原因。

李筠得不到支持，犹豫再三，无奈之下，只好将突围想法作罢，而将希望寄托在北汉发兵救援。

赵匡胤很快在泽州城外重新部署了攻城部队。

赵晁带一彪人马负责进攻泽州城东门。

赵彦徽率部主攻西门。

王审琦负责主攻南门。

罗彦环与马仁瑀负责配合王审琦行动。

刘廷让率部负责攻击北门。

边光范负责攻城部队的后勤供给。

在泽州四门之中，南门最为高大，最难以攻击。因此，赵匡胤决定让东、西、北三处率先同时开始攻击，以此来牵制城内守军，随后，再在南门派主力攻城。

赵匡胤亲自率领其他将领配合王审琦等主攻泽州南门。

石守信、高怀德部和慕容延钊部分别在泽州西面、东面的外围作为后备，以防潞州和北汉乘机偷袭。

赵匡胤做出的最出人意料的安排是，令韩令坤率部南下驻扎孟津，同时令张光翰率一部沿沁水北进，在石守信、高怀德部的西侧往上党进发。当赵普听了皇帝这个安排后，不禁点头称妙。他知道，皇帝令韩令坤率部南下孟津有两个意图，一是防止后周势力在西京起事，二是防止西面强大的地方势力突然起事，通过虎牢关偷袭中原腹地。至于让张光翰率一部北进，则说明皇帝已经下定决心，要一举平定潞泽之乱。

当激烈的攻城开始后，整个泽州城顿时陷入了狂乱之中，四处是呼叫，四处是飞箭，四处是死伤的士兵，天地仿佛一下子暗了下来。

刘廷让令部将袁继忠首先率部攻击北门。袁继忠擅长利用云梯攻城。但是，这次在泽州，他的云梯队受到了前所未有的巨大打击。守城的潞州军用烧沸的油水迎接他们的进攻。虽然宋军作战勇猛，但是在顽强抵抗之下，北门外转眼之间堆满了摔死的、烫伤的宋军。六月的天气已经转热，在北门外堆积的死尸没过多久便散发出令人难以忍受的臭气。

在泽州东门、西门，宋军同样难以登上城楼。

最激烈的战斗是在随后开始的南门之战。

王审琦派出的第一批进攻者，由步军都军头解晖与行营壕寨使张晖率领。

当他们刚刚靠近泽州南门时，城楼上的飞箭如雨般落下来。这次，潞州军使用了他们的秘密武器"急龙车弩"。在每张大弩上，有十二小机弩，使用连珠大箭，射程远而有力。

这种机弩，乃是闾丘仲卿按照五代时的"十二机弩"样式制造的。在联络扬州的同时，他便组织了军民，没日没夜地赶制了两千张这样的强力机弩与十万支大箭。他知道，守泽州，这些机弩可以派上大用场。

在第一轮进攻中，解晖便被一支羽箭射中了左眼。张晖也是冲锋在前，作战勇猛，结果胸部肩部连中两箭。两人皆被部将冒死救回。比两位将领更惨的是许多攻城的士兵，他们中的许多人被"急龙车弩"强劲有力的大箭穿胸而过，有的则被大箭射中头部，整个头颅都被从中间穿透，变成了血肉模糊的肉骷髅。但是，尽管宋军付出了巨大的伤亡，攻城行动依然没有丝毫进展。

六

这天清晨，大地还笼罩在青白的晨雾中，泽州城门"吱呀"地打开了。宋军正待突入，未料到从城门中拥出一大群难民。宋军一时间不知所措。

赵匡胤与一群将官在中军大帐前搭建起的望楼上，远远看着城门前发生的一切。那些衣衫褴褛的难民们正扒开成堆的死尸，号哭着，嘶喊着，跌跌撞撞地往宋军营地走来。

王审琦皱起了眉头，向赵匡胤问道："陛下，怎么办？"

赵匡胤道："让难民过来。边卿，你负责安置难民营。"

旁边，边光范踟蹰说道："陛下，这是消耗我军粮食的计谋呀。"

赵匡胤说道："别忘了这场战争的目的。"

边光范听了，点头称是。

临时难民营很快建了起来，边光范不敢怠慢，迅速安排了士兵，为难民们搭好了炉灶。

中午时分，赵匡胤带着小德昭到难民营巡视。

德昭瞪着一双大眼睛天真地问："父皇，这仗打完了吗？"

赵匡胤温言道："不，还没有呢。"

"他们是不是投降了？"

"不，他们都是普通的老百姓。敌人城中已经没有粮食了。敌人的首领便将百姓放出来了。他放百姓们出来，是因为没有粮食养活他们了。他让这些百姓来到我们的军营，也想借百姓们消耗我们的粮食呢！你说，咱们应该怎么办呢？"

"百姓们是无辜的，我们不能让他们饿肚子。"

"说得好！战争不能以牺牲无辜百姓为代价。"小德昭的回答让赵匡胤大为满意。

德昭若有所思地点点头。

赵匡胤忍不住俯下身子，低头在小德昭的额头上亲了一下。当他抬起头往难民中看去的时候，他愣住了。远处，在一群难民中间，有一个熟悉的女子的身影。那个女子正蹲在一个锅前烧水做饭。她乌云一般的头发散乱着披在肩头，衬托出她脸部凝脂一般的肌肤。

"是柳莺姑娘！"赵匡胤在心底大喊一声，几乎不敢相信自己的眼睛。

赵匡胤稳了稳心神，牵着小德昭的手，慢慢向那个熟悉的身影走了过去。

那个女子察觉到有人走近，缓缓抬起头。她看到赵匡胤，顿时愣住了。

"柳姑娘，真是你啊！"

"是你！"

"我——"

赵匡胤一时语塞。

内侍李神祐此时已经跟了上来，喝道："见到陛下，还不下跪！"

旁边一些难民听说是皇帝，"呼啦啦"跪下一片，唯有柳莺还愣愣地站着。

她曾经为了他的离去而痛哭过，她也曾多次暗示自己，他不过是自己生命中一个美好的过客。因为，她几乎相信，扬州一别，就再也见不到他了。此时，意外的重逢，完全超出了她的意料。她更没有想到，他是大宋的皇帝。

柳莺愣愣地站着，不知如何是好。

过了许久，她才悲伤地说道："我的叔父前两天刚刚战死，这就是你说的和平吗？"

她那近似平淡的悲伤语气，让赵匡胤心如刀绞。他身子微微颤抖，沉默了片刻，说道："我们生活的时代，是一个杀戮的年代、一个冷血的年代，是一个礼乐崩坏、刀剑横行的残酷战场。而我发誓，要结束这一切，要让天下重现太平。我也知道，这要付出代价，甚至要因此而下地狱。无论后人说什么，毕竟这就是我们曾经生活的时代——但愿等到天下太平时，你能在我身边，与我一起见证天下太平。"

"你现在讲的话，还有在扬州给我讲的你的故事，到底有几句是真的呢？"柳莺微微仰着头，盯着赵匡胤问道。

赵匡胤心中一痛，不知如何作答。他盯着柳莺，叹了口气，问道："城中还有百姓吗？"

"有。李筠用的都是子弟兵，他们的亲人们都还在城中。李筠放出城的人，是专门挑出来的，都是已经失去了亲人的人。"说完，柳莺又蹲下身子，拨弄起炉灶里的柴火。她强忍着不想哭，可是两行热泪还是汹涌而出，"噗噗"地滴落在炉灶前被火焰烤热的泥土上，瞬间便蒸发了。湿润的痕迹，出现了，消失了，出现了，消失了。最终，悲伤的人停止了哭泣，土地上的泪痕也不见了踪迹。

炽热的大地，留不住悲伤者的眼泪。

赵匡胤牵着小德昭的手，在原地站了许久，见柳莺不再搭理自己，只好默默转身离去。

赵匡胤记得自己离开京城时答应过母亲，要在她大寿前将小德昭送回她的身边。转眼到了七月初，再过几日，便是太后的寿辰。赵匡胤心里惦记着此事，便按照原计划，要将德昭送回汴京。这日，他安排了马车与护送的队伍，在泽州城南，送别小德昭。他也担心着柳莺，觉得大战之前，还是将她送回汴京为好。他知道自己已经深深爱上了这个女子，不想让她在战争中受到伤害。至于如何挽回她的心，只好慢慢来了。他心里这样打定了主意，便决定借小德昭回汴京之机，说服柳莺随小德昭一起回京城。

"处耘，德昭交给你了。"在送别之时，赵匡胤郑重地交代李处耘。

他又对一旁的柳莺说："柳姑娘，你也随德昭一起回京城吧！如不嫌弃，就在宫内做个女官吧。一路上，也烦你照顾德昭，你们女人毕竟心细。"

柳莺不语，默默看了赵匡胤一眼。

李处耘已经看出赵匡胤对柳莺动了情，当下也不敢多说，便扶着德昭与柳莺上了马车。

赵匡胤目送一队军士护送马车远去。

马车不急不缓地行进在山路上。有个可爱的孩子相伴而行，柳莺的心情稍好了些。她心地本就善良单纯，与孩子待在一起，很快便暂时淡忘了自己的不幸与烦恼。在马车内，她与小德昭张开两手，手指间缠着红绳，玩着红绳游戏。德昭乐呵呵玩得很开心。然而，不幸很快降临了。

在穿过一片树林时，数十支弩箭突然雨点般从路两边树上射下。在弩箭的密集射击中，护送马车的军士不断有人倒下。

李处耘大惊，赶紧召集手下护住马车。他自己也骑着马，抢到马车一侧，挥刀奋力格开弩箭。他的身旁，幸存的军士们也手忙脚乱地挥刀挡箭。

在弩箭攒射片刻之后，一群蒙面黑衣人挥舞刀剑，呼啸着纷纷从树上跃下。

李处耘与军士们知道中了埋伏，只能死死护住马车。

"你们是什么人？"李处耘冲那些蒙面人厉声喝问。

所有的黑衣人皆沉默不答，只是一味进攻。

柳莺听到外面的弩箭声和打斗声，知道车队遇到了袭击，自己心下惊恐万分，却还担心着小德昭的安危，紧紧将他抱在怀中。

在诸多蒙面人中，有一名使剑的武功尤为高强。这人在另几个同伙的配合下，开始围攻李处耘。李处耘尽管勇猛过人，但是在多位高手的围攻之下，渐渐感到不支。不一会儿，李处耘渐渐被逼离了马车。

当一群黑衣人将李处耘逼开后，两个黑衣人掀开了马车车厢的帘子，将柳莺与德昭拖了出来，扛在肩上，很快钻入密林，转眼消失了。

片刻后，蒙面黑衣人们彼此呼喝着退去，李处耘与几个幸存的军士血染战袍，愣愣地站着。

李处耘愤怒地仰天长啸。无奈之下，他只好带着幸存的军士，匆匆赶回军营向赵匡胤禀报。

听到不幸的消息，赵匡胤陷入深深的痛苦之中，他最不希望发生的事情，还是发生了。他后悔自己没有多派些护卫。可是，谁又能想到，在战场的后方，竟然会发生劫持皇子的事件呢！

赵匡胤没有让自己在痛苦中停留太久。究竟是什么人劫持了德昭和柳莺姑娘呢？他苦苦思索着。"难道又是张文表暗中指使的？不，这不太可能。在当前的情况下，背后的主使者十有八九就是李筠。可是，他又怎么知道我会在这个时候派人送德昭和柳莺姑娘回汴京呢？看情形，这次劫持绝不是凑巧。主使者一定事先知道我送德昭回汴京的大概时间。这是一次埋伏。难道，皇宫内部有人暗通李筠？可是，会是谁呢？"这个谜团在他心里，最初如同一缕青烟，慢慢升起，随后变得越来越浓，仿佛从他的心中扩散出来，笼罩了他的全身，将他包裹在一个混沌的、可怕的空间中。他不想再往下想。不管是谁主使的，迟早会现出原形。当务之急，还是要尽快攻下泽州。如果德昭和柳莺姑娘落在李筠手中，事情就更不好办了！泽州，一定要拿下！他努力使自己暂时不去想德昭和柳莺，重新将思绪集中到了攻城问题上。

七

眼看激烈的攻城战斗又持续了一日，却没有丝毫进展，赵匡胤不禁大为着急。尽管他身经百战，深知战场上的胜利，必须要通过牺牲才能赢得，但是，这次毕竟是宋朝建立以来自己作为皇帝的第一次亲征，以优势兵力围攻一个泽州而久久不下，实在是一件令人丧气的事情。

这日傍晚，赵匡胤随便吃了点东西，让高德望跟着自己，不知不觉地走近了赵普的营帐。

这些年，赵匡胤似乎养成了一个习惯，真到了没有主意的时候，便常常先想到赵普。赵匡胤让高德望候在帐外，自己走入帐内。

赵普正捧着一本书在翻阅，见皇帝亲至，略感意外，慌忙起身，请皇帝坐下。

"看什么书呢？"

"啊，是《论语》，随便翻翻。"

"《论语》中可有破城之策？"赵匡胤此时心情不好，冷笑着问了一句。

赵普听出话中带刺，却故意装作不知，呵呵一笑道："陛下是因为泽州难破而烦恼吧？"

"朕已经依照先生建议开始强攻泽州，可是几日下来，损兵折将，朕能不烦恼吗？先生倒是悠闲，看起书来。"

"陛下不是常常教诲我一有时间，就要多读书吗？我还怕自己读得太少呢！陛下，攻打泽州，我还是坚持自己的意见。"

"先生就忍心将士们白白送命吗！？"赵匡胤有些气恼，抓起赵普放在一旁的书，哗哗翻了几页，重重抛在卧榻上。

赵普瞥了一眼那书卷，敛了笑容道："陛下，将士们不是白白牺牲。陛下难道真以为我是冷血心肠吗？说真的，如果我有妙计可以破泽州，我怎么会建议陛下采用强攻的下策呢？陛下应该知道，这就是战争呀！"

"朕不用先生教这个！"

"陛下，这次攻打泽州，是一场真正的消耗战，如果不借此消灭李筠的有生力量，就不足以威慑天下呀！如今，泽州已经被我军围死，粮食定然无多。我军数量庞大，粮食虽然不如敌人紧张，但是持久战却会严重有损我军士气。如果我们不强攻，李筠就会选择打持久战，时间一久，我军内部就可能生出变乱。还有，如果是李筠绑架了皇子和柳莺姑娘，他很快会与陛下讨价还价了。事态发展到这种地步，除了加紧强攻，别无他法。陛下，难道除了进攻，还有他法吗？"赵普以厉声反问作为结尾。

赵匡胤狠狠瞪了赵普一眼，心中感觉到面前的这个文人身上有股连自己也缺少的凌厉气势，颇感不悦。但是，他心里很明白，赵普说得很对。事态发展到这个地步，他这个新王朝的皇帝，已经没有别的选择了。

"大胆！你是在教训朕吗？！"赵匡胤重重喝了一句。

"不敢！微臣只是希望，陛下不要动摇信心！"赵普不卑不亢地回答。

这一刻，赵匡胤有一种被命运挟持的感觉。但是，他心里很清楚，眼前的这个人确实是在为他的新王朝考虑，日后治理国家，也离不开眼前这个人。

"掌书记，你可知道，现在咱们的将士士气已经渐渐变得低落了啊！"赵匡胤神色缓和下来，向旁边的一个竹墩指了指，示意赵普坐下来说话。

"要振作士气不是问题。"

"哦，你有何办法？"

"陛下难道想不到吗？"

"少卖关子！说吧！"

"微臣认为，只要陛下亲自到攻城前线督战，将士们自然人人拼命，奋勇当先！陛下既然是亲征，就不能老坐在中军大帐中。"赵普微微低下头，平静地说道。说话间，他用眼睛的余光瞟着面前这位新皇帝。他，之前曾是马背上的战将，如今还会亲自上阵吗？赵普自认为了解赵匡胤，深信这个新皇帝不会令他的建议落空。

"你这个家伙，倒支使起朕来了。"赵匡胤眉毛一竖，随即哈哈大笑道，"朕还真想上阵比画比画！好了，掌书记，你继续看你的《论语》吧，朕告辞了。"

言罢，赵匡胤倏然起身，大步往帐外走去。

当晚，赵匡胤在中军大帐外的营地烧起了篝火，摆上酒肉，宴请随征的诸臣诸将。在宴席上，赵匡胤一上来先将受伤的将校们好好安慰了一番。

几杯酒后，赵匡胤以沉重的语气向众将官说道："泽州逾旬不下，朕决定暂时休兵，另择时机再讨伐叛军，诸位以为如何？"

此言一出，诸人顿时在席间纷纷议论开了。诸人看法不一，有的认为应该继续强攻，有的说应该围困，有的则认为应该劝降，有的则认为应该撤军另找战机。

诸人当中，唯有赵普早已经心中有数，知道赵匡胤在玩弄他的权术以观察人心。想到这层，他便没有参与争论，只顾自斟自饮，不时拿眼睛斜着瞟瞟争论当中的一些人。

赵匡胤见赵普自斟自饮，心中暗道："赵普，你这家伙倒狡猾，自个儿喝上了，且看我如何治你。"

这样想着，赵匡胤怀着恶作剧的心情，朝赵普看去，道："喂！掌书记，你怎么看？"

赵普从容放下酒杯，平静地说道："微臣认为陛下的决定非常英明！"他故意将"决定"二字说得很重，其余的话却不多说。

好狡猾的回答，朕的心思倒是被你看透了。赵匡胤心中暗道，当下哈哈一笑，也不接话。

这时，席间站起一人，赵普望去，但见那人身材不高，体形很胖，挺着一个大肚，脸圆圆的像张大饼，嘴唇上留着小胡子。赵普马上认出是随征的德州刺史曹翰。

"陛下，臣有一计，可以令泽州不攻自破。"曹翰道。

"你有计谋，为何不早说！"赵匡胤拉下了脸。

"陛下，微臣也是刚刚想到。"曹翰倒是一点不紧张，平静地为自己辩解。

"好吧，什么计策，说来听听。"

"近几日，微臣一直在泽州附近观察地理水文。泽州城东，有一条南北流向的河，名曰丹水。这丹水，又有几条支流。其中一条支流是地下伏流河，自泽州城西北向东南在地下穿城而过。泽州城中的井水源头几乎都来自这条暗河……陛下，只要让负责攻击北门的刘廷让将军派人前往泽州城西北，掘出暗河，暗中下毒，不出三日，泽州城必然出现内乱。"曹翰不动声色地说了一大段话。

一刹那间，众人嘈杂的争论声变成了沉默。这条毒计，在不同的人的心中，激起了不同程度的反应。

此计一出，连赵普也大吃一惊，他心中暗道："这个曹翰，倒真是个有心计的用兵之才，今后可得留意此人。只是这计策，未免也太过毒辣了一些，但愿陛下不会因此改变了主意。"这样想着，他也暗暗心焦起来，不再喝酒，眼睛警惕地盯着诸将的反应。事情已经出乎他的预料。

突然，赵匡胤身旁响起了一个恨恨的声音："这位大人怎如此心狠，这得毒死多少老乡呀！"赵匡胤一惊，扭头看去，却是刚刚收在身边的高德望。

"二狗子，这不是你说话的地方，休要再说！"赵匡胤压低声音喝道。

高德望恨恨地闭了嘴，板着脸按住腰刀。

"陛下，末将绝不同意这计策。曹大人，你要下毒，自己去下！休要扯上我。"刘廷让愤愤然站起来大声说道，坐下去时，还嘟噜一句，"也不怕生娃不长屁眼。"

曹翰嘿嘿冷笑道："战场可不是做菩萨的地方，难道将军就忍心眼睁睁地看自己的将士战死吗！"

"你！……"刘廷让不善言辞，满面怒色，将头扭到一边。

凤翔节度使、赵国公王晏站了起来，冲皇帝一作揖，用厚重苍老的声音说道："陛下，曹将军说的，确实是一个好计谋。不过，那暗河会汇入丹水，丹水会汇入沁水，最终又流入黄河，这危害，实在是太大了呀！"

"嘿嘿，且慢，我又没有说一定要用剧毒之药，下点让人腹泻的药恐怕不至于有大碍吧。诸位大人都要做好人，我便一个人做恶人。"曹翰冷笑不已，接着又振振有词道，"即使不下毒，只要暂时阻绝暗河，城中水源一断，也同样不战自乱。想那战国时期，秦国为了攻破赵军守卫的高平，曾经在阳谷中筑土坝阻断水源。咱们不如依样画瓢，用这种办法来攻破泽州城。陛下，微臣认为目前休兵虽然可以，但是却容易使各地势力拿叛军做榜样，重新抬头，那时恐怕天下重新诸侯林立。至于围城，则耗时太久，恐生变乱。陛下，请您决断吧！"

"曹将军这是将我大宋比作暴秦吗？"刘廷让抓住机会，对曹翰反唇相讥。

曹翰一愣，立刻明白刘廷让抓住了自己方才言语中的"小辫子"，不禁心中一凛，便欲发怒。

"休要作无益之争！"赵匡胤见帐内火药味渐浓，当即喝止。

赵匡胤本想试探将领们，却未料到有此一变，心中也开始默默掂量起曹翰的计谋。四周的篝火"噼里啪啦"地爆出声音来。赵匡胤仿佛什么也没有听见，他陷入了沉思。

忽然，席间又站起来一个人，铜锣般地大声道："陛下，攻城已久，我军士气低落，拖延下去恐怕于我不利。不过，在我军不断攻击下，叛军必然已经疲惫不堪，末将愿率敢死队再次强攻！"

赵匡胤抬头一看，只见那军校身材魁梧，有一个硕大无比的脑袋，此人正是控鹤左厢都校马全义。

"你先坐下，容朕想想。"赵匡胤伸出一只手掌，手心向下晃了晃。

马全义坐了下去，席间再次安静下来。

过了片刻，赵匡胤道："朕记得，王朴曾经给先帝上过一个《平边策》。文中说：'彼方之民，知我政化大行，上下同心，力强财足，人安将和，有必取之势，则知彼情状者，愿为之间谍，知彼山川者，愿为之先导。彼民与此民之心同，是即与天意同。'现今，泽州百姓与叛军共同守城，我军久攻不下。如此看来，是我大宋尚未深得天下民心。那李筠也定有得人心之处，哪怕是部分的人心啊！这种情势下，如果我军采用下毒或断水之策，城一定是能够攻下的，但是恐怕会失去天下人心呀！"话说至此，赵匡胤用严峻的目光扫视诸位将官。

曹翰听了，面带愧色，头开始往下低去。

只听赵匡胤突然提高了声音，继续说道："不过，曹翰将军全心全意为我大宋着想，其心可嘉，其才可佩。曹翰，这把剑是唐朝的宝物，据说安禄山得到此剑，将它献给了唐明皇，还封该剑为'坚利侯'。它跟随朕征战多年，所向披靡，杀敌无算，是朕心爱之物。今日便送给你，就算是嘉奖吧！只是，以后打仗，也得心怀仁心，切不可滥杀。"说话间，已然将腰间的宝剑解了下来，抽出了一半，看了一眼，便交给旁边的高德望，示意他给曹翰送过去。高德望满脸十万个不情愿地捧过了宝剑，向曹翰走了过去。

赵匡胤这几句话，恩威并济，掷地有声。曹翰闻言，又惊又喜，双膝跪地，恭恭敬敬从高德望手中接过宝剑，颤声道："陛下英明！末将今生不忘陛下之教诲！"

"起来吧！马全义听令！"赵匡胤突然厉声喝道。

"末将在！"

"朕令你明日率两千敢死队，人人披明光精钢甲，再次组织强攻！"说着，赵匡胤端起一大碗酒，站了起来，继续说道，"来，喝了这碗壮行酒！朕明日亲自与将军上阵攻城！"

马全义昂起他那颗硕大脑袋，眼中满是泪水，慨然道："谢陛下！我马全义万死不辞！"待喝完酒退下时，已然感激涕零。

赵匡胤又喝道："边光范，你连夜让各军调集两千副明光精钢甲，速速交付马全义。另，再调五千副黄桦黑漆'床子弩'交付王审琦。王审琦，你从速组织五千弓弩手，明日正午，配合敢死队登城！一定要将叛军的'急龙车弩'给压下去！"

赵匡胤一口气说将下去，安排好了明日的攻城部署。

八

马全义回到自己营地时，大约是亥时。方才燃起的激情还没有熄灭，他带着这股情绪，前往士兵的营帐巡视。一阵山风吹来，他忽然打了个哆嗦，感到了一阵夹杂着愧疚的恐惧。他知道，明日又将有很多士兵会丢了性命。如果宴席间自己不站起来请战，也许有些人可以一直活到七十岁、八十岁，将会有他们自己的儿女、子孙。在夏日的夜晚，这些老去的人可能抱着自己的孙子、孙女一起看着天上的星星，享受天伦之乐。可是，到明日，那些不走运的家伙就一切都没有了。他觉得自己对不起那些将失去性命的士兵。当想到自己可能成为倒霉蛋中的一个时，他的愧疚稍稍减轻了些。

"这是打仗，总得死人。"马全义在心里安慰自己。但是，他迈向士兵营帐的脚步已经不知不觉变得沉重了。

当夜，马全义巡视部下营地的时候，几乎没有说话。士兵们尚未睡，有的在聊天，有的在发呆，见到自己的将军前来巡视的那些士兵，纷纷站起来致意，因为这个将军平日待他们不错，他们心中尊敬这个将军。

"将军来了，伙计！"

"看起来将军脸色不好呀！"

"不会要轮到我们上去攻城了吧……"

"怕啥，上阵了肯定能多拿饷钱。"

"得了，还是先想着保住自己的脑瓜子吧。"一个老兵冷笑着说。

"你这老油条，胆小鬼！"

"胆小鬼？呵呵，话别说得太早了！阵上才能见分晓。"那老兵顶了一句。

"别斗嘴了！将军过来了。"

此刻的马全义有些茫然，那些士兵们压低声音的对话，他根本没有听进去。他只是机械地往前走，看看这个，看看那个，偶尔拍一下这个的肩膀，偶尔又在另一个跟前停下来，嘴里嘟噜一句。

当马全义回到自己的营帐时，他便倒头睡下了。他以为自己会难以入眠，可是，奇怪的是，他什么都没有梦到，睡得很香。

六月十三日一早，间丘仲卿陪着李筠登上泽州城的南城楼时，发觉城外驻扎的宋军有些异样。一面绣着黑色"赵"字的赤色大旗出现在距离城池不远的地方。

"主公，看！"

"那是赵贼吗？"

"应该是。敌人可能又要攻城了。"

"就让他们来吧！"李筠面无表情地说道。此刻，他的心意已决，没有什么好害怕的了。

"北汉那边还是没有动静。"

"卫融怎么说？"

"他也很无奈，但是表示会全力协助主公抵御宋军。"

"让他带兵突围再去北汉求一次救兵，还有没有可能？"

"主公，已经试过几次了。宋军已经将我们重重包围，冲不出去。"

"那个李重进，也是个没有用的家伙！"

"主公……"闾丘仲卿心抽了一下，整个人被浓浓的悲哀笼罩了，他不知道说什么才好。

"对了，仲卿，你夫人和孩子可好？还在潞州城？"李筠连自己也不知道，为何在这种时候突然问起了下属的家人。

闾丘仲卿稍微愣了一愣，笑道："半年前就送回老家了。"

"哦……这样也好！好！"

这个时候，太阳已经渐渐升高了。阳光照在城墙上，箭垛子在李筠与闾丘仲卿身旁投下浓浓的阴影。

"今儿这太阳可够辣的。"李筠抚着渐渐发热的城墙，又说起了天气。

"是啊……"闾丘仲卿看着城墙箭垛下的长长的影子，许多往事忽然之间从记忆的角落中汹涌而出。

"犬子小的时候，可有意思了。有一天，突然指着我的脚下'咿呀——咿呀——'叫起来，我一开始不明白是怎么回事，他娘就对他说，小家伙，那是影子，不要怕！……主公，你说好笑不好笑，小孩子连影子也怕。"闾丘仲卿呵呵笑了起来，这是不带任何掩饰的自然的笑，充满着甜蜜与忧伤。

李筠突然之间感觉到自己的眼眶中已经充满了泪花。他几乎是哽咽着回应闾丘仲卿的话："是啊，小孩子就是可爱……大人都不知道小孩子在想些啥……守节小的时候，每次我抱他，他就瞪着明亮的眼睛看着我，然后就用肉乎乎的小手来扯我的胡须。真是奇怪，每次都那样，仿佛他老爹的胡须是什么神奇的玩意儿……"

人就是这样奇怪，在最危急的关头，却也能悠闲地拉起家常来。

说话间，只见城外尘土飞扬起来。

"主公，他们开始布阵了。"

"哈哈，赵贼还真是个将才。瞧，那些应该是弓弩、弓箭手。那些是云梯队。那些应该是攻城的。"

"看，那里还有手持大盾的。主公，看来他们是要强攻。"

"是。看，那些盾牌手正被安排在弓弩手的队列之间，这是要护着弓弩手呀！"

"咱们的'急龙车弩'能射八百步，加之居高临下的优势，射程可以更远一些。宋军的'床子弩'大约可射七百步。因此，八百步至七百步之间是关键，如果他们的弓弩手突破七百步，咱们就不占什么优势了。"闾丘仲卿道。

"这样说来，宋军这次是跟咱来狠的了！来人，传令下去，令弓弩手一定要将宋军的弓弩手压制在七百步之外！"

"主公，不过……"

"不过什么？"

"哦……没什么，只是，咱们的大箭不是很多了。一旦他们冲入七百步内，咱还得想其他的招呀！"闾丘仲卿道。

"那就和宋军白刃相见吧！"方才那个拉家常的李筠仿佛一下消失了，豪气与傲气重新回到了他的身上。闾丘仲卿看了自己的主公一眼，暗中叹了口气。这是为李筠的宿命在叹气，也是为了自己在叹气。因为，闾丘仲卿很清楚，己方的胜算已经越来越小。不过，谁又知道战场上会发生什么呢？谁又敢说，一定不会出现奇迹呢？

只听李筠又道："韩敏信说陈骏一定可以得手，也不知道成功了没有啊！"

"即便他成功劫获赵匡胤之子，泽州城如今已经团团被围，恐怕他们也不易闯进来吧。"

"有皇子在手，谅宋军也不敢轻举妄动。只是，不知道是否能够赶上啊！"

闾丘仲卿听了，不再言语，沉默地望着城楼下。

高德望一直不明白为什么皇帝会让自己做贴身侍卫。这么一个非常荣耀的差事，远远超出了他的想象。而且，这个荣耀似乎来得也太容易了，他对此感到不安，甚至感到有些愧疚。一方面，他觉得对不起皇帝的厚爱；另一方面，他也觉得对不起自己原来那些战友。"凭什么是我做了皇帝的贴身侍卫呢？我还啥功劳也没有呢！"他总是这样质问自己。本来以为，去石守信、高怀德部，可以参加对叛军的战斗，可是没想到只是送战报，而等送战报回来，便成了皇帝的贴身侍卫。

当高德望听说要再次攻城的时候，他便下定决心要向皇上请战，作为敢死队一员跟着马全义。赵匡胤略一迟疑，便答应了，也没有问高德望为什么希望去攻城。他没有问的原因，是因为他也是从战场上一战一战成长起来的。他太了解一个有骨气的士兵的心了。"真是一个憨厚的家伙！偏要自讨苦吃！"赵匡胤心中虽这般暗自埋怨，但是他也知道，也许这正是自己选高德望作为贴身侍卫的原因。他从看到这个士兵的第一眼，就知道这是一个憨厚忠诚之人，绝不会背叛自己。

高德望想到自己可以披上明光精钢甲去杀敌，心中兴奋不已。他想，等战争结束了，回到老家，穿着这明光精钢甲，讲述着杀敌的故事，那得多威风呀。与此同时，那天在石守信、高怀德部

卷四

初见战争场面的恐惧，也再次在他心底浮现出来。这种恐惧与兴奋混合在一起，成为一种非常复杂的心理，促使他陷入了狂乱的幻想之中。夜里，当他躺在行军帐内入睡时，他在脑海中创造出不止一种自己将经历的壮烈场面。他一会儿想着，自己被一个敌人的刀砍中，而与此同时他却结果了对方的性命，成为最后的胜利者；一会儿他又想，自己冒着蝗虫般的飞箭，登上了泽州的城楼；一会儿又想，自己刚刚向城楼冲去，便被敌人的飞弩射中胸口……高德望便在这种兴奋的胡思乱想中，折腾了近一个时辰，才昏昏沉沉睡了过去。

第二天早晨，高德望早早起来，披上明光精钢甲，前往马全义的先锋阵营。两千攻城的敢死队员，是先锋之中的先锋，是"钢刀"之中的"钢刀"。

高德望之事，赵匡胤早已经亲自告诉了马全义。"这家伙是个飞毛腿，就让他跟着你，说不定派上用场呢！"赵匡胤没有叮嘱太多，他很清楚，上了战场，就得听从命运的安排了！

两千攻城的敢死队被分成了十个纵队，每个纵队又配了一个云梯队。也就是说，届时将在泽州南门形成十个登城攻击点。为了掩护攻城突击队，五千名弩手被安排在敢死队之后。他们将在敢死队与云梯队往前冲的同时，一起往前冲，同时还要向城楼发射"床子弩"。这五千人，每一个人旁边，另有一名专门的大盾手，负责抵挡城上射下的飞箭。

两千名披着刚刚锻造的明光精钢甲的将士，创造出了一种令人惊叹的效果。高德望原本想着自己有多威风，但是，当他融入这个巨大的队列之后，他发现他感到的自豪与荣耀远远超过了自己的预想。更加重要的是，他感到了一种从来未曾感到过的力量。这让他觉得，现在前面即使有座铁打的山，他们也能将它给劈开。

当攻城敢死队、云梯队以及五千名"床子弩"手和五千大盾手列阵时，赵匡胤由诸将簇拥着，骑在马背上，望着不远处的泽州南门城楼，神色肃穆，陷入了沉思。此时，李筠与闾丘仲卿正在泽州南门城楼上拉着家常。

赵匡胤突然对中书舍人赵逢说道："你赶紧传令下去，命令赵晁在东门佯攻，赵彦徽在西门佯攻，刘廷让在北门佯攻，同时，请三位将军将他们的主力调到南门来，配合王审琦、罗彦环、马仁瑀三位将军一起行动。"

赵匡胤的这个命令，让周围的诸将都吃了一惊。不过，赵普却微笑起来，点了点头。

王审琦忍不住惊问道："陛下，这样一来，叛军很可能突围呀！"

曹翰的眉头皱了皱，却终于忍住没有说话。昨夜皇帝的斥责，如今还响在他的耳边，他觉得还是不要说话的好。

赵匡胤瞥见赵普的微笑，心中暗想："看来他是已经知道了我的心思了。这真是朕需要的人呀！"

"掌书记，你笑什么？"赵匡胤没有理会王审琦的提问。虽说王审琦当时被任命为负责主攻南门的先锋主将，但是如今他亲自督阵，自没有必要对谁都——解释。

"陛下，臣笑李筠竟然敢冒犯天威。"赵普并不想现在就将自己的想法说出来，他觉得没有必要，在这种情况下，还是恭维一下皇帝为好。

赵匡胤心中暗道："好个掌书记，倒是滑头！"当下只是哈哈一笑，扭回头再次望向泽州城。

九

　　这日中午时分，宋军进攻的鼓声敲响了。逾万人的攻城部队一起开始移动，仿佛一个巨大的怪物在挪动着千百双脚，向城墙逼压过去。

　　高德望就跟在马全义身边往前跑。他的心剧烈地跳动，在往前冲的过程中，看到四周全是穿着明光精钢甲的士兵。他们几乎是一个样，分不清谁是谁。呼号声响起来了，尖利的呼号声、嘶哑的呼号声、恐惧的呼号声、兴奋的呼号声、痛苦的呼号声，各种呼号声夹杂在一起，天地仿佛开始旋转起来。高德望感到有些眩晕，自豪、荣耀、恐惧，在这一瞬间，仿佛全都被忘记了。他只知道一个劲地往前冲，同时感觉到自己的喉咙在动。"是的，我在喊叫！"可是，奇怪的是，他却仿佛一点都听不见自己的叫声。周围的呼号声太大了，像大海的咆哮将可怜的水手的呼号声给吞没了。有盾牌手护卫的云梯队队员也夹在穿着明光精钢甲的敢死队之间奔跑。

　　攻城敢死队按照计划，要快速冲到城墙下。在他们冲到城墙下之前，他们得依靠他们身上的明光精钢甲、手中的小盾牌以及灵巧的躲闪来躲避城楼上射下的大箭。五千"床子弩"手得到的命令是在敢死队开始登上云梯时，才开始集中对城楼进行射击，以此来形成有价值的掩护。这样的战术，一方面是为了消耗叛军的箭弩，另一方面乃是依靠敢死队的冲击，吸引叛军弓弩手的注意力，从而为五千弩手、近千张"床子弩"前进到离城墙七百步内争取时间。因为，在七百步之外，宋军的"床子弩"丝毫起不了作用。

当两千敢死队员离城墙大约八百步远的时候，泽州城头忽然飞出了箭雨。漫天的箭弩发出可怕的破空之声，向敢死队员们飞去。高德望一边跑，一边将左胳膊举起，用左手的小钢盾挡住头部。明光精钢甲勉强能够挡住射向胸腹的飞箭，却无法护住全身。他看到，队伍中不断有人倒下。有的被射中了胳膊，有的被射中了腿，还有的被射中头部立即扑地死去。呻吟声开始四处响了起来。这个时候，高德望感到自己已经陷入了惊恐之中，当一个士兵被射中小腿倒在他跟前的时候，他停住了，发愣了，不知道是该去扶救，还是应继续往前跑。

"发什么愣！快冲！"

突然，高德望听到旁边一声巨吼。他扭头一看，一个人正冲着他挥着手中的大刀喊叫着。他认出来了，是马全义将军。高德望心中一惊，立刻拔腿往前冲去。

不久，宋军的"床子弩"已经开始射上城楼。密集的飞箭一下将守军的弓弩手给压了下去。城楼上空间有限，弓弩手只能轮番往前靠近城墙箭垛口，然后向下射击。当宋军的"床子弩"开始冲至七百步之内后，从楼下飞上城楼的箭弩，开始一下子多过了射下城楼的箭弩。城楼上，守军的弓弩手转眼间纷纷中箭，惨叫声此起彼伏。

"主公，宋军开始攻上来了！我们的箭已快消耗完了。"闾丘仲卿冲着李筠大叫起来。

此时，韩敏信匆匆奔上城楼。

"你来做什么？"李筠喝道。

"将军，你以为敏信是贪生怕死之辈吗？"韩敏信慨然道。

李筠一愣，大笑道："好，虎父无犬子，将门出英豪。韩通兄弟啊，你的儿子没有辱没你的威名啊！"

"众将士，用你们手中的刀剑，好好迎接敌人吧！"李筠抽出了宝剑，呼叫着招呼副将以及周围的将士。

突然，一个副将匆匆奔来，大呼道："将军，北门、东门、西门的宋军正抽调大部分往南门而来！"

"什么？！看样子，赵贼这次是势在必得呀。快，传令下去，将北、东、西三门的精锐都抽调过来！"李筠怒睁了双眼，大声向那位副将下令。

"是！"那位副将听了命令，转身便要离去。

闾丘仲卿忽然一把将那副将拉住，扭头对李筠说道："主公，不可！这是咱们的机会！"

"仲卿！你说什么？！"李筠又惊又惑。

"主公，这是咱们突围的机会呀！主公，请你赶快撤往北门，这是带人突围最后的机会呀！"闾丘仲卿道。

"不！我们能够顶住进攻的！"

"主公，请听在下一言吧！即使这次顶住了，泽州孤城，日久难守呀！"

"仲卿，你可知道，我今日死意已决，怎能抛下诸将士独自逃生呀！"李筠仰天长叹，说话间，挥剑挡开了几支飞箭。

"你们几个，快护送主公去北门，快！"闾丘仲卿冲那位副将与身边几名亲兵大声吼道。

"等等，瞧，陈骏得手了！"韩敏信突然往城下指了指。

李筠顺着韩敏信的手指看去，这个时候，他的眼中重新燃起了希望。

泽州南门城楼下，宋军攻城部队的一侧开始大乱，一队黑衣武士纵马飞奔，直直向城门闯过来。当先两人，一个在马背上夹抱着一个少年，另一个却抱了一名女子。骑马冲在前头的那人，正是陈骏。

宋军中有几位将军立刻认出了在第一匹马背上被人挟持的是皇子德昭，俱都大惊失色。

"是皇子德昭！"

"皇子被抓了！"

"停止放箭！停止放箭！"

宋军阵营内喊成了一片。突然出现的"不速之客"，迫使宋军停止了攻城，无奈地让开一条道。陈骏率领的黑衣武士们带着德昭与柳莺，冲到城下。

城门缓缓打开，留出了一条门缝。黑衣武士们骑马呼啸而入，城门立即又关上了。

不一刻，陈骏和黑衣武士们带着德昭与柳莺出现在城楼上。李筠与间丘仲卿持剑站在了德昭与柳莺的旁边。

赵匡胤将突然发生的一切看在眼里。

"果然是李筠主使！卑鄙！"赵匡胤满面怒容，眼中燃起了愤怒之火。

宋军停止了进攻，整个战场顿时静了下来，只听见伤者发出令人心悸、令人恐怖、令人悲哀的呻吟。

陈骏将德昭与柳莺往城楼垛口推了几步。

李筠在城楼上嘶哑着嗓子,大声喝道:"赵匡胤,退兵吧!否则我就杀了你儿子。"声音随着大风飘下城楼,在寂静的战场上回荡。

赵匡胤紧紧咬着牙关,并不答话,脸部肌肉因痛苦而抽搐着。他已经失去了几个儿女。如今,这个刚刚要长大的小德昭,难道能眼睁睁看他被李筠杀死吗?可是,如果此时不平泽州,局面不知会发展成什么样啊!一时间,他心如刀割,拿不定主意。

韩敏信这时也从李筠身后走到城楼箭垛边,两手扶着垛口,冲着楼下大喊:"赵贼,快快退兵吧!杀父之仇,屠家之恨,我迟早让你血债血偿!"

数万宋军被突然发生的事情惊呆了。他们僵滞在原地,神经紧张地与城楼上的叛军对峙着。

这个时候,泽州城楼上又多了两个人。其中一个年轻女子,正是有孕在身的阿琨。另一人却是个白发苍苍的老妇人。

李筠见了两人,不禁大惊,口中呼道:"母亲大人何时到泽州的?阿琨,你为何要将母亲接来啊?"他看着眼前的一切,很快明白了。一定是阿琨为了劝我投降,想出了这个办法吧!他用责备的眼光看了看阿琨。

原来,正是阿琨为了劝李筠归降朝廷,暗中请人将李筠老母亲从上党请到泽州。李筠的母亲,刚刚从泽州的北门,被围城的宋军放入了泽州城。

这位白发苍苍的老母亲颤巍巍走到自己的儿子面前,伸手指了指城楼上下遍地尸身,说道:"我儿,你看看,你看看这一切,你以为还有赢得战争的机会吗?你还不投降,还等什么呀?"

阿琨也哭泣道:"将军,孩子是无辜的,你就降了吧!"

李筠叹了口气,说道:"母亲,阿琨,这么多年了,你们难道还不知道我吗？既已出兵，我怎能后退！"

阿琨扶着自己的婆婆说道："将军，我去向陛下求情，他一定会放过我们的，一定会的。"

"你不用去求他。我如此独活，怎对得起为我而死的潞州将士！"李筠说话间，扬起脸，望着高远的蓝色天空，脸上已经热泪横流。

间丘仲卿见状，冲到李筠跟前，说道："主公，不如咱们从北门突围，去上党与少将军合兵，然后往西域寻一处暂避，留得青山在，他日还可东山再起啊！在下近日得到一张详细的西域地图——"

未等间丘仲卿说完，李筠怒喝道："去西域？你休要说了，我不会去的！"

间丘仲卿喉头一阵哽咽，看了韩敏信一眼，顿时说不出话来。

李筠的老母亲此时早已泪流满面，她挣开阿琨的手臂，慢慢走到了城墙垛口。她扭头无比怜爱地看了看李筠，惨然一笑，说道："我儿……既然如此，我就先走一步了！"说罢，突然纵身一跃，跳下城楼，重重落在黄土地上。一团黄尘飞扬起来，在她的尸身上盘旋着。鲜血慢慢从她身子下边流出来，慢慢地扩散，慢慢地被黄土地吸收了。

李筠被这突然的变故惊呆了，愣了片刻，张开嘴仰天大吼起来。一个悲痛欲绝的人的哭号声，是令人心碎的。

泽州城下，赵匡胤目睹了人间惨剧的发生，面色变得更加凝重了。他缓缓拔出剑，准备下达总攻的命令。

陈骏看到赵匡胤的举动，意识到赵匡胤铁了心准备继续攻城，当即不再多想，猛然举起剑，刺向小德昭。

说时迟那时快，只见一个身影一闪，挡在小德昭身前。原来，是柳莺横向一跃，为保护小德昭扑了上来。只听"扑哧"一声，陈骏的长剑刺穿了柳莺的胸膛。

柳莺缓缓地倒在了阿琨身边，血汩汩流出她的身体，顺着湖绿的褙子，无声无息地流淌着。

陈骏被眼前这个娇媚的弱女子的勇敢行为震惊了。他慢慢从柳莺的身体内抽出长剑，呆呆地站在原地。

渐渐失去生命力量的柳莺，躺在被太阳晒得暖暖的城楼的地砖上，温柔地看了看小德昭，又抬头看着阿琨，说出最后的话，声音轻得几乎只有她自己能听见："姐姐，你一定是他喜欢过的那个女人吧，请一定救救德昭。还有，让他记住，他许诺过的太平。"

阿琨的眼睛被泪光模糊了，在这个时刻，她还能做什么呢？她蹲下了身子，将柳莺抱在了怀里，使劲地点着头，哽咽着说道："妹妹，你是谁？你也爱他吗？"

柳莺凄然一笑，说道："乱世之人，怎敢言爱！"说完，她轻轻地呼出一口气，微笑着慢慢地闭上眼睛，两行热泪从眼角顺着凝脂一般的脸庞滑落下来。

阿琨轻轻放下柳莺的尸身，缓缓站起身，转身注视着李筠，深情地说道："将军，他不会退兵的，你若杀了德昭，我和这肚中的孩子，难道还能活吗？阿琨最后求你一次，放了德昭吧！"

李筠仿佛过了好久，才明白阿琨的话。他手中的剑，终于缓缓地放了下来。

这时，韩敏信见李筠心软，便从陈骏手中抢下长剑，往小德昭跟前走去。

"你不要怪叔叔。"韩敏信冲着小德昭说。他在相国寺中曾经见过小德昭，当时，阿燕还想让他教小德昭画画。当时，他还不知道阿燕便是长公主，更不知道那个孩子就是仇人的儿子啊！如今，韩敏信铁了心肠，要杀掉仇人的儿子。

小德昭早已经被一连串的变故吓着了，此时只是惊恐地望着韩敏信。

韩敏信不再多说，手臂一动，挺剑刺向德昭。

千钧一发之际，韩敏信突然感到背后一阵剧痛，这阵剧痛迅速蔓延到前胸，他下意识低头看去，发现一段剑刃已经从背后穿透了自己的胸膛。原来，是李筠在紧急关头，挥剑刺向了韩敏信的背心。

鲜血从韩敏信的胸前流出来，滴落在城楼上。他想要举起长剑，却已经没有那个力气了。力气正从他火烫的躯壳中迅速溜走。他凄然地笑了笑，扭过身子，冲着李筠和城楼下的赵匡胤说道："不要以为一切已经结束了……"

李筠丢弃了刺中韩敏信的长剑，望着城楼下，歇斯底里地仰天大笑："说得好！说得好！赵匡胤，你记住，一切还没有结束！今日，我不杀你儿，我到了地下，也会看着好戏上演。"

此时，城楼下飞出两支连珠箭。一箭射中韩敏信腹部，一箭射中李筠的左肩。

韩敏信仰面倒在城楼上，眼睛瞪着天空，迷迷糊糊中，他再次看到了那条冰冻的时间之河。在那条无头无尾的凝固的时间之河中，在大相国寺中他与阿燕相遇的一幕，还在那里被冰冻着，那个他，正仰着头，看着一张白若凝脂的、微微泛着红晕的脸；她正微微歪着脑袋，乌黑的眼眸子充满爱意地看着他……年轻的他和她，还在那里，还是那个样子，没有一丝一毫的变化。真是美好啊！在她的眼中，那一刻是否也如我所见的一样呢？他痴痴地盯着那时间之河中阿燕娇美的面容，泪水渐渐蒙眬了他的双眼。

"真冷啊！现在我也被那时间之河冻住了吧。"他任由自己的思想渐渐滑入永恒的寂冷之中。

李筠被箭射中，摇摇晃晃也差点倒下。阿琨哭喊着冲上去扶住李筠。他在阿琨的怀中，扭着头，看着阿琨，仿佛心满意足地笑了笑，又伸出满是鲜血的手，抚摸着阿琨的头发，随后又吃力地扭头看着间丘仲卿。

"仲卿，你把夫人和德昭给赵匡胤送过去吧！你不用回来了。"

"这……主公！"间丘仲卿不知说什么好！

"不，我不走！你就投降了吧，咱们一起出去！"阿琨哭喊道。

李筠紧紧地拥抱了阿琨一下，然后万分不舍地松开了怀抱。"我不会投降的。我也不会离开我的将士们。你走吧，为了咱们的孩子！"他坚定地对阿琨说。

阿琨知道再也不可能说服自己的夫君了。

悲伤使得间丘仲卿浑身颤抖。这个忠心耿耿的从事、这个胸怀韬略的谋士，此时红着眼睛，看了看李筠，也知道没有进行劝说的必要了。

片刻后，间丘仲卿送阿琨与小德昭出了城门。

在城门口，间丘仲卿勒住了缰绳，从怀中摸出那张韩敏信交给他的西域地图，对阿琨说道："夫人，这是一张西域地图，你若能到得上党，就劝少将军率军突围，往西行，找一处安身之地吧！"

阿琨愣愣地看着间丘仲卿，却不接那地图，哽咽道："先生此话何意？先生不是答应了将军，不再回去了吗？"

"夫人，你走吧！在下的宿命，在那里！"间丘仲卿扭身往泽州城指了指，淡淡一笑。他的眼中，似乎已经看不到悲伤，也没有任何恐惧。

阿琨凝视了那双眼睛许久，热泪无声地流淌下来。她终于明白了眼前这个男人的想法，只好默默接过地图，塞入怀中。

间丘仲卿向阿琨点点头，再次微笑了一下。他立住马，又往远处的连绵起伏的大山看了看。那里，在如波涛起伏的山坡上，是大片大片的油松，大片大片的荆条，深沉的浓绿夹杂着鲜亮的浅绿，在这片连绵的绿色中，淡紫色的荆条花点缀在山坡的四处。在那片山坡上，红色的、粉色的、黄色的、白色的，各种野花，在乔木的保护下，在灌木的簇拥中，无拘无束地开着。

"真美啊！"间丘仲卿的眼睛充满了泪水，轻轻地赞叹了一句，然后坚定从容地调转马头，纵马驰回城内。

阿琨怀抱着德昭，骑在马背上，默默看间丘仲卿骑着马奔回城内，方才抖了抖马缰绳，让马儿慢慢向赵匡胤走去。

城门在她的背后很快地关上了。

当阿琨将近宋军阵前时，泽州城楼上燃起熊熊大火。赤色的火焰，夹杂着浓重的黑烟，如同怪兽般吞噬着周围的一切。在大火之中，立着一个高大的身影，那人正是李筠。

阿琨再次回头望着城楼，用手捂住了嘴，想要使劲忍住不哭，可是泪水却如雨而下。

城楼下，数万宋军将士也在沉默中静静望着城楼上燃起的熊熊大火。

阿琨望着那熊熊燃烧的城楼，过了许久，终于转过头，重新走向赵匡胤。

赵匡胤在马背上从阿琨手中接过德昭。这一刻，阿琨表情复杂地看着赵匡胤。

"从前，你说过回来救我，可是来救我的却是他。今天，你却杀了救我的人。"阿琨凄然道。

这一刻，赵匡胤默然无语，泪流满面。

阿琨骑着马，面无表情地经过赵匡胤。

马儿走了几步，阿琨仿佛记起了什么，回过头说道："那姑娘说，让你记住你许诺过的天下太平。"

赵匡胤没有转身去看阿琨，也没有回答。他此刻怀抱德昭，眼睛盯着城楼上那个在熊熊烈焰中的高大身影，热泪无声地流淌着。在这一刻，他内心的信念几乎动摇了。所做的一切，所有的牺牲，都值得吗?! 这个问题，像敲响的钟声一样，在他的内心回响。

"史官在吗？"赵匡胤大声问道。

"臣在！"背后马阵中一官员应诺。

"记住，今后无论谁写这段历史，李筠要算是后周的忠臣，而不是大宋的叛臣。"赵匡胤一字一顿地说道。说完，他将小德昭递给旁边的内侍李神祐，长剑往泽州城一指，大声喝道："攻城！"

宋军再次向城楼猛攻，羽箭在城上城下如雨点般飞动。

突然，一块礌石落在赵匡胤马前，溅起的碎石弹射在赵匡胤头盔上。赵匡胤自马背上轰然坠落。

"所有我爱的人啊，我怎能乞求你们的原谅？我没能躲开这个残酷的时代，可是，我记得，我在这个残酷的时代中，对世人发过誓，要开创太平——"在他落马的那一刻，他这样想着。然后，他想起了曾经的某个夜晚，他在与守能对话。漆黑的大殿中只有一处微弱的火红烛光。

他记得当时自己问守能："大师，如何才能开创天下太平？"

守能答道："佛曰：我不下地狱，谁下地狱？"

突然之间，他沉入了地狱般的黑暗，他狂奔过一段无光的隧道，然后在耀眼的白光处看到了波涛汹涌的鲜血如大河般流淌过大地。那是伊水还是沁水，或者，它就是汴河？他努力睁大眼睛，睁得眼皮发痛，想要辨识那眼前奔涌流淌的究竟是哪条河。可是，他依然看不清。他这时意识到，自己正孤零零站在那流淌着的鲜血中。他一转身，发现脚下的鲜血之河不见了。他恍惚中觉得自己踩在麦秸上，眼前是一个厨房，厨房的氤氲中，妹妹阿燕正在那里揉着面团。她向他笑了笑，然后在厨房的氤氲中隐没。连整个厨房都在白色缭绕的蒸汽中隐没了。他想要呼喊自己的妹妹，却发不出声音来。他往那氤氲深处奔去，想要摸索着找到那间厨房的门。可是，他眼前什么都没有。他在白色的雾气中跌跌撞撞走了好久，突然看到前面出现了一座山，山顶上站着一个女子。美丽的眼睛，婀娜的身子，乌云般的头发在风中飞扬着发梢，点缀满了黄色碎花的红裙子。她还抱着一把古琴呢！两条红色的系发的飘带，从乌云般的头发上温柔地垂下来，在风中飘动着。她是谁呢？他痛苦地想着，挣扎着往那个山坡上爬去。

那个山坡上，不知受何种力量驱使，迅速长满了高大的黄栌和荆条。它们真高啊！遮住了太阳，遮住了她。我得找到她！他继续往山坡上吃力地爬去，鲜血在他脚下淋漓，染红了深绿色、灰绿色的灌木和浅紫色的花。它们真美啊！仿佛在哪里见过。在荆条灌木丛的旁边，那是什么？是伴生着的黄刺玫。哦！为什么它们的下面堆着那么多骷髅啊？我得走过去，我得爬上那个山坡，找到她！他大声喊着，不顾双手的疼痛，拨开荆棘，不顾一切地往山顶攀登。他突然感到自己的衣角被人拽住了。他回头一看，原来是自己的两个孩子。他们真小啊，仿佛从来没有长大。他突然眼睛一花，发现眼前根本没有什么孩子。旁边，只有一尺多高的山蒿，像三四岁的孩子一样，不时磨蹭着他的膝盖，拉扯着他衣甲的下摆。她在向我招手吗？他兴奋地往前奔去。他的脚下，踩着山蒿、苍术，踩着星星草、白茅草，踩着柴胡、早熟禾，踩着山坡上覆盖着的厚厚的苔藓。突然，他觉得自己的力气被什么东西给吸走一般，无力地摔倒在山坡上。他摔在一片厚厚的枯枝败叶上，软软的苔藓贴着他的脸，好湿润，好温柔啊！他挣扎着抬起头，去看那山顶上的女子。她依然在那里站着，抱着古琴。他看不清楚她的眼睛了。他突然发现，他的四周，躺满了年轻的将士。离他不远处，李筠也躺在那里，正微笑着看着他。李筠的周围，也是一片绿油油的杂草，杂草中，开满了五彩缤纷的野花。真美啊！我得休息一下，让力气恢复恢复。他于是合上双眼，在湿润柔软的山坡，渐渐睡去。

一个月后，李守节在上党城降宋。在李守节投降之前，上党附近的抱犊山中突然冒出一支奇兵。率领那支奇兵的将军，正是王承衍。原来，他率领的那支探险小分队，经由地下的石洞庭，真的寻到了在抱犊山的出口。

赵匡胤并没有在攻打泽州的战斗中死去。他被碎石块击晕落地后，被部将立刻送回了大本营。他在大帐中昏睡了一日。当他醒过来时，看到的第一个人是赵普。

他努力睁大眼睛，一字一顿地问赵普："城攻下了吗？"

赵普点点头，说道："攻下了。"

"李筠呢？"

"当我军攻上城楼后，他跳入了大火！"

"人生一世，如大海沉沙！掌书记，你且说说——做人，又为何如此辛苦、如此执着呢？"

赵普一愣，微微弯腰，作揖说道："陛下神明！"

"答非所问！"赵匡胤哼了一声，淡淡地笑了笑。

沉默了片刻，赵匡胤神色肃然地说道："也许他说得对，一切还没结束。也许，一切才刚刚开始。"